遺跡発掘師は笑わない

イクパスイの泪

桑原水菜

角川文庫
24539

遺跡発掘師は笑わない

イクパスイの涙

The tears of Ikupasuy

主な登場人物

西原無量　天才的な「宝物発掘師《トレジャー・ディガー》」。亀石発掘派遣事務所に所属。
相良忍　かつて亀石発掘派遣事務所で働いていた、無量の幼なじみ。シム・ソンジュのマネージャー。
永倉萌絵　無量のマネージャー。特技は中国語とカンフー。
シム・ソンジュ　韓国考古学界の超新星。マクダネル発掘調査事務所に所属。
千波ミゲル　長崎・島原出身の発掘員で無量たちとは旧知の仲。萌絵に気がある。
犬飼さくら　新たにカメケンに入った山形の発掘員。あだ名は「宝物発掘《トレジャー・ディ》ガール」。
司波孝　世界的に名の知られた水中考古学者。開陽丸調査のために江差に来る。
黒木仁　司波の右腕的存在。凄腕の潜水士。無量も参加した元寇船発掘の元メンバー。
毛利研児　北海道在住の潜水士。司波たちとともに開陽丸の調査発掘に参加する。
八田杏奈　上ノ国町教育委員会の職員。無量たちとともに今回の発掘を手がける。
磯山寛次郎　江差追分愛好会で唄の師匠を務める江差湊の郷土史家。

序章

「所長は知っていたんじゃないですか。相良《さがら》さんのこと」

永倉萌絵《ながくらもえ》は詰め寄った。

名古屋《なごや》から帰ってきた数日後のことだった。

亀石《かめいし》発掘派遣事務所（カメケン）の所長室は今日も雑然としている。応接室を兼ねたソファーテーブルには棚から溢《あふ》れた発掘調査報告書が積み上がり、土器のレプリカに挿した造花も埃《ほこり》をかぶる有様だ。窓際の所長椅子に腰掛けた亀石弘毅《ひろき》は、聞いているのか、いないのか。ゴルフクラブをせっせと磨いている。

なかなか答えようとしない亀石に業を煮やし、萌絵は掌《てのひら》で机を叩《たた》いた。

「とぼけたって無駄ですよ。もう全部、本人から聞いたんですから」

「机を叩くな。聞いたって、何を」

「相良さんの転職先のことです」

萌絵はいまだに信じられなかった。

本人の口から聞いてもいまだに信じられないのだ。いや、信じたくないだけかもしれない。

「どうしてですか。なんでよりによって。所長は知ってたんですか」

亀石はウッドクラブを拭《ふ》き終えてカバーをかぶせるとゴルフバッグに入れた。ポットから珈琲《コーヒー》を注ぐ一連の挙動がのんきすぎて、いらだった萌絵は思わず「所長！」と答えを促した。

「知ってたよ」

亀石は珈琲を一口飲んだ。萌絵はハッとして、

「……知ってたんですか」

「ああ、本人から聞いた」

相良忍《しのぶ》が退職願を出した時に、次の職場がどこなのか、すでに報告されていたのだ。

萌絵は驚くよりも拍子抜けしてしまった。忍の電撃退職に萌絵たちが大混乱していた時も、みんなで涙ながらに見送ったあの時も、では全部わかっていた上で……。

「マクダネルは西原《さいばら》くんを引き抜こうとしてる発掘会社だって、所長もわかってましたよね。わかってて行かせたんですか。なんで止めなかったんですか」

「日本の憲法には職業選択の自由というのがあってだね。うちをやめた後にどこで働くかは、本人の自由だ。俺が口出す話でもない」

そこは口出すところですよぉ……、と萌絵は泣きそうになった。

「大体『そっちに転職するなら退職は許可しない』なんてのはおかしな話だろ」

「そうですけれどぉ」

「俺だって黙って退職願を受け取ったわけじゃない。うちがどれだけ相良を必要としているか、そりゃあ切々と訴えたさ。給料が不満なら相談に応じるとまで言ったんだぞ、この俺が。だけど」

――申し訳ありません。ですが、今でなければ駄目なんです。

忍は心苦しそうに言った。

亀石は頑《かたく》なに説得を退ける忍の胸中を探るようにして、

――それはもしかして、無量《むりょう》の引き抜きと関係あるか。

できるだけ触れないつもりだった。だが、そこだけは確かめておきたかったのだ。

忍はあらためて自問するような表情になった。

――そうではないと思います。そうだったら、僕はむしろ、自分のために無量を連れていきます。

――なら、なんで……。

夢が、と忍は言った。

――夢ができました。

――夢だと？

――はい。

それを叶《かな》えるためには、いま、カメケンをやめなければならないのだ、と。

「相良さんの夢……とはどういう……」

亀石も「夢」の中身までは追及しなかった。だが、忍はこう言った。

その夢を叶えるためにも、けりをつけなければならないことがある、と。

「けり……」

忍の口からその二文字が出てきたことに、萌絵は胸をつかれた。

重ねて忍はこうも話していたという。……本音を言えばカメケンをやめるのはつらい、できることならずっとここで働いていたい。だけど、今の自分ではカメケンを逃げ場にしてしまいそうな気がして、後ろめたい。

「隠れて副業をしてたことも詫《わ》びてた。確かにうちは副業禁止だが、何も辞めることたないと説得した。でも耳を貸さなかった」

「相良さんはカメケンに来た理由まで打ち明けたんですか」

「……はっきりとは語らなかったが、無量のスカウト話と無関係じゃないことは伝わった。多分あいつなりに清算してから出ていきたかったんだろうな」

亀石は忍の胸中に思いを馳《は》せるように窓を眺めた。

「俺が相良の転職先をおまえたちに黙ってたのは、相良に頼まれたせいもある。あいつは言ってた。自分がマクダネルに行くことをおまえたちに話せば、きっと反対される。説得されて心が揺らぐのが怖い。何より、いま無量は岐路に立っている。相良は自分の決断が無量の雑音になるのを恐れていた。無量には純粋に、自分が進みたいと思った道を選択してほしいってな」

　忍の本心を、萌絵は今はじめて聞いた気がした。

　亀石にだけは、裸の心で、伝えておきたかったにちがいない。

「自分が去った後で皆に転職先を伝えるかどうかは、俺に任せるとも言っていた。俺もいずれは皆に伝えなくては、と思ってはいたが、……まさかこんなに早く本人から聞いてしまうとはな」

　萌絵にとっても青天の霹靂《へきれき》だった。

　よりにもよってマクダネルに入社してしまうとは。

「西原くんには私から伝えたほうがいいでしょうか……。きっと動揺しますよね」

「問題は、シム・ソンジュくんのことだな」

　ソンジュのマネージャーとなった忍が、どういうつもりで無量と同じ現場に彼を派遣させたのか。

　さすがの亀石も、その意図が読めない。

　珈琲を飲みながら、ソンジュの履歴書に視線を落とした。

「噂には聞いてる。韓国で、記録に名が残るだけだった幻の城跡や墳墓を次々と見つけてるんだとか。こないだも慶州《キョンジュ》で発見した石碑が朝鮮半島最古級の石碑じゃないかって騒がれてた。論文も月一ペースで発表して、韓国の考古屋の間では『超新星が現れた』って一躍スター扱いされてるそうだ」

実は萌絵も確認のため、韓国の研究者ペク・ユジンに連絡をとってみたところだ。岩手の事件で知り合った「百済王氏《くだらのこにきし》の子孫」はもちろんソンジュを知っていた。一緒に発掘調査をしたこともあると言い、興奮した様子で「韓国考古学界の超新星」がいかに異次元の頭脳の持ち主か、熱く語ってくれた。

いくらソンジュの履歴書に書かれていなかったからとはいえ、全く気づきもしなかった萌絵は深く恥じ入った。

「私の勉強不足でした。すみません」

「まあ、現場のお寺から『お手伝い』だなんて紹介されちゃあな……」

「そうとも知らず、次の現場に派遣するメンバーにソンジュくんを入れてしまったのですが、どうしましょう」

ソンジュは「マクダネルに所属する発掘員」だ。マクダネルに無断で、というわけではないだろう。マネージャーの忍が許可しているわけだし、カメケンの規約も、無量やさくらたちのような「専属契約」の派遣員以外は、二重登録を禁じていない。つまり、ソンジュの派遣を取り消す理由もないわけだ。

「相良さんは『発掘調査への参加は本人の強い希望だ』って言ってました。たとえマクダネル側になんらかの意図があっても、こちらからお断りする理由が……」

亀石は天井を仰いで考えを巡らせ、

「……いいんじゃないか？　参加させても」

「いいんですか。でも」

「韓国の超新星と発掘できるなんて滅多にない機会じゃないか。無量たちの勉強にもなる。一緒に掘ってこい」

あっさりと許可がおりた。

根が楽天家の亀石が発した大らかな一言で、ソンジュと無量の発掘調査は本決まりとなってしまった。

＊

しかし、萌絵の懊悩《おうのう》は続いている。

帰り道、ファミレスでひとり、生ビールをあおった。

「……どうしよう。西原くんにどう伝えよう」

名古屋で忍と再会した日――。

打ち合わせを終えた後、ソンジュが（おそらく気を遣って）席を外してくれたおかげで、わずかな時間だったが忍とふたりきりになれた。大須《おおす》で無量と一緒に発掘させたのも、忍が仕組んだことだとしか思えなかったが、忍は「ソンジュの希望だ」と説明するだけだった。

――どうしてマクダネルに転職なんてしたんですか。まさか西原くんを呼び寄せるつもりで……。

萌絵も忍の真意を測りかねていたから、頭ごなしに疑ってかかったら、

――そんなつもりは毛頭ない。無量は関係ないよ。マクダネルを選んだのは、僕自身のキャリアを考えてのことだ。

――本当ですか。

萌絵は単刀直入に切り込んだ。

――ジム・ケリー氏からの指示だったのでは。

忍は驚かなかった。冷静だった。萌絵たちがすでに忍の「副業」に気づいていることも、わかっていたのだろう。

――……決めたのは僕だ。誰の指示でもない。JKは理解しかねているようだけどね。

――西原くんの移籍の件は、もう終わったんですよね。あの話は正式になくなったんですよね。西原くんも『降旗《ふるはた》さんに直接断った』って言ってたし。

忍は黙っていた。その沈黙は、何を意味するのか。

やがて伏し目がちに、

――降旗がどうするつもりかは、正直わからない。ただ、僕はスカウトとしては役立たずと見なされたようでね、とうに無量の担当を外されてる。今の担当者は降旗だから、口出しできない。

萌絵は思い出した。GRMの日本人エージェントはふたりいたことを。やはり宮内庁

の降旗が、もうひとりのエージェントだったのだ。

降旗もマクダネルに転職するようなことを言っていた。GRMの人間だから、事実上の「出向」なのかもしれないが。

――今の僕はソンジュの担当マネージャーだ。彼を世界中の遺跡発掘師の頂点に立たせるために尽力することにした。これからは無量のライバルというわけだ。

萌絵は耳を疑った。ライバル？　ソンジュが？

――GRMは選《え》りすぐりの遺跡発掘師を集めて最高峰の遺跡発掘チームを作るんだそうだ。東アジアからはたった一名が選ばれる。GRMが喉《のど》から手が出るほど欲しているのは『〈奇跡の手〉を持つ発掘者《ディガー》』のようだが、だったら僕《ディガー》は〈奇跡の手〉を凌《しの》ぐ最強の遺跡発掘師を育てる。最高の頭脳を持った世界一の発掘師をね。

忍は萌絵に握手を求めて、右手を差し出した。

――お互い、いいライバルになろう。よろしく頼むよ。

萌絵が握り返すのをためらっていると、忍は強引に手を掴《つか》んで握った。そこへソンジュが帰ってきた。

ソンジュは萌絵の顔がこわばっているのに気づくと、柔らかく微笑みかけ、

――そういうことなので、お手やわらかに。

忍と肩を並べて去っていった。

「ライバルって……。発掘は勝ち負けじゃないのに」

萌絵はジョッキをあおって深く肩を落とした。

「つまり、〝世界一の発掘師〟を生むことが〝相良さんの夢〟?」

おそらくだが……。

これが忍の「けり」の付け方なのではないだろうか。

GRMに「〈鬼の手〉《オーガ・ハンド》は無用だ」と言わせるために、忍はソンジュに白羽の矢を立てた。降旗の苦労を「水の泡」にさせるために。

マクダネルに転職した目的も、それか。無量を凌ぐ「世界一の遺跡発掘師」を生み出して、無量を候補から落とすつもりだ。

でもそれは夢と呼べるのだろうか。

作戦の一環ではあるかもしれないが。

ソンジュを世界一にすることは「手段」ではあるが、それを「夢」だと表現することに、萌絵は違和感を覚える。夢とは、いまはまだ遠いところにある憧《あこが》れの目的地のことだ。曇りのない、まっすぐな気持ちで抱くものではないのか。

忍はなぜ、「夢」などという言葉を口にしたのだろう。

「それはそれとして……」

ライバル宣言までされてしまった萌絵は頭を抱えた。忍とソンジュにタッグを組まれては勝てる気がしない。いや別に「勝ちたい」とは思わないし、むしろ勝ってはまずいのだが(無量が発掘アベンジャーズ入りしてしまう)、あんなに対抗意識を剝《む》き出しにされてしまっては、こちらもおめおめと負けるわけにいかなくなるではないか。

「私にどうしろっていうの……」

無量なら「くだらん」と一蹴《いっしゅう》するだろうが、問題は忍の転身だ。

無量にうかつに知らせていいのか。カメケンを捨ててソンジュの片腕になってしまった忍に、無量が心穏やかでいられるはずがない。自分を捨ててソンジュをとった、などと思い込んでしまうのでは。

そうこうしている間に、次の発掘調査は始まってしまう。

「やっぱり言わなきゃ。私が言わないと」

「何を言わないと、なの？」

え？　と萌絵は顔をあげた。

目の前に西原無量がいる。

悲鳴をあげそうになった。

「今度はファミレスでヤケ飲み？　どんだけストレスためてんの？」

たまたま通りかかって窓越しに見つけたらしい。萌絵は慌てて取り繕い、

「ヤケ飲みなんかじゃないってば。現場の帰り？」

「飯食おうと思ってたとこ。ちょうどいいわ」

無量はメニューを広げてレモンサワーと生姜《しょうが》焼き定食を頼む。萌絵は顔が引きつっている。なんてタイミングだ。心臓が止まるかと思った。

「次の発掘、北海道なんだってね。どのへん？　札幌《さっぽろ》？　旭川《あさひかわ》？　函館《はこだて》？」

「それ全部ラーメンだよね」

「なら、釧路《くしろ》とか知床《しれとこ》とか、意表ついて網走《あばしり》刑務所？　恐竜のほうじゃないよね」

「あ……うん。江差《えさし》のほうみたい」

「日本海《にほんかい》側かあ。いまの季節、なに食えっかなー」

北海道と聞いて、無量はさっそくうまいもの検索に余念が無い。スマホをぽちぽち打ちながら、

「ああ、そうそう。忍からやっと返信きたんだわ」

ひっ！　と萌絵が飛び跳ねたので、無量が怪訝《けげん》な顔をして、

「なななんでもないよー。相良さんから？　なんて？」

「なにさっきから」

「こないだ俺、誕生日だったから、おたおめって。おかげでやっと電話でしゃべれたわ。なんか転職したばっかで忙しいんだと。LINE返せないくらい忙しいって、どんなブラック企業なのよ」

この分では忍はまだ打ち明けていないようだ。萌絵は内心大騒ぎだ。これって私がいま言うべきなの？　そういうことなの？

「まあ、俺は心が広いから別に怒んないけど？　人間マジでいっぱいいっぱいな時って返信も億劫《おっくう》になるし。とはいえ安否確認できないとこっちも心配になんじゃん」

「そそうだよね。転職先のことはなんか言ってた？」

「ん――……、特には」

無量はレモンサワーをゴクゴク飲んだ。

「忍のことだから心配はしてないけど、そのうち余裕ができたら、いろいろ教えてくれるっしょ」

言えない。やっぱりこの状況では言い出すことができない。

無量と電話でしゃべっておきながら、大事な告白を丸投げした忍に、萌絵は腹の底から恨み節を述べたくなった。

生姜焼きをもりもり食べ始めた無量が「そういや」と思い出し、

「次の現場、ソンジュも来んでしょ？　……ったく、あいつには言いたいこと山ほどあるんだわ」

無量はイラついた様子で千切りキャベツを口に押し込んだ。

「八歳で大学？　インフルエンサー？　ふざけすぎでしょ。博士号まで持ってるくせに素人ヅラでお手伝いとか、ひと小馬鹿にしてね？　そういや、名古屋でアサクラシノブとかいうマネージャーと会ってきたんでしょ？　どんなひとだった？」

萌絵は逃げ出したくなった。

「ええ、まあ。……どんなと言われると、かんじのいいひとでしたヨ」

しまった、と萌絵はほぞを嚙《か》んだが、後の祭りだ。嘘をついたわけではないが、アサクラではなくサガラだと言わねばならないタイミングだった。

「ふーん……いくつくらい？　男？　女？　日本人だよね」

「私と同じくらいかな……。なかなかのイケメン。背が高くてシュッとした」

嘘ではない、嘘ではないが！　と萌絵は心の中でテーブルを叩《たた》いた。

「マネージャーまでつけてるとか、まるで芸能人だな。八歳で大学かあ。俺が八歳の頃なんか、裏山で毎日化石ばっか掘ってたわ」

そのソンジュのマネージャーが忍だと知ったら、無量はどうなってしまうのか。想像するだに反応が恐ろしくて、萌絵はますます言い出せない。

「インスタグラマーのマネージャーって一度見てみてーわ。次の現場には来んの？」

「はは、遠いから北海道には来ないかと……」

今しかない。言わないと。

「なんだ、来ればいいのに。うまいもんおごってくれるんでしょ」

「た……たぶん……」

言わないと。言わないと。言わないと。

「アサクラシノブかあ。語感がサガラシノブに似てなくね？」

言わないと！

「西原くんゴメン！　また今度！」

耐えられなくなった萌絵は伝票をもぎ取ってレジに走っていってしまった。

無量はあぜんとしている。

「なんだあいつ」

次の現場は、北海道。

それぞれの胸に、思惑と困惑が渦巻く中——。

北の大地で、無量は再びソンジュと相まみえることになる。

第一章　かもめの鳴く音に

ＪＲ木古内《きこない》駅は北海道の玄関口にあたる。

東京方面から北海道新幹線に乗って津軽《つがる》海峡の下をくぐり、地上に出て最初に停車する駅だった。

「北海道上陸！　おお、これが北海道の空気」

犬飼《いぬかい》さくらがホームに降り立ち、第一声を発した。

新幹線の駅にしては簡素で、売店も見当たらない。大きな荷物をゴロゴロ引いて地上に降りてきたカメケン一行の目に飛び込んできたのは、昔ながらのローカル線だ。年季の入ったディーゼル車両が乗り継ぎ客を待っている。

無量《むりょう》の隣にいた千波《せんば》ミゲルが感慨深げに目を細めた。

「キハ四〇……国鉄時代ん名車ばい。なつかしか」

「おまえ、生まれてないだろ。つか、いつから鉄ヲタに」

「四〇はローカル線の王様や。大村《おおむら》線の六〇系ば思い出す。ガキん頃は運転士になりたかったっさ」

「おお、これが北海道の景色……」

さくらは初上陸に興奮している。青函《せいかん》トンネルに入った時も子供のようにはしゃいでいた。が、

「……あんまり青森ど変わらねぇな」

駅前は新幹線の開業に合わせて整備したようで、古い建物がないせいか、かえって閑散として見える。津軽海峡に面した昔ながらの町で交通の要衝だった。江差方面と松前《まつまえ》方面への分岐点にあたる。

北海道と聞いて広大な原野をイメージしていたさくらは、平静に戻った。

「ほっかいどーはでっかいどーって叫びたかったんだけど」

「そういう景色が見られるのは、道東《どうとう》とか道北《どうほく》のほうかなあ……」

と萌絵《もえ》が教えてくれた。

「札幌とかあるところ？」

「まだまだ。北海道は札幌より向こう側がありえないほどでかいの。というか、函館から札幌までだって特急で四時間近くかかるよ」

かくいう萌絵は父親が転勤族で、実は子供の頃、札幌で数年過ごしたこともある。

「このあたりは地図でいうと北海道の尻尾《しっぽ》の先っぽだからねー」

津軽海峡を挟んで目と鼻の先が青森なので、自《おの》ずと景色や空気感も似てくる。

ここ道南《どうなん》地方の遺跡といえば、いま熱いのは縄文《じょうもん》時代だ。

著保内野遺跡《ちよぼないの》から出た中空土偶が国宝に指定されたのをはじめ、「北海道・北東北の縄文遺跡群」として世界遺産登録に向けて盛り上がりを見せている。

「でも今回は縄文遺跡じゃないんだよね」

「ごめんね、さくらちゃんの好きな土偶じゃなくて」

しかし、と無量が肌寒そうに腕をさすった。

「やっぱ寒《さみ》ぃな。十一月ともなると、ほぼほぼ冬だわ」

北海道で発掘調査ができる時期はおそらく今がぎりぎりだ。

幸い駅前には「道の駅」がある。どうやら「電車のほうの駅」のみやげ屋や飲食店を兼ねているようだ。バスや電車の長い待ち時間にはぴったりで、萌絵が集合場所に指定していた。

「無量さん！　お疲れ様です！」

シム・ソンジュはすでに到着していた。

その手には「揚げべこ棒」がある。名物のべこ餅《もち》を揚げて串《くし》で刺したものだ。さっそく地元のB級グルメを堪能《たんのう》していたとみえる。

黒髪のマッシュヘアにトレンドを外さない着こなし、ｓｅｏｎというアカウント名で活動するインスタグラマーでもあるソンジュは、早めに着いて木古内の町を巡り、名物を紹介する動画をＳＮＳにあげたところだった。

無量とはつい先日名古屋で別れたばかりだ。……まさかこんなに早く再会するはめになろうとは。

「つか、同じ新幹線だったんじゃないの？」

「昨日は函館に一泊しました。北海道なんてなかなか来れないじゃないですか。海鮮丼と塩ラーメンとラッピのバーガー食べて、夜は函館山から生配信を」

「おまえ何しにきたの」

すっかり打ち解けているソンジュに、さくらは興味津々だ。

「あんなオシャレさん、発掘現場で見だごどね」

「うちのカメケンチャンネルにも早く出てほしいわぁ」

萌絵がソンジュと会うのは名古屋で忍《しのぶ》と対面した時以来だ。忍の姿が見えないところを見ると「同行はなし」か。ソンジュがちらりと萌絵を見、にやっと笑った。板挟みになっている心情を見透かされているようだ。

気がかりなのはミゲルとの相性だった。かたや人気インスタグラマー、かたや島原半《しまばら》島の元ヤンキー。どう考えても反りが合わない。ミゲルのことだ。すぐに口をひん曲げて「チャラチャラしよって」と難癖をつけてかかる――。

……かと思いきや。

「ほ、本物や。本物のｓｅｏｎくんや……」

ミゲルが打ち震えている。紹介しようとした無量を押しのけ、

「ははははじめまして、ｓｅｏｎくん！　いつも配信見てます！」

と言い出したものだから、全員ぽかんとなった。

「うそでしょ。おまえ、ソンジュのフォロワーだったの？」

「西原《さいばら》てめ、ｓｅｏｎくんに無礼な口ば叩《たた》くと張っ倒すけんな」

強面《こわもて》ミゲルが憧《あこが》れの人を前にしたかのように青い瞳《ひとみ》をキラキラさせている。

「昨日ん配信も見とらした。函館山の夜景、感動したっとです」

「わあ、ありがとうございます」

「〝海鮮丼作ってみた〟も腹抱えて笑っちゃいました。ワサビ爆弾、ありゃやばかあ」

それを見たさくらたちが震えている。

「ミゲルがかわいくなってる……」

見た目が「いかつい欧州系アメリカ人」な上にいつも目をつり上げてオラついているので、そのへんのヤンキーも避《よ》けて通るくらいだが、別人みたいに目尻《めじり》が下がってしまっている。ソンジュはソンジュで持ち前の「人畜無害な笑顔」をふりまいて、ふたりはあっというまに打ち解けてしまった。要らぬ心配だった。

小腹も減っていたので全員で「揚げべこ棒」をかじりながら、小一時間ほど自己紹介タイムで盛り上がり、ようやくレンタカーで出発することになった。

目指す先は江差町だ。

北海道の尻尾こと渡島《おしま》半島。その西側（地図だと向かって左側）。日本海に面したところにある江差町は、古くからニシン漁と北前船で栄えた町だ。津軽海峡に面した木古内からは「渡島半島南部の西半分（＝松前半島）」をざっくり横切って、所要時間は一時間ほど。ハンドルは運転上手なミゲルが握った。

「発掘現場はその手前の上ノ国《かみくに》町にあるんだけど、今日はまっすぐ宿泊所のある江差に行きます。現場に入るのは明日《あした》からね」

助手席の萌絵が引率教諭のように説明すると、後部座席のさくらが、

「江差って『江差追分《おいわけ》』の唄《うた》のとこだべ？」

「そうだよ。よく知ってるね」

「うちのひいばあちゃん、若い頃、江差追分の全国大会で優勝しだごどあるんだ」

さくらが朗々と唄い出した。なかなかの喉《のど》だ。江差追分は郷土を代表する民謡で、漁師の浜流し唄や北前船の旦那《だんな》衆の座敷唄として唄われてきた。明治の頃に「正調江差追分」として整えられて現在に至るまで唄い継がれ、毎年全国大会も開かれるという。

「あと江差っていうとアレでしょ。開陽丸《かいようまる》があるとこじゃない？」

と無量が指摘した。

「開陽丸？　漁船か？」

「漁船ちがう。幕末の軍艦。戊辰戦争《ぼしんせんそう》ん時に榎本武揚《えのもとたけあき》が乗ってた旧幕府軍の主力艦。江差沖に沈んでんの」

明治維新の時だ。新政府に従うことを拒んで、品川《しながわ》から脱走し、北へと向かった旧幕府艦隊は、当時まだ「蝦夷地《えぞち》」と呼ばれていた北海道に着岸し、上陸していた。

開陽丸は、その艦隊の旗艦だ。

榎本たちが蝦夷地に来た目的は「扶持《ふち》を失った約八万人にのぼる幕臣の新天地となすため」だと言われている。榎本たちは新政府に対して「蝦夷地の徳川《とくがわ》家永久御預」を嘆願する趣意書も出していて、五稜郭《ごりょうかく》を占領して拠点とし、榎本武揚を総裁とする仮政権を打ち立てた。開陽丸は旧幕府艦隊の栄えある旗艦だったが、不運にも江差沖で嵐に遭い、あえなく沈没してしまっていた。

「その遺物を引き揚げるってんで日本で初めて本格的な海底発掘をしたのが、開陽丸。水中発掘の業界ではパイオニア的な存在なの」

初めて沈没船を「埋蔵文化財」とみなし、潜水のできる考古学者が参加して行われた。日本の沈船発掘のさきがけで、その手法はのちの元寇《げんこう》船発掘などにも生かされた。

という話を、無量は水中考古学者の司波孝《しばたかし》から聞いたことがあった。

「ああ、西原は水中発掘もやっとるけんなあ……」

ソンジュが「ほんとですか」と顔を突き出したので、無量は「まあね」とふんぞりかえった。鷹島《たかしま》での元寇船発掘の話を聞かせると、ソンジュは絶句し、

「海底まで掘れるのか……」

「まあ、マジもんのダイバーにはかなわないけど……」

ソンジュは顔をこわばらせている。

「なに？　俺、なんか変なこと言った？」

「あ……いえ、ダイビングもできるなんて、さすがだなあって」

「開陽丸に土方《ひじかた》は？　新撰組《しんせんぐみ》の土方歳三《としぞう》も乗ってた？」

萌絵が目を輝かせて後ろを振り返った。

「船で上陸したんなら、土方も乗ってた可能性はあるよね」

「まあ……なくはないかと」

「土方歳三？　新撰組の話？」

スマホを見ていたさくらまで食いついてきた。ついこの間まで東京都日野《ひの》市にある土方の生家跡近くで発掘をしていて、新撰組の話をしこたま仕入れてきたばかりだった。

「歳《とし》さまは箱館《はこだて》で死んじゃったんだよね」

「切ないよね。ちなみに北海道には唯一松前藩ってのがあって、土方はその松前藩とも戦ってたみたい。確かそれで江差のほうにも来たんじゃなかったかなあ。……それはそれとして、ほんと男前だよね。土方歳三」

「んだんだ。歳さま男前」

「洋装やばすぎ」

「写真の顔がいい」

女子二人が盛り上がる中、無量たちはしらけ気味にグミを噛《か》んでいる。

木古内から江差に抜ける道道五号線の両脇はほとんどが山林だ。晩秋の紅葉が美しい。黄・赤・緑の三色が華やかに山々を彩っている。緑の部分はヒバと杉で、どこか青森の山奥を思い出すのは植生が似ているせいだろう。森を流れる川には護岸がなく、満々と水を湛《たた》え、道路と併走するように時折、鉄橋が見える。少し前に廃線となったJR江差線だ。

山林地帯を抜けると道路沿いに集落が増えてくる。雪の多い土地らしく、独特のへの字形の屋根が目につく。煙突付きの家が多いのも寒冷地ならではだ。

やがて徐々に視界が開けてきた。稲刈り後の秋耕を終えた乾田が広がってきて、民家が増えてくると景色もだいぶ街らしくなってきた。

「海だ」

正面に見える海は、もう津軽海峡ではない。

日本海だ。

車は江差に到着した。

＊

江差は日本海に面した段丘の町だ。

古くから江差湊《みなと》と呼ばれ、北前船が盛んに往《い》き来して大いに栄えた。早春に獲れたニシンの加工品ができあがる旧暦の五月頃には、それを求めてたくさんの北前船が本州からどっと押し寄せ、「江差の五月は江戸《えど》にもない」と謳《うた》われる賑《にぎ》わいになった。段丘下の海岸線には商家が軒を連ね、蔵や宿が並び、諸国から集まる人や物が江差の町に華やかな文化を育《はぐく》んだ。今も町に残る古い切妻屋根の商家建築が、往事の繁栄ぶりを物語っている。

無量たちが滞在するのは市街地から少し離れた簡易宿泊所だ。

目と鼻の先に海が広がる。渡島半島のくびれ部分にあたるため、ゆるく弧を描いた海岸線の向こうには檜山《ひやま》の山並みが横たわる。ススキが揺れる草原のなだらかな丘陵が海岸近くまで迫っていて、海沿いの国道がそれを縁取っている。丘には風力発電の風車が何本もそびえたっていて、海風を受けて回り続けている。

宿泊所の間取りは、キッチンつきの居間と六畳の和室、さらに二段ベッドが二台ある洋室もあって、合宿の様相を呈してきた。

「和室が女子部屋、洋室が男子部屋ね。ソンジュくん、大丈夫？　こういうの苦手じゃない？」

萌絵が気遣うとソンジュは笑って、

「僕、全然平気ですよ。兵役ん時もこんなでしたし」

「ｓｅｏｎくん、軍隊経験あっとですか！」

韓国には徴兵制があり、男性には一年半から二年弱の兵役義務がある。

ソンジュは十九歳で入隊し、無事全《まっと》うして除隊していた。

「僕みたいに長く海外に住んでる人は兵役免除される制度もあるんだけどね。僕は、自分が〝模範的な韓国人〟だってこと、祖父に証明したかったから」

無量は旅の荷をほどきながら耳を傾けている。伊那《いな》での出来事を思い出している。

「seonくん、マジすごかあ……」

「こそばゆいから、ソンジュでいいよ」

落ち着くとさっそく買い出しだ。自炊なので、夕飯はてっとり早く鍋《なべ》に決めた。

留守番することになった無量とソンジュは、ようやく二人きりとなった。

「目の前が東海《トンへ》（日本海）か。なあんにもないなぁ……」

海辺の宿泊所はかつてニシン漁がさかんだった頃に漁夫たちが居住した「番屋」を模している。ニシン漁の網元の家はここから北に行くほど豪奢《ごうしゃ》になり、「ニシン御殿」と呼ばれるようになった。

特に奇岩が並ぶ景勝地でもない。漁港の突堤の向こうに鷗島《かもめじま》が横たわり、北にかけては延々と砂浜が続くだけのどこか物寂しい景色が、ソンジュは気に入ったのか、遠い目をして波音に耳を傾けている。

「……おまえ、なんで言わなかった？」

無量がやっと口を開いた。

「なにをです」

「おまえの経歴」

名古屋の発掘で、ソンジュがずぶの素人のふりをしていたのを責めている。

「すいません。特に聞かれなかったもんだから」

「八歳で大学に入って十七で博士号？　韓国で未発見遺跡ばんばん見つけて大騒ぎになってる？　ひとっことも聞いてないんですけど」

「だってここ日本だし、あんま関係ないかなって」

「人おちょくってんのか。なんであの発掘に参加した。何が目的だ」

「目的も何も、おばあちゃんの知り合いのお寺さんが」

「あの後、加藤《かとう》住職に確かめた。おまえのばあちゃんとは知り合いじゃないってさ。マネージャーって人から話を持ちかけられたんだって」

ソンジュはどんぐりまなこを見開いて「やれやれ」と頭をかいた。

「白状しちゃったか」

「韓国の天才考古学者が、なんであんな小《ち》っちゃい現場の試掘に首突っ込んできた」

「無量さんと一緒に発掘してみたかったんですよ。噂に聞く宝物発掘師《トレジャー・ディガー》の西原無量と一緒に遺跡を掘ってみたかった。シンプルにそう思ったんです。それじゃ理由になりませんか」

釈然としない。無量は警戒を解かず、

「なんか値踏みされてるみたいで、すごいイヤなんだけど」

本音を見透かされたソンジュはふいに真顔になった。

「……安心してください。掘り当てた遺物の数で勝ち負けを決めるような子供みたいなた。

「真似はしませんから」

競争心剝《む》き出しで張り合ってくるわけではない。が、目の奥に不遜《ふそん》な本音が透けて見える。自信に満ちたソンジュの静かな物言いから、さすがの無量も読み取ることができた。

どちらが上か。

こんな目を向けられたら、いやでも意識してしまう。

無量が初めて「こいつには勝てないかもしれない」と感じた相手だ。その腕を認めるからこそ、また一緒に働いてみたいとも思ったが、どうやらソンジュの本音は「仲良しこよし」になることではなさそうだ。

ソンジュがマクダネルに所属する発掘師であることを、無量はまだ知らない。

ましてや、そのマネージャーが相良《さがら》忍であることも。

「僕の言い方が気に入らなかったなら謝ります」

「つか日本の現場なんかで油売ってないで、向こうでちゃんと発掘したら？　韓国の考古屋さんたち、みんなおまえを必要としてるんでしょ。研究者なら研究者らしく机にかじりついて論文でも書いてろよ」

飲みモン買ってくる、と言い、無量は出ていってしまった。

取り残されたソンジュは「煽《あお》りすぎたかな」と頭をかいて、スマホを取り出した。三角波の立つ海を眺め、通話ボタンを押した。画面には温泉マークのアイコンがある。

「……無事、江差に着きましたよ。ええ、今回も楽しい発掘になりそうです」

ご心配なく、とソンジュは鋭い目つきになった。

「あなたのことは彼には言ってないし、永倉《ながくら》さんもまだ話してはいないようだ。まあ、見ていてください。僕が〈鬼の手〉を凌《しの》ぐ『世界一の遺跡発掘師』であることを、今回の発掘で必ず証明してみせる」

＊

「はあ？　開陽丸の見学？　今から？」

萌絵から「予定変更」の連絡が入り、無量とソンジュも急遽《きゆうきよ》出かけることになった。ミゲルが車で迎えに来て江差港に向かった。宿泊所からも見えていた鷗島の隣に港がある。鷗島は江差のシンボルで、島と言うが地続きになっている。頂が広く平らなテーブル状の小島だ。

その手前に、黒く美しい帆船が鎮座して、威容を誇っている。

「あれが開陽丸か……」

復元された開陽丸だ。本物は江差港の海底に沈んでいる。

大きな三本の帆柱を持つ帆船で、その優美なフォルムは遠くからでも容易に見つけることができた。黒い船腹には砲門が並んでいる。航行は出来ない復元船で、船尾は砂浜ている。


に乗り上げており、内部は歴史資料館だ。海底から引き揚げられた大量の遺物を展示しているという。

「あ、きた。こっちこっちー！」

隣接するオランダ風建物の前で、萌絵とさくらが手を振っている。

そのそばにふたりの男性の姿がある。

無量は目を疑った。

「えっ。まさか……うそでしょ！」

水中考古学者の司波孝と潜水士の黒木仁《くろきじん》がいるではないか！

「久しぶりだな、無量」

司波は元寇船発掘チームのリーダーだった男だ。よく鍛えた体軀《たいく》と目力のある精悍《せいかん》な顔立ちには、ベテラン発掘師の風格がある。その隣にいる真っ黒に日焼けした縮れ髪の男は、黒木仁。腕利きの潜水士だ。どちらも長崎県の鷹島で、無量と一緒に海に潜って元寇船発掘に挑んだ仲間だった。

思いがけぬ再会に無量は興奮した。

「どうしたんすか、ふたりとも！　江差にいるなんてひとっこども！」

「来年の春に開陽丸の発掘調査が再開するんだが、俺たちも参加することになってね。寒くなる前に一度、現状下見に来たんだよ」

「そうだったんすね。広大《こうだい》は？」

「今は別の現場に入ってるが、来年の調査には参加する予定だ」

三日前から滞在していて、萌絵たちがスーパーで買い出し中にたまたま鉢合わせしたという。黒木が白い歯を見せて笑い、

「なんだ、無量。おまえもてっきり開陽丸の発掘に呼ばれたのかと思ったら、陸《おか》のほうだと？」

「はは。江差まで来といて開陽丸掘れないのは悔しいっすね」

「なら来年の春、空けといてくれ。おまえも一緒なら広大も喜ぶ」

東尾《ひがしお》広大は海における無量のパートナーだ。水中発掘でもバディーを組んでいる。大阪出身の賑《にぎ》やかな広大は無量と同い年で、性格は正反対だが海の中では誰よりも息が合う。広大の職業は潜水士だが、最近は司波のもとで水中発掘の仕事に専念していた。

「司波さんたち、開陽丸のガイドしてくれるんですって」

「いいんすか」

「せっかくだしな。俺たちが直々にレクチャーしてやる」

勝手知ったる様子で乗り込んでいく。船内には、オランダでの建造資料や戊辰戦争の経緯説明のみならず、海底から引き揚げられた遺物もたくさん展示してある。目に付くのは大量の砲弾だが、他にもエンジンなどの部品類・武器類から文具や食器などといった生活用品もあって、乗組員の息づかいまで感じられそうな遺物の数々に、無量は心を躍らせた。

閉館までたっぷり開陽丸の船内を堪能《たんのう》した。

夜は司波行きつけの店に連れていってくれるという。

国道沿いにある小洒落《こじゃれ》た創作居酒屋には「かもめ」と看板が出ている。

「いらっしゃい。おやまあ、今日はまた若いのいっぱい引き連れて」

店の大将とはすっかり顔なじみだった。四、五十代とみえる夫婦とその娘が厨房《ちゅうぼう》に入っている。家族で切り盛りしているアットホームな明るい店だ。

「元チームメイトとその仲間なんだ。たくさん食わせてやってくれ」

無量たちは「いいんすか」と目を輝かせた。

「おう、たらふく食っていいぞ。せっかく江差まで来たんだからな」

これにはカメケン一行も大喜びだ。遠慮なくごちそうになることにした。

わいわいと賑やかなテーブルで、無量は隣に座る黒木に話しかけた。

「そういえば、エイミさんと婚約したんだとか」

黒木は珍しく面はゆそうにしながら、

「広大から聞いたのか」

「おめでとうございます。俺、ずっと黒木さんの言葉が耳に残ってて」

かつて黒木は言っていた。〝海の底は死の世界で、深海に潜ることは毎回死にに行くことなのだ〟と。潜水は死と隣り合わせの危険な作業、というだけではなく、深海の暗さ・冷たさ・水圧そのものが、海底の闇で作業するダイバーに、いやでも〝死〟を想起させる。

「……海の底から戻ってきて自分が生きてること実感させてくれるのは、エイミさんの笑顔だったって言ってたでしょ。けど、そう気づいた時にはなにもかも遅かった、って黒木さん、しょぼくれてたじゃないすか」

「俺しょぼくれてたか？」

「めっちゃへこんでたっすよ」

「おまえには背中を押されたよ」

黒木は笑みを浮かべている。

「やっとあいつに『海の上で待っててくれ』って言えた。ありがとな、無量」

無量にとって黒木は「憧《あこが》れの男」だ。どこか孤高を漂わせた一匹狼の佇《たたず》まいに心惹《こころひ》かれたし、人との距離の取り方も物事の感じ方も、何より発掘屋になった理由そのものに共感できたし、自分と似ていると感じた。だからこそチーム内での居方に、無量が求める答えを持っていると思ったし、ダイバーとしての心構えも手本にしたいと思った。自分も黒木のような大人になりたい。そんな黒木の人生に自分がわずかでも関われたのは、誇らしいことだった。

「おまえのほうはどうなんだ？　例の父親とはその後会ったのか」

「あー…、それなんすけど、実はこないだ……」

などと黒木を独り占めして話し込んでいる無量を見て、ソンジュが萌絵に、

「めっちゃなついてますね」

「西原くんがあんなに尻尾《しっぽ》振るの、黒木さんと相良さんぐらいだから」

横では司波がミゲルたちに無量とのなれそめを語っている。

「水中発掘かー、かっけーっすね。俺もやってみたかぁ」

「興味あるかい。始めるならダイビング免許をとるところからだな」

「やってみたかあ。ソンジュくんもどうですか」

「あいにく僕はカナヅチで」

万能にみえたので意外だった。萌絵が「でも」と和らげ、

「ダイビングは潜るほうだから、必ずしも泳げる必要はないかもよ?」

「んだ。かえって浮がねぇほうが向いてるかも」

「子供の頃、近所の海で溺《おぼ》れたことがあって。それ以来、海はちょっと」

珍しく弱みを口にする。

「船は大丈夫なんだけどね」

「じゃ、バナナボートは?」

「うーん、ギリいけるかな。……ちなみに韓国も水中発掘が進んでて、沈船からは日本との交易の物証もたくさん出てますよ。ただ以前、李舜臣《イスンシン》の亀甲船《きっこうせん》調査で捏造《ねつぞう》騒動もあったので」

「意図ありきの調査となると、陸上以上に捏造工作のリスクがあるからな。そうでなく

とも水中発掘は領海問題に直で関わることもある。最近でいうと——」

司波とソンジュは「水中発掘の政治的問題」について語り始めてしまう。考古学者同士の対談を聞いているようで、萌絵たちは感動してしまった。

「ソンジュくん、さすがだわー。八歳で大学に入るだけあるわー」

「おっ、きたきた。江差産カニコロッケとニシンのカルパッチョ」

ミゲルはのんきに食を楽しんでいる。萌絵たちも独創的な創作料理に舌鼓を打った。

「大将、このガザ海老《えび》のフリット、めっちゃおいしいです」

「そう？　蝦夷舞茸《まいたけ》もおすすめだよ」

厨房から身を乗り出してくる大将を、さくらがまじまじと見た。萌絵に耳打ちし、

「なあ、あの大将さん、誰かに似てねぇが？」

「似てる？　誰かな。俳優さんとか？」

さくらは眉間《みけん》に皺《しわ》をよせてジーッと凝視していたが、突然「あ！」と叫び、

「土方歳三だ。歳さまに似でるんだ」

言われてみれば、目元の涼しい感じとか、しゅっとした顔立ちとか前髪を後ろになでつけた髪型とか、箱館戦争の時に撮ったという写真の土方を彷彿《ほうふつ》とさせる。

「大将、もしかして土方歳三の子孫では」

「んなわけないいない。出身は仙台《せんだい》だし」

「仙台から江差に？」

「妻が江差の生まれなんです」

隣でコロッケの盛り付けをしていたエプロン姿の妻が会釈した。札幌で出会って妻の実家があるこの江差に店を出すことにしたのだという。

「土方歳三といえば、江差にも来ていてね。土方が沈んでしまった開陽丸を見て、榎本武揚と一緒に悔し涙を流しながら叩いた松の木、というのも残ってるんだ」

「おおー、やっぱり来てたんですね」

「実はうちの本家には、土方歳三からもらった御礼の品というものがあるんですよ」

妻の言葉に萌絵たちは思わず身を乗り出した。

「土方から直々にですか！」

「ええ。松前藩と戦った時に負傷兵をうちの先祖の家で手当したんだそうです。そしたら兵を率いてた土方歳三が御礼の品を」

「なんなんです？　その品というのは」

「漆塗りの物差し」

「物差し？」

スマホで写真を見せてくれた。

定規に似た漆塗りの板に幾何学模様の彫刻が刻まれている。とても細やかで美しい。朱と黒の漆で塗り分けられており、端っこには根付けを思わせる彫り物もくっついていて高級そうだ。

「土方が使ってた文房具、かな？」

これまた不思議な返礼品だ。

家宝にしているという。

「まあ、家族も半信半疑なんですけどね。でも、そう信じた方がワクワクしますから」

萌絵とさくらは羨望《せんぼう》のまなざしだ。

そこに新たな客がやってきた。五十代と四十代くらいの男性二人組は司波たちの知り合いだった。

「研《けん》さんとまっさん、いいとこに来た。無量、こちらが今回の調査チームの潜水士、毛《もう》利《り》研児《けんじ》さんと松岡宏人《まつおかひろと》くんだ」

年上らしきグレイヘアにひげの男性が「毛利です」といい、年下と思《おぼ》しきほうの長身男性が「松岡です」と名乗った。ふたりとも地元の潜水士で、開陽丸の調査にも度々参加しているという。無量たちも挨拶《あいさつ》をかわし、

「今回のメンバーはイケオジ揃いっすね」

「はは、おじさんたちも負けてられないからな。なあ、研さん」

「ええ、司波さんのブラックなローテーションに耐えられるのはおじさんたちぐらいですしね」

と毛利が言うと、どっと笑いが起きた。

「そりゃこっちの台詞《せりふ》ですよ。研さんはこのあたりの海を知り尽くしてるから駄目だし

されっぱなしなんだよ」

「ご謙遜《けんそん》。司波さんとバディー組むのは毎回エキサイティングですよ」

「いいなあ。俺も交ざりたいっす」

地元話で盛り上がり、地元食材の料理をたらふく食べて、北海道初日の夜はにぎやかに更けていった。

*

開陽丸と土方歳三の話で盛り上がったため、一行の頭の中はすっかり水中発掘と幕末に染まってしまっていたが、肝心の発掘調査はそれらとは全く関係ない。

今回の現場は「中世の城跡」だった。

「道南に来て、縄文でも幕末でもなく……中世とはね」

翌朝、現場に向かう車中で無量がぼやいた。ミゲルも首をかしげ、

「北海道で〝中世の山城〟言われてもピンとこんなあ……」

語感からして「本州の戦国時代」をイメージしてしまうせいもある。

なぜに北海道で？　と思っていると、助手席から萌絵が、

「このあたりは津軽半島から渡ってきた和人が館《たて》を築いたりしてたの。あれ見て」

道路脇には「北海道和人文化発祥の地」というキャッチフレーズが書かれた大きな看

板が立っている。

「北海道には元々、先住民族アイヌの人たちがいたでしょ。和人は後から来た人たちだから」

和人、という聞き慣れない言葉に、ソンジュが意味を尋ねた。

「本州日本人って感じかな。先祖代々アイヌ語を話してアイヌの生活様式やしきたりで暮らしてきた人たちを〝アイヌ〟。それに対して、先祖代々日本語を話して本州的な様式やしきたりで暮らしてきた人たちを〝和人〟と呼ぶの。アイヌの言葉では〝シャモ〟って呼んでたそう」

「私たちは和人だべ。じゃあ、ソンジュくんは？」

「それで言うなら僕は韓民族《ハンミンジョク》で、母親は日本の和人。僕は日本語もしゃべるけどね」

北海道島における考古学には、独特の時代区分があって、縄文の次は続縄文文化、その次が擦文《さつもん》文化（擦文は土器の名）。オホーツク沿岸ではそれらにまたがるオホーツク文化。その次がアイヌ文化の時代となる。古墳《こふん》時代や飛鳥《あすか》時代、奈良《なら》・平安《へいあん》という区分は、ない。

「和人が道南に渡った記録が出てくるのが鎌倉《かまくら》時代だけど、もちろん、そのずっと前からの交易の証《あかし》になる遺物も出土してるの。アイヌは東北にも住んでたようだから、東北の地名にもアイヌ語由来のものがあるっていうよね」

アイヌ民族にも、北海道アイヌ、樺太《からふと》アイヌ、千島《ちしま》アイヌとあって、それぞれ文化や言語、生活様式などが少しずつ異なる。東北のアイヌは本州アイヌとも呼ばれている。

「日本列島には、大きく分けると、北はアイヌ、中は本州日本人、南は琉球《りゅうきゅう》人……っていう三つの地域集団があって、それぞれ異なる文化を育《はぐく》んできたのね」

「つまり、北海道はアイヌの人たちの島だったんですね」

ソンジュもスマホで素早く検索をして、

「江戸時代の絵で見ると、アイヌの人たちは男女とも髷《まげ》は結ってないようだし、男性はみんな、ひげが豊かだ。独特の文様の着物が出てくる。アイヌ語はどんな文字なんだろう」

「アイヌ語には独自の文字はないの。口づてで伝えるから口承を大事にしてたのね」

「地域ごとの集団になってて、国家みたいな形ではなかったんですね」

海沿いの国道は「日本海追分ソーランライン」と呼ばれており、眺めもよく快走できる。曇天ながらも水平線がすっきり見渡せる。風車の群れが見えてきた。草原の丘にはススキが風に揺れている。

ハンドルを握るミゲルが萌絵に訊《たず》ねた。

「今回ん現場は、アイヌでなくて、和人が作った山城ちゅうことっすか」

「そう。津軽の十三湊《とさみなと》で力を持ってた安藤《あんどう》（安東）氏というのがいてね、十五世紀に南部《なんぶ》氏との戦で負けて、津軽海峡を渡って道南に逃れてきたんだって。そのままここに定着して、家臣と一緒に海沿いや河口に館《たて》を作ったのね」

記録に残るそれらは「道南十二館《どうなんじゅうにたて》」と呼ばれている。場所が判明していないものも多いが、特定された館はいわゆる城と同じく土塁や堀があるので、遺跡としては「中世の城」と分類できる。

「今から行く上ノ国町にも館があってね。作ったのは蠣崎《かきざき》一族」

そちらは秋田に拠点を置く下国《しものくに》安藤政季《まさすえ》の家臣で、後に独立を果たした氏族だ。

「その蠣崎氏の娘婿になった武田信広《たけだのぶひろ》ってひとが有名で、江戸時代の松前藩を作ったのはその子孫だから、松前氏の祖とも言われてるの」

「松前っていうと、松前漬の？」

「あ、うん。ごはんのお供に最高だよね」

上ノ国町には、花沢館《はなざわだて》（道南十二館のひとつ）・洲崎館《すざきだて》・勝山館《かつやまだて》という三つの館跡があり、中でも最後に出来た勝山館は規模も大きく「日本最北の山城」とも言われている。

「築城は十五世紀、室町《むろまち》時代だね。勝山館は当時、和人の北方貿易の一大拠点になってたんだって」

その後、本拠地は松前（大館《おおだて》）に移るが、勝山館も副城として安土桃山《あづちももやま》時代まで機能していた。蠣崎氏は織田信長《おだのぶなが》とも対面し、豊臣秀吉《とよとみひでよし》からは「夷島主《えぞがしまのぬし》」と認められもした。徳川家康《いえやす》が天下をとると、幕府のもとで晴れて「松前藩」となったわけだ。

「それぐらい交易で儲《もう》けて力があったわけか」

「北海道の歴史は交易の歴史といっても過言じゃないからね、勝山館からはそれこそ、本州や中国・朝鮮・琉球、果てはベトナムまで。大量の陶磁器や古銭が出土してるみたい」

そして、何よりも地元のアイヌとの交易は、最も頻繁かつ日常的に行われていたようだ。

「交易の仕方は物々交換で、和人の鉄製品や漆製品はアイヌの人に喜ばれたし、アイヌの干し鮭や昆布、動物の毛皮は和人に珍重されたって。アイヌは樺太や大陸との交易もさかんに行っていて、大陸と和人の仲立ち的存在として北東アジアの交易の担い手になったそうだよ」

萌絵が驚くほどスラスラとうんちくを披露したものだから、無量はしみじみと感動し、

「あの永倉も成長したもんだ」

「え？　明日《あした》、大雪ふる？」

「なんでそうなる」

「だって西原くんが私を褒めたりするから」

「褒めてない。つか、忍がいないとまともになるの、なんで？」

唐突に忍の名前を出された萌絵は、激しく動揺した。

「さささがらさんがいた時から私はずっとまともだってば。……話が横にそれたけど、今回調査するのは最近新たに遺物が出てきた場所で、事によっては蠣崎《かきざき》氏の未知の館跡になる可能性もあるそうです。あ、ミゲルくん、次の環状交差点は松前方面ね」

ソンジュは醒《さ》めた目つきでやりとりを聞いている。

風は冷たいが、厚い雲から日が差して明るくなってきた。

一行は集合場所である勝山館のガイダンス施設に到着した。

今回の現場は「夷王山南遺跡《いおうやまみなみ》」と名付けられたという。

国史跡にも指定された勝山館跡がある夷王山《いおうざん》の南麓《なんろく》で発見された。山道から貿易陶磁器が出土したという。

和人が築いたものの中で最北の中世城館である「勝山館」は、松前氏の祖・武田信広がつくった山城で、規模も大きく住居や井戸や堀や橋、さらには墳墓まであり、今は史跡公園として整備され、続日本百名城のひとつにも認定されている。

「はじめまして。道南大学考古学研究室で准教授を務めております鵜飼茂文《うかいしげふみ》です」

ガイダンス施設で出迎えたのは四十代とみえる男性だ。肉厚の体に太い腕、勇ましい眉毛《まゆげ》にたくましい顎《あご》、よく鍛えたプロレスラーを彷彿《ほうふつ》とさせる。

「道南の和人館などの遺構を研究してます。……そしてこちらが」

「上ノ国町教育委員会で埋蔵文化財を担当してます八田杏奈《はったあんな》です」

八田は三十代前半か。黒髪のロングストレート、色白でくっきりとした褐色の瞳《ひとみ》にふっくらした頰、細フレーム眼鏡をかけて一見クールだが、笑うと八重歯が覗《のぞ》いて急に親しみやすくなる。

「西原無量さんとシム・ソンジュさんですね。お噂はかねがね。こんな豪華なメンツで発掘ができるなんてワクワクします」

「僕も楽しみにしていました。ソンジュと呼んでください」

人なつっこい笑顔で愛嬌《あいきょう》をふりまいている。

「韓国では山城も手がけてました。勉強させてもらいます」

「それはこちらの台詞《せりふ》です。大陸からの遺物も多く出ますのでアドバイスお願いします」

「もちろんです」

この猫かぶりな笑顔がくせものなのだ。無量が「みえみえだよ」とばかりに肘《ひじ》でこづくと、ソンジュはツンと澄ました顔をした。

今回の調査は試掘で、新たに見つかった遺物から遺構の範囲や構造を把握することが目的だ。まずはテストピットやトレンチを掘って遺構を確認する。来年、あらためて本発掘をして、最終的には勝山館の付属施設なのか、はたまた(記録には残っていない)独立した館《たて》なのか、年代や機能を見極めることになる。近くの尾根で風力発電の風車を増設する計画も進んでいるので調査を急ぐ必要があるという。

机の上に地形図を広げ、さっそく説明が始まった。

「地形から推測した曲輪《くるわ》と空堀《からぼり》と思われる場所です。調査期間が短い上に広範囲にわたるため、腕利きの手を借りたいと思って今回依頼しました」

「上空からのレーザー測量などはしましたか？」

とソンジュが訊ねた。横から無量が、

「航空レーザー測量ってやつか。天皇陵とかの古墳で使う」

「はい。木が生えたままの山林でも精密な測量ができるので遺構を検出しやすくなります。僕が韓国で使ってたのもこの手法でした」

名古屋では素人顔をしていたソンジュだが、正体もばれたので、遠慮なく発言することにしたようだ。

「あれか？　未発見の城郭遺構をばんばん見つけてるってのもそれで？」

「考古学ってやつはデータ・サイエンスですからね。大量のデータから抽出した城郭遺構の特徴をＡＩに食わせて、３Ｄレーザー測量図から遺構の可能性が高い場所をピックアップする。それを人間が精査して試掘で検出する。これが僕のやり方なんです」

無量たちはぽかんとしてしまった。

「そのためのスポンサーを得るのも僕の仕事のうちなんですよ」

聞くだに最先端をいっている。ただそれをするには金がかかる。

「で、インスタグラマーに？」

「そっちはたまたま。ただ政府や企業にお金を出させるためなら、僕の名前も経歴もフルに活用するってだけです」

無量はいやでも実感する。東アジアで今一番注目を浴びている考古学界の新星、これがソンジュの本来の姿か。

するど、鵜飼が申し訳なさそうに、

「あいにくそこまでの予算はつかなくてね。だが比較的新しい測量図だから遜色《そんしょく》はないはずですよ」

地形図をじっと見つめていたソンジュが何か思いついたようで、

「これ、僕のPCに読みこませてもいいですか」

「ええ、もちろん」

「うちのソフトでなんとかなるはずだ。夕方には結果を出せますから、今日はここで作業させてください」

＊

「すげぇなあ、ソンジュくん。……見た目はあんなチャラいのに」

ソンジュがガイダンス施設に残ったので、無量たちは勝山館の見学に向かうことになった。道すがら、さくらがしきりに感心して、

「現場さ行かねぇでもパソコンだけで遺構見つけちゃうなんて。天才だよ。……見た目はチャラいのに」

「二度言ってるぞ、さくら」

現場を見なくとも土に触れなくとも、データを見るだけで遺構を割り出してしまう。

これには無量も舌を巻いた。

「まあ確かに、レーザー測量が手軽にできて人工知能も凄《すさ》まじく発達すれば、もう十数年後には地球上の未知の遺跡、全部AIが見つけちゃうかもな」

そういう最先端の技術をソンジュは手足のように使える。

萌絵も感心している。

「ソンジュくん、自分は理系だって言ってたけど、まさにだね」

「考古学はハナから理系だよ。理系脳がないと何も読み解けない。最先端の分析方法や小難しい数字に通じてないと、どんどん置いてかれる」

「はー。地道に土ば掘っとー俺らが原始的に見えんばい」

それが自分とソンジュのちがいだと無量は思った。ソンジュはあくまで考古学者だ。自分のような、ただの発掘作業員とは立ち位置が違う。

「……そもそも俺みたいな割り算も満足にできないやつが立てる土俵じゃないっつの」

無量が自嘲《じちょう》したものだから、萌絵がムキになり、

「でも遺物は土を掘ってみないと見つけられないよ」

「どうかね。そのうち、掘らなくても地中に何が埋まってるか、わかる時代がくんじゃね？」

「そげんなったら俺ら、おまんまの食い上げだわ」

ミゲルがあっけらかんと笑い飛ばした。

勝山館の案内をしてくれるのは八田だ。史跡としてどこもきれいに整備され、尾根を削った主郭からの眺めは素晴らしい。なだらかな斜面には階段状に建物跡があり、その向こうに海が広がる。江差のある北の方角は折り重なる山々が美しい。城の下には穏やかそうな港もあって、遺跡の規模もさることながら、風渡る心地好《よ》い空気と雄大な眺めに晴れ晴れとした気分になった。

「見晴らし最高だね。沖にいる船から見たら、すごい立派な城だなって思いそう」

「両脇を谷に挟まれてるから防御施設としても完璧《かんぺき》」

「ここでお弁当食べたいねえ」

遺構の説明を受けながら、復元した虎口《こぐち》の橋まで下りていく。虎口に近い眺めの良い場所には大きな客殿があったようだが、なぜかそのすぐそばに鍛冶《かじ》場跡と銅細工作業場跡がある。不思議に思った無量が八田に理由を訊《たず》ねると、

「ああ、私たちも不思議だったんですけど、たぶん風向きではないかと」

「風向き」

「上ノ国は風の国とも言われていて、日本海側でありながら太平洋《たいへいよう》からのやませ（北東から吹く風）が入りやすいんです」

津軽海峡側の木古内町と日本海側の上ノ国町とを結ぶ谷状地形が「風の谷」をなしている。無量たちが昨日通ってきた道道がまさにそれだった。

「東からの風に対してはこの場所が風下になります。金属を溶かす作業場は有毒ガスも出るので、風下が具合がよかったのかも」

「なるほど」

「ただ真冬は〝たば風〟が吹きます。北西から吹きつける極寒の風なんですが」

「え、それだと思いっきり風上だ。町に直撃しますよ」

「その場合は隣の尾根が防風壁の役割をしていたのではと。もしくは冬場は作業しなかったかもしれません」

なるほどよくできている。幅三メートルのメインストリートは両脇にたくさんの建物が並んでいたようで、まさに中世都市だ。「無碇《むいかり》」（＝碇が無くとも停泊できる）との古い地名もあるくらいで穏やかな湾には船がたくさん入っただろうし、この道も交易に来た人々でさぞ賑《にぎ》わっただろう。

「こんなすごい中世の都市遺跡が北海道にあったとは」

この海岸段丘に作られた城郭の存在は、廃城になった後も地元の人々によって語り継がれていたという。当時はきっとヨーロッパの断崖《だんがい》にある貿易都市にも引けを取らない壮観な眺めだったろう。

見学路を戻る道すがら、八田が声をかけてきた。

「……そういえば、西原さんは恐竜化石も掘るんですよね」

「はい？　ええ、まあ、いまは休業中ですけど」

「実は私の実家が鵡川《むかわ》で」

「むかわ？　むかわ竜の！」

無量が目を輝かせた。胆振《いぶり》地方にある町だ。むかわ竜と名付けられた新種の恐竜の全身骨格化石が発見されたことで今、話題沸騰している。当初は首長竜と思われていたが、まぎれもなく恐竜だと判明して研究者たちを沸かせていた。

「友人が博物館でむかわ竜のクリーニングもやってます」

「まじすか、骨入り岩石六トンもあるって聞きましたよ」

「はい。むかわ町は少し遠いけど、よければぜひ遊びにきてください」

恐竜は当分掘らないと宣言した無量だが、話を聞くとウズウズしてしまう。水中発掘といい恐竜といい……、自分は思いのほか気が多いのだろうか。

無量は頭を垂れた。

宿泊所に帰った後も、ソンジュはパソコンと首っ引きだった。

その夜は鍋《なべ》で盛り上がったが、ソンジュは部屋にこもって作業を続けている。無量がおにぎりを握って持っていくと、ヘッドホンをして集中しきっている。肩をつつくとやっと気づいて「そこ置いといてください」という。

「なにやってんだ。それ」

「プログラム修正してます。ローカルでも使えるように」

「その遺構検出ソフトの？　まさかおまえ自分でいじれんの？」

「僕が作ったソフトウェアなんで」

無量はあぜんとしてしまった。天才とはこういうことをいうのか。

「あ、夷王山南遺跡の検出結果は萌絵さんに送っときましたから。照合しといてください」

名古屋でソンジュを素人扱いした自分に、我ながら冷や汗が出る。

こんな頭脳の持ち主と張り合うだけ無意味に思えてきた。

「西原ー。風呂《ふろ》いくぞー」

ミゲルがお風呂セットを小脇に抱えて呼んでいる。

「近くに温泉施設があるんだと。ソンジュくんも一緒に」

ソンジュには聞こえていない。邪魔はせず、無量たちだけで行くことにした。

＊

「なんで声かけてくれないんですか。温泉いきたかったのに」

翌朝、ソンジュから怒られてしまった。

「気ぃつかったの。別におまえの大好きなスーパー銭湯じゃないし」

「スパ銭よりそういうのにいきたかったんですよ。町営とかのちっちゃな日帰り温泉」

「渋いな。……わかったわかった。今日はつれてってやるから」

結局、一晩でプログラムの修正作業をやり終えたソンジュは、検出ソフトで新たに見つけた遺構らしき場所を鵜飼たちと共有し、現場で確認することになった。さくらとミゲルには八田とともに他の場所で先に試掘を始めてもらい、無量とソンジュは鵜飼とともに山中へ確認に向かう。落ち葉が積もる山道を進み、該当する地点にたどり着くと、無量が実見し、

「確かに人の手が入ってますね。今は土砂で埋もれてますけど、掘れば切岸《きりぎし》（斜面を削って作った敵の侵入を阻むための崖《がけ》）が出てくるかと。空堀の一部でしょうね」

「前に僕が来た時は完全にスルーしてたよ。すごいなあ、ソンジュ君のソフトは。ほんのちょっとしか残ってない部分からでも遺構を予測できるのか」

「いや無量さんのほうがやばいでしょ。土に埋もれてる切岸がわかるなんて、透視でもしてるんですか」

「別にやばくない。ふつー」

「気になるのは奥の斜面だな」

と鵜飼がタブレットを指さした。ゆるい谷状の斜面に、小さな丸い土盛りらしきものが五、六個確認できる。落ち葉に埋もれて目視では判別しづらいが、

「墓じゃないだろうか」

「墓っすか」

「勝山館跡の後ろにある夷王山墳墓群に様子が似ている」

無量も思い出した。ガイダンス施設のすぐ下の斜面にあった墳墓群だ。直径一～二メートルほどの土盛りが数個、ひとつの場所に寄り集まっていた。

「和人墓か、もしかするとアイヌ墓かもしれないなあ」

勝山館跡では和人の墓の隣にアイヌの墓も見つかっている。

和人の館《たて》だが、アイヌも混住していたらしい痕跡《こんせき》が見られるのだ。

「勝山館を作った武田信広は、コシャマインを討ち取った人物でもあってね」

「コシャマインの戦いの」

「そう。アイヌが和人に対して蜂起《ほうき》した戦いだ」

西暦一四五七年のことだ。

きっかけは志濃里《しのり》（現在の函館市志海苔町《しのりちょう》）という町で、アイヌの男性（少年とも言われる）と和人の鍛冶《かじ》職人が小刀《マキリ》をめぐって諍《いさか》いになったことだった。小刀《マキリ》のできばえが価格に見合わないと抗議したアイヌ男性を、鍛冶職人が刺し殺してしまったのだ。これに怒ったアイヌの人々が和人の館に攻め込んだ。

「アイヌにとっても刃物は必需品だったが、製鉄技術を持ってなかった。加工はできたようだが、一から作ることはしてなかったから、和人から手に入れるしかなくてね。足下を見られたのか、そういうトラブルは他にも起きていたんだろう。それに加えて和人がこのあたりの交易を仕切り始めて、アイヌが思うように取引できなくなったのも不満の種だったんだろうね」

そうでなくとも和人はよそ者だ。

積もり積もった不信と不満が事件をきっかけに爆発したのだろう。

蜂起の火は一気に燃え上がり、道南一帯からむかわや余市《よいち》にまで広がった。その中心となったのが道南東部をまとめるアイヌの長コシャマインだったのだ。

「――当時、道南地方の海岸線には『道南十二館』と言う和人の館があったが、ふたつを残して全部陥落した」

「たったふたつしか……。すさまじいっすね」

「そのひとつが、上ノ国にある花沢館。来る途中、国道の大きな橋を渡ったろ？　そのたもとだ。蠣崎《かきざき》氏の館だった」

その花沢館に派遣されていたのが武田信広だった。コシャマインを討ち取り、手柄をあげた信広は蠣崎の娘婿になって家を継いだ。陥落した他の館から逃れてきた和人も集まってきて、信広は道南の和人の支配者へとのぼりつめていく。

こうして百年に及ぶ「北海道の戦国時代」が始まった。渡島半島でもアイヌと和人、あるいは和人同士の争いが断続的に続き、勝山館も何度か攻め込まれている。

「だが内地の戦国時代のような領地や城のぶん捕り合いじゃなく、あくまで交易をめぐる争いなのが、内地とのちがいでね。それだけ蝦夷地（北海道）では交易が重要だったんだな」

またアイヌにはいくつもの地域集団があり、和人との関係性もそれぞれに異なっていたようだ。

「その争いはどうやって収まったんです？」

「蠣崎氏を東西から挟み込んでいるアイヌに利益分配することになった。津軽海峡側の知内《しりうち》に住む『東のアイヌ』の長チコモタインと、日本海側のせたなに住む『西のアイヌ』の長ハシタインに、よその商船から徴収した利益の一部（夷役《いやく》）を支払う、と取り決めた。その代わりに両者の間にある和人地を承認してもらった。海をいくアイヌの船は沖合を通りかかるとき、帆を下ろして船をとめ、敬意を表したというよ」

こうして和睦《わぼく》が相成った。

関係が安定し、道南での交易も安全に行われるようになった。

「十六世紀頃には、この下を流れてる天野川《あまのがわ》からこっち側が和人地とされたが、このあたりでも当時のものとみられるアイヌの道具が見つかっている。ひとつの町に和人もアイヌも普通に行き交っている。そんな光景が見えてこないか？」

「つまり、言葉も文化もちがうけど分断された存在じゃなくて、争いもするけど、基本ギブアンドテイクな関係で共生してた。そういうことですね」

納得するソンジュの横で、無量は先ほどからジッと斜面を見つめている。

なにか気になるようだ。

「そこちょっと掘ってみてもいいすかね」

「墓を、かい？」

「いや、沢んとこっす。テラスっぽくなってる」

墓らしきマウンドが複数みられる斜面の奥に小さな沢があり、狭い平坦地《へいたん》がある。曲輪《くるわ》にしては狭く、帯曲輪（曲輪の周りの通路的なスペース）でもなさそうだ。

「そこになんかあるんですか。また右手が？」

「いや。なんとなく」

無量の言う「なんとなく」がソンジュは苦手だ。

ソンジュが「遺構あり」と思う時には必ず根拠がある。理由を説明できるが、無量にはそれがない。得体の知れない感覚で何かを感知している。それが理解できない。ましてや右手で感じるなど。

ソンジュが無量に抱く気味の悪さは、怪奇現象と同質のものだ。立体パズルも解けない人間に、なぜ土の中にあるものが感じ取れるのか。

「ちゃんと伝わるように言語化してください」

「苦手なんだって。まいっか。掘るのは後にして、とりあえず次行きましょ」

一日がかりで実地確認をし終えた結果、新たに数ヵ所で遺構が見つかった。

遺跡の全体像が見えてきたところで試掘を入れる場所を再検討し、作業は週明けからとなった。

＊

天気はいいが、その分、朝から冷え込みが厳しかった。

気温は関東《かんとう》の真冬並み、発掘現場ではダウンジャケットが必須《ひっす》だ。

今日の試掘区域は海が望めて眺めが良い。ただ山道からの斜面がきつく、ミニサイズのパワーショベルでもひっくり返る恐れがあったので、一から人力で掘ることになった。

「あっつー。もう半袖《はんそで》でいいわ」

汗だくになった無量が剣形スコップを土にさして水を飲むと、ソンジュも上着を脱いで腰に巻いた。

「ひどい肉体労働だな。無量さんの現場はいっつもこんな感じですか」

「パソコンにばっか頼ってなまってんじゃないの？　軍隊で鍛えてたんでしょ？」

ふたりがかりでトレンチを掘る。先日無量が気にかけていた沢のそばのテラスだ。ほんの三十分もしないうちに汗だくになった。

さくらとミゲルのほうは、すでに貿易陶磁器がわんさか出土している。

こちらもそろそろ、と思っていた時だった。

「おっ。穴だ」

無量がしゃがみこんだ。正確には「穴の痕《あと》」だ。土の色がちがう。

「攪乱《かくらん》かな」

「柱穴《ちゅうけつ》かも」

そこに鵜飼がやってきた。大きな体を揺さぶって、のっそりとしゃがみ込み、

「この穴、立ち上がりはKo－d火山灰層の下だね」

「ええ、確実に下っすね。駒ヶ岳《こまがたけ》の火山灰のことっすよね、一六四〇年の噴火の」

「つまり、それ以前——勝山館がまだ稼働してた頃に掘られたものかもしれない。一旦《いったん》きれいにしてから掘り下げてみてくれるか」

作業を続けたところ、土坑から銅銭と和釘《わくぎ》が出てきた。無量が「あれ？」といい、

「もしかして、墓かな？」

「なんで墓だと？」

「釘と銅銭の組み合わせは、棺桶《かんおけ》と六文銭……っていう共伴遺物のパターンがあって」

六文銭は三途《さんず》の川の渡り賃だ。単純に「あの世で金に困らないように」という意味もある。

無量が右手を見ている。ソンジュにはその仕草が気になる。

「掘るか」

と作業を続けた。

その手が止まったのは数分後のことだ。無量が土坑の一点を見つめている。土の中からは何やら、ぬるっと輝くものが顔を覗《のぞ》かせている。

「なんだ？　金属？」

無量が周りの土を削るように丁寧にどかしていくと、輝く範囲は横に広がっていく。土の中に横たわっていたのは、艶《つや》めいた黒い物体だ。

長さは三十センチほど、幅は約三センチといったところか。片方の先端だけが三角に切られている。反対側の先端にはつまみらしき突起物がついている。土がついているので判然としないが、表面には何か彫刻が施されているようだ。

横から覗いたソンジュが目を輝かせた。

「すごい……。蒔絵《まきえ》かな。文鎮？」

「いや、厚みは一ミリもないな」

「木製品ですかね。漆塗りの木簡とか？」

「扇子《せんす》の親骨かも」

「表面にとても凝った刻み文様がありますね。何かの装飾品かな」

再び鵜飼を呼んだ。

鵜飼は一目見て、それが何か判ったようだ。

「これは……イクパスイじゃないか？」

「イクパスイ……？」

「アイヌの祭祀具《さいし》だよ」

鵜飼はしげしげと覗き込んでいたが、次第に顔を紅潮させて興奮し始めた。

「漆塗りのイクパスイだ。しかも中世の！　これは凄《すご》いものが出てきたぞ！」

無量とソンジュは顔を見合わせている。

イクパスイ……とは？

第二章　歳三の返礼品

「間違いないですね。捧酒箸《イクパスイ》（酒捧篦《しゅほうべら》）です」

八田杏奈《はったあんな》学芸員がトレンチを覗き込んで断定した。

イクパスイ——それがこの遺物の名だという。

山林を流れる小さな沢のそばにできた平坦地には、無量《むりょう》とソンジュと鵜飼《うかい》もいる。八田は地面に手をついて土坑に顔を突っ込み、底に横たわる薄い板でできた篦《へら》状の遺物をしげしげと観察している。

「なんですか？　そのイクパスイというのは」

「アイヌ民族が神様——カムイに祈りを捧《ささ》げる時に用いる道具です」

八田は体を起こして無量たちに向き直った。

「神様に願い事などをするとき、トゥキという杯に注がれた御神酒《おみき》に先端をつけて神様のいる方に向けて滴を落とすんです」

こんな感じに、と扱う仕草をしてみせる。

「アイヌの言葉で、イクは酒を飲むこと、パスイは箸《はし》。神様に祈りを捧げることをカムイノミといいます。日本語でいうところの〝祝詞《のりと》をあげる〟でしょうか」

「カムイノミ……」

「アイヌの考え方では、人間の言葉はイクパスイを通して神様に伝わるんです。人間の言葉を聞き取ってくれて、完全ではない人の言葉を補ってもくれるといいます。祭祀の時になくてはならない道具なんです」

八田は掘り下げられたトレンチ部分の土層の壁を覗き込み、遺物が出た土坑の立ち上がりがＫｏ－ｄ火山灰層より下であることを確認して、

「もしかすると勝山館がまだ機能してた頃のものかもしれません。しかも漆塗りとは」

「珍しいんですか？」

「アイヌは漆を扱いません。でも漆製品はよく使っていました。それらは皆、和人から手に入れたものなんです」

無量は福井の細田《ほそだ》学芸員の言葉を思い出した。アイヌが使っていた漆器（アイヌ漆器）は和人との交易で手に入れた「輸入品」で、自分たちでは作っていなかったと。

「これも和人に依頼して漆を塗ったのでしょう。木胎《もくたい》漆器は土に埋もれると木地が腐食して漆の塗膜だけが残るケースも多いんだけど、これは木地も残っているように見受けられます」

イクパスイ自体は、実は勝山館《かつやまだて》の麓《ふもと》でも見つかっているという。

山麓《さんろく》の国道脇、館《たて》への登り口にあたる宮《みや》の沢《さわ》右岸から四本見つかっている。

一六四〇年に起こった駒ヶ岳噴火の火山灰層の下層から出ていて、江戸時代初期のものとみなされている。材質はヒバで、表面には複数の三本斜線や縦線などが刻んであった。漆塗りの杯《トウキ》と一緒に出土したが、そちらのイクパスイには漆は塗られておらず木地のままだったという。

「土坑跡から出た、ってことはお墓の副葬品か？」

そこに作業を終えたさくらとミゲルも合流した。珍しい遺物が出たと聞いて、ふたりとも興味津々だ。

漆塗りの表面には大きな渦巻きらしき文様、鎖を繋《つな》げたような文様と波を表したような鱗《うろこ》状の文様が線刻されている。先端の小さな突起物は単なるつまみかと思ったが、形状が鯨かアシカかアザラシにも見える。

観察していたさくらが「あれ？」と首をかしげた。

「これ、どっかで見だごどある……」

「どっかで？　イクパスイを？」

「え？　これ物差しじゃないの？」

確かに似てはいるけれど、物差しにしては幅が均一ではなく中央あたりが少し膨らんでいる。なぜ物差しだと思ったのか？　と無量が問うと、さくらは思い出し、

「歳《とし》さまの定規だ」

「トシさま？　だれだそれ」

「新撰組の土方歳三《ひじかたとしぞう》だよ。〃かもめ〃の奥さんの先祖がもらったっていう御礼の品。模様も似てる。これ、歳さまの定規にそっくりだよ」

無量とソンジュは目をまん丸くして顔を見合わせてしまった。

＊

「いらっしゃい。おや今日は君たちだけかい？」

無量たちはその夜、江差の創作居酒屋「かもめ」を訪れた。

萌絵《もえ》は仕事で函館に行っており、発掘組四人だけでやってきた。白い漆喰《しっくい》壁が南欧を思わせる小洒落《こじゃれ》た店内にはまだ他に客もおらず、前回と同じ席について早めの夕食をとることにした。

オーダーをとりにきた〃かもめの奥さん〃こと伊庭真由《いばまゆ》に、無量はさっそく尋ねてみた。

「土方歳三の？　はい、本家にありますけど、それが何か」

無量たちがかくかくしかじか経緯を話すと、伊庭夫妻は驚いた。

先日さくらたちが見た「返礼品」の画像を改めて見せてもらうと、

「……確かに。よく似てる……」

渦巻きと鎖と波のような線刻の配置もそっくりだし、海獣らしき立体物が彫られているのもよく似ている。

「漆は二色使いだけど、刻まれた模様はそっくりですね」

どういうことだ？　と無量たちは首をひねった。

およそ四、五百年前に掘られた土坑にあったイクパスイと、幕末から伝わるイクパスイが同じ文様であることに、どういうつながりがあるのだろう。

「どちらも同じ時期に作られたイクパスイなのか、どちらかが模倣品なのか。もしくは、この文様に何か意味があって幕末まで伝わってたのか」

「意味というのは？」

「よくあるのは、文様自体が所有者の属した集団固有のものである、とか、まじない的な意味がこめられてるとかかな」

イクパスイは祈禱《きとう》具なので、文様が呪術《じゅじゅつ》的な意味をもつことはありそうだ。

「今日夷王山から出土したイクパスイも、土方歳三のイクパスイと同じコタン（アイヌの村）で作られたのかも」

でも変だね、とさくらが言った。

「歳さまはアイヌの人じゃないよ」

武州多摩《ぶしゅうたま》出身の和人である土方がなぜアイヌのイクパスイを持っていたのか。

謎は深まるばかりだ。

「これ、実物を見せてもらうことはできますか」

ソンジュが言い出した。無量が慌てて止めたが、ソンジュには遠慮する理由がわからない。せっかく手がかりが目の前にあるのに引き下がる手はない、とばかりに無量を無視してソンジュが拝み倒したところ、

「皆さんのお役に立てるなら、ちょっと本家に訊《き》いてみましょうか」

真由を通じて訪問の約束までとりつけてしまった。

無量はあきれている。

帰りの車の中でたしなめた。

「そういうのは鵜飼さんや八田さんの役目でしょ」

「役目というのは？」

「遺物の正体を確かめるってやつ」

「なんで？　別にいいでしょ。発掘作業員が遺物を調べちゃいけない決まりなんてありましたっけ」

無量は返す言葉に詰まった。

「けど、鵜飼さんたちに許可もとらないで勝手に調べるのはまずいだろ」

「もちろん声はかけますよ。一緒に調べればいいじゃないですか。研究者じゃないから学芸員じゃないから……。そんなので遠慮するのおかしくないですか。肩書きなんて関係ない。知りたいから調べる。それだけです」

無量は目から鱗が落ちた気がした。言われてみれば、そのとおりだ。

どうやら無量は「発掘作業員の仕事」という分限にとらわれるあまり、必要以上に自制するようになっていたようだ。

確かに発掘調査では作業員は勝手なことはできない。調査員の指示と判断に従うから船は前に進む。とは言いながらも、無量も黙っていられないたちだから「ちがう」と思ったら率先して意見を口にするが、中には口出しを嫌う調査員もいて険悪になるパターンも多かった。波風を立てまいとすると無意識にブレーキが働く。「扱いにくい発掘員」になるまいとすれば、心を無にして唯々諾々と掘るだけになってしまう。そうもなりたくないのでバランスをとろうと「配慮」を優先していたせいで、持ち前の探究心や好奇心をいつのまにか抑えこんでしまっていたのではないか。

「自由だな、おまえ……」

「別に当たり前だと思いますけど」

「まあ、博士号持つ学者だしな」

現場での役割など気にせず、探究という行動に出られるのは、そのおかげだ。

と言いかけたら、ソンジュがなぜか反発し、

「博士号の肩書きがなんだっていうんです。僕は論文を書くために掘るんじゃない。知りたいから掘るんだ。無量さんはそうじゃないんですか」

無量はまたしても、ぽかんとしてしまった。

滅多に見せないソンジュの信念を垣間《かいま》見た気がした。

普段は愛想良く人畜無害な顔をしてニコニコしているだけのくせに、その懐にはドスを呑《の》んでいる。時折そんな目をする。刃《やいば》がギラリと光る匕首《あいくち》を隠す懐の、だがその胸の奥では真摯《しんし》すぎる心臓が鼓動している。

また忍《しのぶ》が重なった。

なんでこんなに似ているのか。

「……まあ、いいけど。仕事に差し障りない範囲でな」

ソンジュが笑った。が、人を試すような不遜《ふそん》な笑みだ。

無量は煙たそうに見て車窓に目線を移すと、闇を湛《たた》えた海原には白波が立っている。夜の海は墨を満たしたかのようだ。星明《あか》かりのある空と漆黒の海とが水平線でくっきりと区切られ、沖を夜釣りの船らしき灯りが横切っていく。

街灯もない国道を走りながら、無量は頬杖《ほおづえ》をついてまた忍のことを想った。

＊

伊庭真由からの返事を待つ間も、発掘作業は進んでいる。

無量とソンジュが受け持つ沢近くのトレンチでは、出土したイクパスイの取り上げ作業が行われた。

漆製品は内部の木地が腐り、脆弱《ぜいじゃく》になっている可能性もあるため、土ごと取り上げることになった。

取り上げたのは、無量だ。

作業をし始めた途端、耳鳴りを感じた。ソンジュに尋ねても「何も聞こえない」というから多分耳鳴りなのだろう。一定のリズムで発せられる電子音めいていて、膨らんだり縮んだりしながら揺らぎ続け、高音と低音に分離したり、またひとつに戻ったりを繰り返す。広がる波紋が体のあちこちでぶつかって見たこともない図形を無限に生み出し続けるようで、脳が酔いそうだ。

なんだ、この音は。さっきまでは何も聞こえなかったのに。

右手も震えている。

取り上げが済むと、その音も消えた。

遺物は、埋蔵文化財センターにあたる上ノ国館《たて》調査整備センターへと移された。

その後の確認で、遺物の状態は良好、木地部分もしっかり残っていることがわかった。漆の塗膜も剥《は》がれはみられず、裏側にも彫刻が確認できた。

×印と三本線。そしてS字曲線に小さくヒレが生えたような形——「シャチ」を表す印だという。

陽も傾いてきた頃、現場に残って作業を続行していた無量たちのもとに八田が戻ってきた。ちょうど休憩時間だった。渡されたのは掌《てのひら》サイズの噴き出し花火のような丸筒だ。やけにずっしりしている。

「名物の丸筒羊羹《ようかん》。おやつにどうぞ」

「どうやって食うんすか、これ」

筒に巻かれた包み紙を剥《む》くと糸が出てくる。蓋《ふた》を取り、底を押して羊羹を出し、出てきた部分を糸で切って食べるという。

「子供たちはうすーく切ったり、波形に切ったりして、遊びながら食べてますよ」

色はからすみに似ているが、甘さ控えめで優しい味だ。ソンジュは羊羹を糸で切るのが楽しいのか、何度も繰り返して面白がっている。お茶で流し込んで腹も落ち着いた。

「その後、何か出ましたか？」

「はい、面白いもんが。漆杯とガラス玉と、なんと刀の鍔《つば》っす」

漆杯はイクパスイとセットのようだ。ガラス玉と刀の鍔は少し離れたところから出た。

「刀は出てないのに、なんで鍔だけ出るんすかね」

「たぶん、これシトキじゃないかな」

シトキ？　とソンジュが聞き返した。

「アイヌの女性が儀式で身につける装飾品。ガラス玉はタマサイっていう首飾りで、胸の位置に金属製品の飾り板をつけることがあるんです。それがシトキ。魔除《まよ》けの意味があって、和鏡や鉄瓶の蓋や小田原提灯《おだわらぢょうちん》の蓋を使うこともあるんですよ」

交易で手に入れた外来の金属製品を魔除けとして利用しているのだ。

「確かに、刀の鍔って透かし彫りとか入っててオシャレですもんね」

「タマサイは女性の装身具なんですっけ。ってことは埋葬されてるのは女性？」

「ということになりますけど、タマサイは普通、母から娘やお嫁さんに受け継いでいくものなのでお墓に入れるのは珍しいかも。お墓じゃないのかな？」

と八田は首をひねっている。

「ちなみに勝山館の下で出土したイクパスイのそばからはタマサイも出ました」

「祭祀具《さいし》だけを埋めたとか？」

「どうでしょう。銅銭が出たのが気になります」

釘《くぎ》と銅銭の出土は「墓」であることを裏付ける。

「その銅銭ですが、どれも明銭《みんせん》で、一番新しいのが永楽通宝《えいらくつうほう》でした。つまり、この墓は少なくとも永楽銭が流通した十五世紀初頭以降のものです」

それ以降のは、ない。やはり、時代的に勝山館と大きく隔たることはなさそうだ。

それにしても八田はアイヌの知識が豊富だ。理由を訊《たず》ねてみたところ、

「アイヌの民具を研究しています」

専門家だったのだ。どうりで詳しいわけだ。

「……もしアイヌ墓だとすれば、頭を東に向けるはずだから、こっち方向にサブトレンチを入れると人骨が出るかも」

とアドバイスをくれた。夷王山墳墓群では、二基のアイヌ墓が和人墓を挟むような形で見つかっている。いずれも埋葬者は男性だった。勝山館の直下からもアイヌと和人が

混在する墓が出土している。

「アイヌ墓の人骨の歯冠計測からは、どれも和人的な特徴が見つかってます。どうやらアイヌと和人の混血によるもののようです」

「婚姻ですか」

「形質人類学的調査では、元々このあたりのアイヌは和人との混血が進んでいたと考えられます。本州との交易の痕跡《こんせき》は古くからみられますし、戦などで本州から逃れてきた集団もいるようですし」

室町（南北朝）時代に記された記録には「蝦夷には〝渡党《わたりとう》〟〝日《ひ》の本《もと》〟〝唐子《からこ》〟と呼ばれる人々がいて、そのうち〝日の本〟〝唐子〟は言葉が通じず」とある。それらは道東や道北にいるアイヌの集団と思われ、残る〝渡党〟は道南付近に居住していたようだ。「容姿は和人に似ており、訛《なま》りは強いものの言葉はなんとか通じる」と記録に記されているので、その子孫かもしれない。

「想像をたくましくすれば、例の『夷役《いやく》』配分の取り決めをした時、〝西のアイヌの長ハシタインを召し寄せて和人地である上ノ国に居を置いた〟との記述があるので、これが勝山館だとしたら、ハシタインと和人が館内で婚姻した、なんて空想もできますね」

館内ではアイヌ特有の「シロシ（印）」が入った陶磁器も見つかっている。

同じ文献でも解釈によって見える姿が変わってくるから、一概には言えないが、婚姻で結ばれたアイヌと和人が一緒に住んでいた可能性も全くなくはないわけだ。想像は広がる。

「ここには銅細工の作業場も鍛冶《かじ》小屋もあって、アイヌが金属製品を手に入れやすい環境ですし」

「例のイクパスイも漆塗りでしたよね。漆職人がいたとか？」

あれ？　と無量は首をかしげた。

「北海道は漆が生えないんでしたっけ。あ、でも縄文時代の漆製品は確か北海道でも出土してて、世界最古だなんて言われてたと思うんすけど」

「北海道にも漆はありますよ。ただ分布は偏っていたかもしれません」

八田が疑問に答えた。

「当時は縄文海進で温暖だったため、植生が今と違っていた可能性も。網走には江戸時代に本州から持ち込まれた漆の木がありますが、おそらく近世以降、北前船で本州から渡った漆職人の技が伝わっていたとも考えられます。アイヌは漆を扱わないので和人から手に入れてましたが、実は漆塗りのイクパスイ自体は珍しくないんです」

「えっ。特別ってわけじゃないんすか」

「はい、特に近世以降は」

アイヌが彫ったものを和人に預け、職人が漆を塗ったりしたものだ。和人がアイヌに売るために一《いち》から作ったりもしたという。イクパスイを家に二、三〇本も所有している
アイヌもいたようだ。遊び心のある木彫り装飾が増えていき、アイヌの人々の間で装飾

性豊かなイクパスイをたくさん持つことが一種のステータスにもなったようだ。

「元々アイヌの木彫りは芸術性が高いのですが、家の形とか熊の親子とかシャチとかの立体彫刻もついていて、お洒落《しゃれ》です。明治時代以降は、内地の人や外国人の観光みやげにもされていたくらいなので」

イクパスイはアイヌ文化を代表する独自の道具であると同時に、生活する上でなくてはならない道具だったのだ。

「伝え聞いた話では、昭和の初め頃、居酒屋でアイヌが呑《の》む時は、代用の箸《はし》を借り受けたり、店によっては何も言わずとも店主がそのための割箸を杯に載せてくれたりしたそうです」

「居酒屋でも」

「お酒を飲む前には必ずカムイにそのお酒を捧《ささ》げる、という作法だったんでしょう。……ただ中世の漆塗イクパスイは、ほとんど聞いたことが」

無量とソンジュは目で合図しあって、八田に「出土したものとそっくりな〝土方歳三のイクパスイ〟」の話をすることにした。

八田は不思議そうな顔で聞いていた。

「土方って……あの、土方歳三ですか。新撰組の」

所有者に見せてもらう約束をしたので一緒に来ないか、と誘ったら、八田は探偵のようにキラリと目を光らせ、

「それは気になりますね。ぜひ行かせてください」

こうして無量たちは八田を連れて、伊庭真由の本家を訪れることになったのだ。

＊

一方、その頃――。

萌絵は函館の街の真ん中で思わぬピンチに陥っていた。

「どうしよう。エンジンがかからない……」

顧客の新規獲得のため函館市郊外にある発掘業者に営業をかけた帰りのことだった。レンタカーの電子キーが朝からどうも不調だったのだが、ついに反応しなくなってしまったのだ。ドアのロックは鍵《かぎ》をさして解除したものの、エンジンがかけられない。そろそろ夕闇も迫ろうかという時刻で、見知らぬ土地での車のトラブルに萌絵は焦った。

「落ち着け、一旦《いったん》手動でかけて様子見よう。前にお父さんの車で電子キーが利かなかった時は確か、鍵をさして回せばエンジンが……え？　鍵穴がない。どこ、どこ？」

鍵穴がないプッシュスタートの車だった。パニックになり、取扱説明書を引っ張り出して格闘していると、運転席の窓をノックする音がした。

「なにかお困りですか」

「はい、エンジンの鍵穴を探してるんですが、この車どこにも……って、ええっ！」

顔をあげた萌絵は腰を抜かしそうになった。

「相良《さがら》さん！　なんで！」

スーツ姿の相良忍はにっこりと微笑むと、ドアを開けて萌絵の手からキーを受け取った。スタートボタンに近づけてテキパキと手順をこなし、スマートにエンジンをかけてしまった。

「わあ、ありがとうございま……す、じゃないんです！　なんで相良さんが函館にいるんですか」

「営業だよ。うちが始めた最新調査機材のレンタル・リース契約を売り込みに来たんだ」

「マクダネルはそんな地道なことまでやってるんですか」

「江差に帰るんだろ？　ちょうどよかった。乗せてってもらえないかな」

萌絵が許可する前に助手席に乗り込んでくる。やはり忍も北海道に来ていたのだ。まあ、来ていないわけがない。ソンジュをひとりで来させるわけがない。萌絵はレンタカー屋のある木古内に寄る旨を告げてから、車を発進させた。

「機材のレンタル・リースなんて意外と手堅い商売もしてるんですね、御社は」

「最新の調査機材は高価だし、こういうのは資金力のあるマクダネルの強みだからね。レーザー探査が手軽にできるようになれば、発掘調査だってぐんとはかどる」

「まさか日本中の発掘屋さんと契約するつもりですか」

「……永倉《ながくら》さん、知ってる？　日本では膨大な発掘調査報告書が作られてきたけど、そのほとんどがろくに使われることなく本棚の隅で埃《ほこり》をかぶってるそうだよ。奈文研《なぶんけん》（奈良文化財研究所）が全国の調査報告書の電子化を進めてるけど、まだまだｗｅｂ上で閲覧できるのはほんの一部だし、たとえ閲覧できるようになったとしても情報が膨大な上にとっちらかりすぎて研究者たちも充分に扱いきれない」

「確かに報告書を効率よく活用できてるかといえば」

「そこでうちが電子化の支援事業に乗り出すことになった。電子化に留《とど》まらずＡＩを使って全ての報告書の膨大な情報を分類整理して、研究者がより迅速に効率よく利用できるプラットフォームを構築するつもりだ。いまその準備をしてる」

壮大な事業計画に、萌絵はぽかんとしてしまった。

「さすがマクダネル……。やることデカいですね」

うちみたいな小さな事務所がライバル視できる相手じゃなかったわ、と肩を落とした。

「相良さんが提案したんですか」

忍は前を見たまま「まあ、簡単じゃないけどね」と呟《つぶや》いた。

これも忍の言う「夢」の一環なのだろうか。

「それより、僕のことは無量に伝えた？」

萌絵はふくれっ面になり、高速道路の入口へとハンドルをきった。

「私からは言いません。言えません。ショックで寝込まれても困りますし」

「寝込みはしないだろう」

「相良さんはずるいです。所長には伝えてるくせに一番肝心の西原《さいばら》くんに伝えないなんて」

忍は前の車のテールライトを見つめている。

「私に貧乏くじを引かせるつもりでしょうけど、そうは問屋が卸しませんから。西原くんには相良さんが自分で伝えてください。ソンジュくんのマネージャーになったこともちゃんと言ってくださいよ。西原くんは絶対モヤモヤするけど、私が言うより本人の口からじかに聞く方がなんぼもいいに決まってますから」

萌絵の忠告を忍は横顔で聞いている。

「マクダネルに行くと自分で決めたんだったら、責任もって伝えてくださいね。たとえ西原くんを傷つけたとしても」

「強くなったね、永倉さん」

「強くもなりますよ。今は私が西原くんのマネージャーなんですから」

夕日がまともに正面から差し込んでくる。突き刺すような夕日をにらみつけるようにしている忍に、萌絵が問いかけた。

「……相良さんがそこまでしないといけないくらい、GRMは西原くんの右手に執心してるんですか？　ソンジュくんを身代わりに差し出して西原くんを守るつもりなんですよね」

「そういう言い方をしたら、僕が彼を生け贄《にえ》にでもしてるみたいだ」

「ソンジュくんは知ってるんですか」

「彼はGRMが選抜する遺跡発掘チームに入ることを望んでる。そのためにも僕は、無量の〈鬼の手〉も彼ほどには役に立たないと証明する」

「そうなら、西原くんにもそう説明してください。西原くんだけでなくソンジュくんにも。自分が西原くんの身代わりだなんて知ったら、きっと傷つくでしょうけど」

「特別チーム入りは認められた者だけに与えられる資格だよ」

「でも！」

「〈鬼の手〉が『遺跡発掘師の頂点』であってはならないんだよ」

忍は有無を言わせぬ口調で告げた。

「〈神の手〉や〈鬼の手〉が奇跡を起こすなんてストーリーはあってはならない。それが遺跡発掘における健全なあり方だ。僕はそれを証明してGRMを説き伏せる。大金をかけて選《え》り抜きの発掘チームを作る気なら、本当に役に立つ人材を育てるべきだとね」

忍の覚悟に少し気圧《けお》された萌絵は、言葉を探し、

「それも西原くんのためなんですよね」

「……………」

「そんなふうにディスってるけど、相良さんは西原くんの右手がどこかの国の思惑なんかに利用されないよう、守ってるんですよね」

「そんな言い方はやめてくれ。別に美談にしたいわけじゃない」

突き放された萌絵は、しばし口をつぐんで、

「……ずるいです。やっぱり」

忍は「そうだね」と呟いて頬杖《ほおづえ》をついた。

「僕はずるいんだろうね」

江差に着く頃にはもうとっぷり暗くなっていた。

忍は明日《あした》、開陽丸の件で江差の教育委員会に赴くという。もちろん、それも「営業」だ。そんな忍に無量たちから聞いた「土方歳三のイクパスイ」の話をしたら、とても驚いていた。

「でも土方がなぜアイヌの祭祀具《さいし》を？」

「さあ、それがわからないので詳しく聞いてくるそうです」

言い出したのはソンジュだと伝えたら、忍は小気味よさそうに、

「意欲があるのはいい傾向だ。確かにただ掘って出すだけじゃ、うちの発掘師としては物足りない」

「相良さん」

「ねえ、永倉さん。いっそ競わせてみようか。無量とソンジュ、どっちが先に真実にたどりつけるか。君はどっちだと思う？」

どこまで本気でどこまで悪ぶっているのか、分からない。またあの眼をしてる、と萌絵は思った。童話『雪の女王』に出てくる「悪魔が作った鏡の破片が胸に刺さった少

年」の眼。破片は、溶けたのではなかったのか？

ここにいるのはカメケンにいた時とはもう別の忍だ。立場が変わってしまったのだ。自分たちとはもう見ている景色がちがう。忍は「マクダネルの職員」なのだ。「同僚」と呼べなくなってしまったことが、少し淋《さび》しい。

——夢が、できました。

その夢の中身を聞かせてほしいと思ったが、お互いの間に微妙に生まれてしまった距離に阻まれ、萌絵は口にできなかった。だが、たとえ忍が心に描く「夢」の姿がわからなくても——。

信じていいんですよね、と萌絵は心の中で問いかけた。

私たちは前に進んでいると。

ずっと「仲間」だと。

忍はホテルの玄関先で車を降りて去っていく。坂の上からは、夜の海に浮かぶ鷗島《かもめじま》と開陽丸のシルエットが望める。江差の町灯《まちあか》りが瞬いている。

港に停泊する船の汽笛が遠く響いた。

＊

「こちらがご本家ですか。酒蔵だったんですね」

軒先には大きな杉玉が掲げられている。

無量とソンジュが八田学芸員と共に訪れたのは、〝かもめの奥さん〟こと伊庭真由——旧姓・笹尾《ささお》真由のいとこの家だ。

上ノ国町の石崎《いしざき》という地区にある。石崎は鮭で知られた石崎漁港を擁する昔ながらの漁村で、周辺の海沿いにある集落の中では比較的建物も多く、港近くにぎゅっと集まっているので景観はちょっとした町のおもむきだ。無量たちが発掘中の夷王山からは、海沿いの国道を松前方面へ車で二十分ほど走ったところにある。石崎川河口に位置し、秋になると「鮭の釣り堀状態になる」ほどの漁場のため、シーズンには釣り人も多く集まるという。

笹尾酒造の店先で〝かもめ〟の伊庭夫妻が待っていた。

「昔はニシン漁などの網元をしてたんです」

かつては古い番屋造の木造住宅だったが、戦後に改築して現代風になった。かつてニシンの季節になると雇われ漁師たちが大勢やってきて共に住んだ住居兼仕事場だった。ニシンの群れがだんだん北にあがっていって、このあたりでは獲《と》れなくなったため、転業して酒蔵になったそうだ。

「この近くの岬には比石館《ひいしだて》という〝道南十二館〟のひとつがあるんですよ」

と八田が補足した。コシャマインの戦いで陥落した十の館《たて》のひとつだ。

真由のいとこである笹尾弘文《ひろふみ》が迎えてくれた。春先に父親を亡くして酒蔵を継いだ。

釣りが趣味だけあってよく日焼けして腕っ節も強そうだ。

「どうぞあがってください」

無量たちは客間に通された。萌絵とさくらとミゲルは留守番だ。大勢でガヤガヤ押しかけるのも気が引ける、と萌絵が遠慮したためだ。

「実は、よそのひとにお見せするのは初めてなんです」

土方の返礼品は公にしていなかったらしい。父親が亡くなったのを期に、ちょうど専門家に鑑定してもらおうと思っていた矢先だったという。

紅葉の掛け軸がかかる客間に揃った一同の前で、笹尾が桐箱を座卓に載せた。蓋《ふた》を開けると、無量たちは顔を突き出して覗《のぞ》き込んだ。

桐箱に収まっていたのは、朱と黒のイクパスイだ。

艶《つや》めいた黒い表面に彫られた渦巻文様には、そこだけ朱漆が塗られている。先端は三角に切り出され、美しい鎖文様と鱗《うろこ》文様が交互に描かれ、星のようにも波のようにも見える。持ち手部分には海獣らしき立体彫刻がなされた見事な一品だった。

「すごい……」

ソンジュの口からも感嘆の声が漏れた。

圧巻の出来だ。繊細な浮き彫りと技巧をこらした鱗文様には作った人間の美意識と執念がにじんでいるようで、見つめているだけで吸い込まれそうになる。

「確かにこの彫刻は出土品と驚くほどそっくりですね」

「というか、ほぼおんなじっすね」

むろん、出土品のほうはだいぶ劣化が進んでしまっていたが、あまりにそっくりで双子か対《つい》の作品かと思うほどだ。

「これを土方歳三が置いていったんですか」

「この先の大滝《おおたき》という沢のところで、松前藩と旧幕府軍の衝突があってね」

明治元年十月（旧暦）に北海道上陸を果たした旧幕府脱走軍は、箱館の五稜郭を占領した。翌十一月、新政府軍についた松前藩を攻略するため旧幕府脱走軍が松前城下に攻め込んだ。それを率いていたのが土方歳三だったのだ。

旧幕府脱走軍は当初、松前藩を味方に引き入れようとしていたが、拒まれた上に降伏勧告の使者を殺されたため、土方軍が松前に進軍した。城はたった一日の戦闘であっけなく陥落し、城下を捨てた松前藩軍は江差方面へと北上した。土方軍はこれを追撃し、十一月十四日、現在の日本海追分ソーランライン（国道二二八号線）の大滝橋近くで松前藩軍と戦闘になった。

「激戦だったらしい。松前藩軍が海に面した高台から沢越しに狙い撃ちしようと待ち受けていたので、土方軍はやむなく沢を避けて東側の山へと大きく迂回《うかい》して、山の上から一気に奇襲をかけたそうだ」

「土方は戦上手だったんすね」

「新撰組で京都にいたときよりも本領発揮してたんじゃないかなあ」

軍才に長《た》けていた。松前を陥落させ、箱館に凱旋《がいせん》した後に船で宮古《みやこ》湾までとって返して海戦にも臨んでいる。まるで水を得た魚だ。まさに軍人になるために生まれてきた男だったのだろう。

「ただ大滝の戦では苦戦して、予定より一日、進軍が遅れたようです。江差に進軍する途中、この石崎の集落で負傷兵の手当をしたらしい。うちは大きな網元だったんで番屋を貸して手助けしたと伝わってるんですよ」

「それで御礼に、これを？」

なぜ返礼品がアイヌの捧酒箸《イクパスイ》だったのか。それが大いに謎なのだ。

「どこかで手に入れてお守りがわりに身につけてた、とか……？」

「まあ、確かに身につけていたくなるような美品ではありますね……」

実は、と笹尾が口を開き、

「当家には土方直筆と言われる手紙も伝わっているんです」

「まじすか！」

大きな手がかりだ。笹尾は漆塗りの文箱《ふばこ》を取り出し、蓋を開けた。ふくさに包まれた和紙の書状がある。取り出して、開いてみせた。

近世の古文書だ。楷書《かいしょ》ではないため、無量たちは読めなかったので、学芸員である八田が代わりに解読した。

「なんて書いてありますか？　やっぱりお礼状ですか？」

いえ、と八田は眉《まゆ》を寄せた。

「これは借用書……のように読めます」

「借用書？　お金を借りたと？」

「いえ……お金ではなく」

〝借用中　龕灯及蠟燭他之事

　合龕灯五臺

　蠟燭三十把　他　右用途者江差行軍可致候由〟……

「どうやら、このイクパスイは借り物のカタとして預けられたようですね」

書状の日付は〝戊辰《ぼしん》十一月十五日〟——戊辰とは明治元年のことだ。江差に着いたのが十六日なので、夜を徹しての行軍に向けて灯明が必要だったのだろう。

「旧暦の十一月十五日は太陽暦では十二月。冬至の頃で日没も早いですし、しかもこの日は江差で開陽丸が暴風雪で座礁してしまった日なんです」

この周辺も暴風雪にみまわれた。風雪にも耐えうる携帯提灯《ちょうちん》として龕灯《がんどう》（釣鐘形の筒の内部に蠟燭を立てて懐中電灯のように照らすもの）を借りたらしい。同時に蠟燭《ろうそく》など必要なものを補充したようだった。

「石崎で借りた調達物は必ず返しに来る、と約束をして、そのカタとして捧酒箸《イクパスイ》を置いていったように読めます」

「では返礼品じゃなかったんですか」

と伊庭夫妻も目を丸くしている。

「はい。ただ名前の表記の仕方が気になります」

差出人のところには、なぜか平仮名まじりで〝とし蔵〟とある。

後に陸軍奉行並となるほどの男が、借用書に苗字《みょうじ》も書かないことには違和感がある。

しかも〝蔵〟の字が違っている。

「土方歳三ではなく別の〝としぞう〟だった?」

「同名の別人? 代理人ですかね」

「というか、和人なのにイクパスイを持っていたのがそもそも不思議ですね」

とソンジュが言った。

「この〝とし蔵〟はアイヌの人だったという可能性はありませんか」

八田が「なくはないです」と指摘した。

「徳川《とくがわ》幕府は幕末、蝦夷地を直轄統治した時に、アイヌの人々に対して本州風な和名や身なりにするよう強要したといいます」

当時、幕府は蝦夷地を狙うロシアの進出を警戒していた。そこで「先住民族であるアイヌが日本に帰属していること」「その居住地は即ち日本領であること」を主張するために、アイヌ民族を交易や保護を通して懐柔したという。その一環で髪型や着衣・名前も本州風にするよう強いたのだ。

「和名を名乗っているアイヌだった可能性はありますが。ただ日付は確かに戊辰十一月十五日。大滝で戦闘があった翌日ですし、文面にも〝幕陸軍之長〟の命により暴風雪の行軍に照明が必要になった、と理由も明記してありますから」

「借用書自体は本物だってことか」

八田はインターネットで土方歳三の書を探しはじめた。

「うーん……、筆跡がちがうように見えます。代筆でしょうか」

代筆自体は珍しくはない。ただ「とし蔵」という表記がひっかかる。

「ああ、でも多摩時代は〝蔵〟と書いて『歳蔵《としぞう》』だったともいいますよ」

と伊庭真由が補足した。出身地石田《いしだ》村の宗門人別帳には「歳蔵」と書かれていた、という豆知識に無量たちが驚いていると、真由は少し照れた顔になり、

「実は私も土方歳三が好きでして。学生の頃はマニアでした」

「そう言えば……大将ちょっと土方似……。まさか」

「はは。ばれましたか」

あらま、という顔を無量たちはした。

とはいえ京都以降は『三』しか使っていないそうだ。

「裏側も拝見していいですか」

八田があらためてイクパスイを手に取り、裏返して彫刻を観察した。

「裏もそっくりです。それにここ、イトクパらしきものが彫られてますね」

「イトクパ？　とは」

「祖印とか家標とか呼ばれる印です。アイヌの男性が父親や父親の兄弟から受け継ぐといわれる固有の印のことです」

アイヌには男系女系それぞれに、父から息子へ、母から娘へ、と受け継がれるものがある。そのひとつがイトクパだ。娘は父と同じイトクパを持つ男性と結婚してはいけない、という決まりもあり、一族の系譜がわかる手がかりにもなるという。

「×印とその左右に三本線がふたつ、それにシャチ印があります。夷王山のにも同じ×印とシャチ印が彫られてました」

完成品に後から彫られたようで、漆が削られてそこだけ木地があらわになっている。

「父方が同じ家系ってことですか？」

「うーん、これだけでは断定は難しいです」

他にも手がかりがないか、とイクパスイを収めていた錦袋《にしきぶくろ》も改めて調べてみた。すると、中から薄い板でできた木札のようなものが出てきた。文字が記されている。

「なんでしょう……」

〝酒篦　銘　胡射眞威弩之泪〟

酒篦《きけべら》というのは捧酒箸《イクパスイ》を指すようだが、銘とあるところをみると、「とし蔵」が調達品のカタとして置いていったこのイクパスイには名前があったということか。

「でもなんて読むんだコレ。こしゃま……いど……？」

「もしかして、コシャマイン、と読むのではないですか。アイヌの英雄コシャマインのことでは」

八田の言葉に、居合わせた全員が「あっ」と息を呑《の》んだ。

無量も「まさか」と呟《つぶや》いた。

「このイクパスイの名前は〝コシャマインのなみだ〟……？」

中世の頃、アイヌの軍勢を率いて、和人が拠点としていた道南十二館のうち十館《たて》を攻め落とした男の名だ。「コシャマインの戦い」の名の由来となった。

「でも、なんで土方歳三率いる幕府軍がそんな銘を持つイクパスイを？」

無量が顔をあげると、隣にいる八田の様子がおかしい。

ぽかん、と放心したように口を半開きにして、しばらく固まっていたが、やがてその口から絞り出すように、

「……ニサッチャウォッ……」

え？　と無量たちが聞き返した。八田はかすれた声で、

「まさか、これがあのユカㇻにあったコシャマインの形見？〝ニサッチャウォッ〟が、火と風の神を呼んだというイクパスイ……？」

心当たりがあるらしい。八田は自分の目を疑って呆然《ぼうぜん》としていたが、やがて興奮し、

「実在してたんだ、コシャマインの〈泪《なみだ》〉は……。でも、どうして？　どうして、ここに！」

＊

「あーあ……。歳さまのイクパスィ見たかったなあ……」

その頃、犬飼《いぬかい》さくらはいたく肩を落としていた。

笹尾家に連れて行ってもらえず、留守番組になってしまった。土方歳三の返礼品をこの目で見るのを楽しみにしていたのだ。

萌絵が「知り合いでもない人の自宅に大勢でワイワイ押しかけるのはさすがに迷惑だろう」と気を遣ったためなのだが、さくらがあまりにがっかりしてしまったので、気の毒に思った萌絵はさくらとミゲルをつれて江差の史跡巡りをすることにした。

「ほら、あれだよ。さくらちゃん。歳さまの涙の松」

やってきたのは、いにしえ街道と呼ばれる通りの近くにある旧檜山爾志《にし》郡役所だった。

明治時代に建てられた西洋建築で、有形文化財にも指定され、今は江差町郷土資料館にもなっている。白い壁とターコイズブルーに縁取られた窓、張り出した二階のバルコニーがハイカラで、坂の上にあってひときわ目を惹《ひ》く。

建物の前にはなぜか真横に曲がった松が一本生えている。

「〝かもめ〟の大将が言っとった松はコレやな。土方歳三嘆きの松」

ミゲルが説明板を読んだ。

「〝開陽丸は、明治元年（一八六八）十一月十五日に江差沖で暴風雪に遭い、座礁・沈没した。伝説では、土方歳三と榎本武揚《えのもとたけあき》は座礁した開陽丸をこの場で眺め、土方歳三が嘆きながらこの松の木を叩《たた》いた〟とさ」

確かにここは坂の途中の高台にあって江差港が一望のもとだ。沈んでいく開陽丸の姿もこの場所ならよく見えただろう。

大滝での松前藩との戦闘に手こずった土方は、到着が予定より一日遅れ、十六日になってしまった。江差で榎本と合流したときはすでに開陽丸は座礁した後だった。その時の心境を榎本は後に「暗夜に灯火を失うがごとし」と語ったという。

萌絵とさくらはぶちあがってしまった。

「わかる！　開陽丸は〈希望の船〉だったんだよね。榎本さんなんてオランダから一緒で自慢の船だったんだもんね。それが目の前で座礁しちゃって見るも無惨に横倒しになって……。土方さんも呆然としちゃうよね。そりゃ無念だよね。心も折れるよね。悔しくて悔しくて堪《こら》えきれなくなって、思わず拳《こぶし》で松を叩いたんだよ。ダァンって」

「ダァンッだよね。こう、ダァンって」

「そう、もちろん洋装で。ダァンって叩いたらきっと前髪が一房はらりと額に落ちたんだよ。そのまま歯を食いしばって肩震わせてうなだれて、こぼれた前髪の下から涙がつーっと頰を……。見える。私には見える」

「切ない。歳さま切ない」

「ミゲルくん、ちょっとそこ立ってダァンってやってくれないかな。ダァンって」

「は？　なんで俺が」

「背恰好《せかっこう》とかいい感じに歳さまっぽいでしょ。いいからちょっと真似してみて」

言われるままにやってみたら、ただちにふたりから厳しい演技指導が入った。

「だめ！　全然気持ちが入ってない！　もっとうなだれて肩震わせて悔しそうに」

「気持ち入れて！　顔ができてない！　眉間《みけん》さ皺《しわ》寄せて涙こらえて」

「首の角度はこう！　はい、もういちどダァンッ」

無念の土方（と榎本）に心ゆくまで浸った後、三人は「江差追分会館」に赴いた。展示を見学し、元チャンピオンの江差追分を生で聴けるというので実演を待った。年配のお師匠さんのいぶし銀の歌唱を尺八の生演奏とともに堪能《たんのう》して、心は北前船の船頭となったところで、実際に皆で江差追分を唄《うた》ってみることになった。

さくらが自慢の喉《のど》を披露したところ、師匠がびっくりしている。

「君、うめえなあ……。どっかで習ったかい」

「ばあちゃんが師匠でした。ひいばあちゃんは昔、全国大会で優勝しだごどもあるって」

名を聞かれたので伝えると、お師匠さんは腰を抜かし、

「犬飼キミって、それ、おめ、俺が初参加した時の優勝者だぁ」

「うちのひいばあちゃん知ってるんですか」

「ああ、美声でめんごぐで、みんなのアイドルだったんだよぉ。キミさんに憧《あこが》れて、唄い始めたモンもいっぺーいだんだぁ」

声も似ている、というので再び披露すると、

「本すくりと半すくりんとこなんか、キミさんそっくりだぁ。……おーい！　キミさんのひ孫が来でるぞ！　みんな呼べぇ！」

さくらが師匠たちに囲まれて大騒ぎになってきたので、萌絵とミゲルは「どうぞごゆっくり」とさくらを預けて外を散策することにした。

会館は港に面している。港の入口の防波堤が横たわっているあたりが開陽丸の沈没地点だった。今も船体は海底にあり、海中保存されているという。建物の裏には「開陽丸の碑」も建っている。

フェリー乗り場の反対側には漁船が数隻係留されている。大きな電球をたくさんぶら下げたイカ釣り船だ。

「あれ？　あそこにおっとは司波《しば》さんたちやなかですか」

埠頭《ふとう》にダイビングスーツの一団がいた。司波の調査チームだ。

祝日にもかかわらず調査は進めているようだ。モーターボートに機材を積もうとしているところのようだが、司波と黒木《くろき》がダイビングスーツの上半分を脱いだまま、何か深刻な顔で話し込んでいる。

声をかけると、

「おっ、永倉くんにミゲルくん。来ていたのか」

「これから調査ですか」

「……のつもりだったんだが、トラブル発生だ」

船外機の軸部分が見事にへし折れてしまっている。しかもスクリューの羽根部分も無残にひしゃげている。

「まさか、誰かに壊されたんですか」

司波と黒木は険しい顔をしている。

「……実は昨日、江差の教育委員会に『水中発掘をやめさせろ』って電話がかかってきたらしくてね」

萌絵もミゲルも緊迫した表情になった。

「開陽丸を掘るなってことですか。いったい誰が」

「わからん。男の声だったそうだが、名も名乗らず理由も言わなかったらしい」

そんな怪しい電話があった翌日、港に来てみたらボートの船外機が壊されていたという。警察には通報して警官の到着を待っているところだった。

「調査妨害ですか。誰が何のために」

「おそらく昨日の電話の主のしわざだと思うが、妨害する理由が皆目わからない」

教育委員会とも急ぎ対応を協議しているところだという。

「でも開陽丸の水中調査は今までも行われていたはずですよね。調査をやめろ、という声はこれまでもあったんですか」

「調査が始まった当初なら埠頭工事の関係で多少のいざこざはあったかもしれないが、埠頭はとうに完成しているし、港や漁協の許可もおりてる。今回もおといまで特にクレームなどなかった」

司波も解せないようで、しきりに首をかしげている。

これまでの調査で目立つ遺物は大方引揚も完了していて、開陽丸記念館に展示してあるくらいだ。なぜこの段階になって「中止しろ」などという声が出るのか。

「何か、心当たりは？」

「あるとすれば、地元のテレビ局の取材を受けたことぐらいかな」

数日前、来春の本調査に向けて準備をしている映像がローカルニュースで流れた。黒木が撮った水中映像が数秒使われたりもしたが。

「そこに何か映っていたとか？」

萌絵の申し出で水中映像を確かめることにした。海底に横たわる大きな木材らしきものの横に何か四角い物体があるのが見えた。

「これはなんですか」

「ああ、新たに発見された遺物だな。船箪笥《ふなだんす》かもしれないと見ていたんだが」

船箪笥とは船内で貴重品などを入れていた箪笥のことだ。

外側には漆を何重にも重ねた欅《けやき》などの頑丈な木材を用い、角を金具で覆った堅牢な作りで、持ち運びができる。江戸時代から大正にかけて使われ、船往来手形などの書類や印鑑・現金など、航行と商売に必要なものを収めた、いわば金庫だ。鍵《かぎ》やからくりなど盗難対策もほどこされ、懸硯《かけすずり》と呼ばれる小さな箪笥は、商人でもある船頭が離船する時は必ず持ち出したという。

「開陽丸のものですか」

「沈没地点からは少し離れた沖合で見つかった」

司波たちの今回の下見は、船体が沈没している地点から離れた場所での遺物捜索だ。座礁転覆時に波に持っていかれたり、潮に流されたりした遺物がないか、捜していた。

「気になるのは、ここに見えてる柱らしきものでね」

黒木が拡大して見せた。萌絵は覗《のぞ》き込み、

「帆柱でしょうか？　でも丸くない。角張ってるように見えますね」

「角柱だ。おそらく和船のものだな」

「和船？」

「一般的に西洋船は丸柱、和船は角柱を用いる。別の沈没船のようだ」

「和船の残骸《ざんがい》ですか？　開陽丸の他にも別の沈船が」

「ああ、だとすると、この船箪笥も開陽丸のものではなさそうだ」

萌絵とミゲルはそれらが沈んでいる埠頭の向こうを見やった。ここ江差港はかつて北前船で賑《にぎ》わった湊《みなと》だった。北前船は海が荒れる季節が来る前——秋口にはほとんど本州のほうに戻るが、江差で嵐に遭った船が沈むこともあっただろう。

萌絵が「そういえば」と言い、

「船箪笥は気密性が高くて船が沈んでも浮いてくる作りになってるって聞いたことがあります。この船箪笥はなんで浮いてこないんでしょうか」

疑問に答えたのは司波だった。画面を指さし、

「ここでひっかかってる。船の構造材が上からのしかかってるようだ。……北前船の船乗りは、船に危険が及ぶとまず投網《とあみ》を張って積み荷を海に捨てて転覆を避けるんだが、いよいよとなった時は一番貴重な船箪笥を投げ込む。船箪笥は浮いて回収できるからな。だがそれも間に合わないくらい沈没が早かったのだとすると」

「他船との衝突かもしれませんね」

と黒木が横から言った。何か重大な事故が起きてあっというまに沈んだため、船箪笥も積み荷も投棄できなかったのかもしれない。

「本来浮くはずの船箪笥も、ひっくり返った沈没船の構造材に邪魔されて水面まで浮き

上がれなかったんでしょう」

「それで沈んだままだったと」

司波さん、と呼びかけて駐車場のほうからやってきたのはグレイヘアのひげ男性だ。毛利《もうり》という名の潜水士だった。

「代わりの船を探したんですが、休みで釣り客が多く、みんな出払ってるみたいで」

「そうか。まいったな」

「知り合いの漁船に声かけてみましょうか」

司波のスマホが鳴った。江差町教育委員会の大峰《おおみね》という開陽丸担当者からだった。やりとりをしているうちに司波の表情がますます険しくなった。

「どうしたんです。司波さん」

「開陽丸の遺物を保管していた倉庫が何者かに荒らされたらしい」

ガラス窓が破られて誰かが侵入した形跡があったという。黒木も顔をしかめ、

「おいおい、いよいよヤバいんじゃ」

「ああ、ヤバい気配だ。俺は保管倉庫に行ってくるから、黒木、おまえはとりあえず警察に状況説明を」

パトカーが到着した。萌絵が「私も行きます」と司波の後を追った。

「ミゲルくん、君は黒木さんたち手伝って。必要なら西原くんたちにも連絡を」

「了解ッす」

奥尻島《おくしりとう》行きのフェリーが出航の汽笛を鳴らした。

防波堤にいたカモメが驚いたように一斉に飛び立って、港から出ていくフェリーの後を追っていく。

＊

笹尾家の「とし蔵のイクパスイ」調査はその後も続けることになり、石崎を後にした無量たちは八田にも声をかけて「道の駅上ノ国もんじゅ」で昼食をとることにした。

建物は海に面していて目の前には「文殊菩薩《もんじゅぼさつ》に見える」という奇岩がそそりたち、大きな窓からはダイナミックな景色が望める。眺めの良い席につき、名物のてっくい（大きなヒラメ）の丼《どんぶり》を注文して、さっそく無量は八田に訊《たず》ねた。

「さっきの話の続きっすけど、八田さんはなんで知ってたんすか。その、ニサ……」

「ニサッチャウォッ、というのは人の名前ですか」

きれいな発音で復唱するソンジュに無量は軽くイラッとしたが、八田もようやく落ち着きを取り戻したようで、

「アイヌ語で〝明けの明星〟という意味です」

「金星ですか」

「前に私はむかわの出身だと言いましたが、むかわにはアイヌのコタンがあったんです。

そこに伝わる口承が、私がアイヌ研究をしようと思ったきっかけでした」

　アイヌは独自の文字を持たない。伝統的なアイヌは書で記録を残す習慣を持たなかったため、様々な物事を口から口へと伝えた。

「その中に〈胡射眞威弩《コシャマイン》之泪《のなみだ》〉に関することが……？」

「アイヌには口づてに伝える長い物語があり、それらは〝ユカㇻ〟と言います。私の地元に伝わるユカㇻに〈明けの明星《ニサッチャウォッ》〉という名を持つ勇敢な若者の英雄譚《たん》があるんです」

　八田は神妙そうに両手を組んだ。

「その若者は矢の名人で、交流のあった〝対岸の恩人〟に請われて悪いシャモ――和人との戦いに加わります。大活躍をして和人《シャモ》を次々とこらしめていくのですが、〝対岸の恩人〟は和人のだまし討ちにあってナアナイという場所で殺されてしまうんです。怒りに駆られたニサッチャウォッは、恩人の形見であるイクパスイで火と風の神に祈り、和人の館《たて》を焼き払うんです」

「火と風の神、ですか」

「はい。この伝承は一説では、コシャマインの戦いを伝えたものではないか、と言われています。ナアナイというのは七重《ななえ》浜《はま》、コシャマインが討ち死にしたと伝えられる場所ではないかと」

「では〝対岸の恩人〟というのは」

「ええ、コシャマインです」

無量はソンジュと顔を見合わせてしまった。

確かに、むかわから見て渡島半島は海を挟んで対岸にあたるので〝対岸の恩人〟という言い回しはあながち外れてはいない。

「そのイクパスイは〈ヌペ〉と名付けられました。日本語訳すると〝泪《なみだ》〟という意味です。ニサッチャウォッが生涯大切にした、というところで物語は終わります」

「コシャマインの〈泪《ヌペ》〉……。じゃ、あの笹尾家のイクパスイこそがコシャマインの形見だと？」

伝説の英雄が残した遺物。

まごうことなき「コシャマインの〈泪《ヌペ》〉」だということになる。

事実だとしたら大変な発見だ。

「もちろん、真偽のほどはわかりません。問題は木札に記された文字なんです」

「笹尾家のイクパスイと一緒に入ってた、あれですか」

「はい。漢字でこう記してありましたよね」

八田がボールペンを取り出して、メモに〝胡射眞威弩〟と書き出した。

「松前藩には〝新羅之記録《しんらのきろく》〟という古文書があって、コシャマインの戦いについても記されているのですが、そこではコシャマインの名はこう書かれているんです」

〝胡奢魔犬〟

と八田は書いた。まるで印象がちがう。

「当て字に悪意感じるな」

「明らかに貶《おとし》めていますが、恐れているようでもありますよね」

自分たちの正当性を主張する「和人」の目線で記したからだろう。もともと松前藩が徳川幕府に提出するために作った史書だ。当時でもコシャマインの戦いからは二百年は経っている。

だが、木札はその字を使っていない。

「実は、私の高祖父にあたるひとが大正時代に、あの物語を日本語訳して書き残していまして」

「高祖父。ってことは、おじいさんのおじいさん、ですか」

「はい。高祖父はアイヌでした。私の家はアイヌなんです」

八田は昔から鵡《む》川《かわ》に住むアイヌの一族の子孫だった。「地元のユカㇻ」とは、先祖たちが伝えてきた口承だったのだ。

「どうりで詳しいわけだ。あなたの家は、北海道の先住民族なんですね」

「はい、先祖には和人の配偶者もいますが、両親や祖父母の話は子供の頃から聞いていましたし、自分はアイヌだと教えられてきました」

十代の頃からアイヌの言葉を学び、アイヌ舞踊の保存会に入ったりしてきた。アイヌがたどってきた歴史をもっと詳細に解明したい、というのが研究者になった動機だった。

「ご存じだと思いますが、アイヌは明治政府の同化政策のせいで、身なりも言葉も生活様式も著しく変えられてしまいました。開拓で入ってきた和人に昔ながらの土地を収用され、社会の近代化が進む中で労働者として和人社会に取り込まれていきました。学校では日本語を教え込まれ、生活の上でも徐々にアイヌ語を話す機会が失われていく中、アイヌの口承が失われるのを危惧《きぐ》した高祖父が、あえて日本語に訳して書き残したんです。その中に英雄ニサッチャウォッの物語もありました。その書物の中で、高祖父がコシャマインの名に当てた漢字が」

「木札にあった〝胡射眞威弩〟の五文字と同じだったってことですか」

「はい。それで驚いてしまって」

八田は動揺を鎮めるように襟を直した。

「〝コシャマイン〟とは〝コシャム・アイヌ〟。名前の〝コシャム〟と尊称である〝アイヌ〟が合わさったものだと高祖父は書き残していました。だから〝ヌ〟と読める〝弩〟の字を用いたのだとわかります。でも、五文字全てが同じ、というのは、とても偶然とは……」

松前藩の史書に書かれた「胡奢魔犬」ではなく、別の五文字を使ったのにも理由があるようだ。

「字の選び方からすると〝強い弓の名手〟って意味になりそうっすね。リスペクトがこめられてる」

「はい、ただ高祖父は幕末の頃はまだ赤ん坊ですし、上ノ国にいたという話も聞いたことはありません」

「どこかでこの五文字と同じ表記を目にしたのか……。いずれにしても、幕末にあの字を用いて『これはコシャマインの形見だぞ』、と伝え残そうとした誰かがいた、というのは確かですね」

その誰か、とは、誰だろう。

アイヌの英雄の名を持つイクパスイが「土方歳三軍」の手にわたるまでには、どういういきさつがあったのか。

頭をひねる無量たちの前に、注文していた「てっくい漬丼」と「てっくい天丼」がやってきた。ソンジュは喜んでスマホで激写し始めた。

「考えるのは後にして、食べましょ。お腹空《す》いちゃった」

わさびがたっぷり載った丼を勢いよくかきこむソンジュを見て、無量と八田も箸《はし》を手に取った。

＊

八田の自宅には高祖父「八田峰次郎《みねじろう》」が書いた和訳本があるというので、無量たちは立ち寄ることにした。

上ノ国館調査整備センターのすぐそばにある集合住宅だ。階段口から中学生と小学生とみられる男子がふたり、笑いながら駆け下りてきた。

「あっ、お母さん。おかえり」

　無量たちを見て「お客さん？」と訊《たず》ねる。八田が「発掘現場のお兄ちゃんたちよ」と答えると、弟のほうがニカッとソンジュに笑いかけた。

「うちにある本、読みに来たんでしょ」

「あたり。遊びにいくの？　宿題は？」

「やったよ。お茶碗《ちゃわん》も洗ったし洗濯物も全部畳んだからサッカーしてくるー」

　兄弟揃って元気に走り去っていく。無量が微笑ましそうに、

「お手伝いもしてエライっすね」

「うちシングルマザーで。あの子たちが家事をよくしてくれるので助かってるんですよ」

　向かいの公園でサッカーボールを蹴《け》り合う兄弟を、ソンジュが感慨深げに眺めている。

　八田にうながされ、自宅にあがった。

　高祖父・峰次郎と、その後を継いだ曾祖父《そうそふ》・富三郎《とみざぶろう》が和訳したユカラの本は、今でも研究資料として使っているという。本棚にぎっしり並んでいて、子供でも読めるように絵本にしたものもある。

「鵡川《むかわ》以外のところのもあるんですね」

「ええ、曾祖父の富三郎があちこちのコタンを歩いてユカラを蒐集《しゅうしゅう》したそうです」

　戦争でやむなく止まってしまったが、曾祖父は亡くなるまで翻訳を続けたという。

「……日本語訳は出版できたんですが、肝心のアイヌ語のほうは一部しか残せず。今なら録音することもできますが、当時はまだその技術が……。高祖父や曾祖父が生きたのはアイヌ民族にとって厳しい時代でしたし」

八田の表情が曇った。

峰次郎が翻訳を思い立ったのは、北海道旧土人保護法という法律のもとでアイヌが不当な差別を受けていた時代でもあった。この法律ではアイヌ民族を「旧土人」と呼び、「保護」という名目で、アイヌに農業への従事を実質的に強制し、著しく権利を制限した。その制定以前より狩猟・漁労といった生業《なりわい》は否定されており、北海道開拓という名の「内国植民地化政策」のもとで、アイヌの暮らしは急激な変化を余儀なくされ、峰次郎たちは苛烈《かれつ》な差別構造のもとで困難な暮らしを強いられた。

「曾祖父が通ったアイヌ小学校では、日本語を強制され、アイヌ語を話すことも許されなかったそうです。子供だけでなく大人もアイヌの風俗を禁じられて、伝統的な暮らしは排除されていきました」

開拓によって流入してくる大量の和人によって、少数派に追いやられたアイヌは、和人たちから一方的に「劣等者」とみなされ、謂《い》われなき差別の目に苦しんだという。峰次郎たちは、だが、屈するばかりではいなかった。そうやって習得させられた日本語を武器に、不当への異議申し立てと同胞の地位向上を世間に訴えるようになった。まさに大正デモクラシーと呼ばれた時代のことだった。

「峰次郎は日本語教育を受けさせられた最初の世代でした。当時、日本語を読めたのはアイヌ全体の三割だったそうです。自分たちにできることは、奪われたアイヌ語の代わりに押しつけられた日本語で、自らの考えを世界に表明することだ、として著述に力を入れたそうです」

ユカㇻの翻訳は、自分たちが何者であるかを、この日本社会で表明することの一環でもあったという。

「むろん、本当はアイヌ語のまま残したかったはずです。アイヌ語が話されなくなってしまった一番の理由は、社会の間違った仕組みのせいでしたが、もうひとつの理由は、世間から謂われのない差別を受ける中で、アイヌ自身が、自分がアイヌであると知られないように、アイヌであることを隠すようになっていったためでもあるのではないかと」

八田は本棚に並ぶ背表紙を見つめた。

「ですので、私にとってこの本は〝宝〟なんです。ただの翻訳じゃない。高祖父たちの叫びなんです」

無量は本棚から一冊、手に取ってページを開いた。

挿絵付きの美しい本だった。

「これ……。借りていっても大丈夫ですか」

「はい。そちらは最近出版した現代仮名遣いのものなので読みやすいと思います」

無量とソンジュは八田の家を後にした。

江差に戻るバスに揺られながら、ソンジュが言った。

「……大日本帝国ってやつはろくなことしないですね。よその民族を従わせるために言葉を奪って、自分たちの言葉を押しつけるなんて。……ああ、どっかで聞いた話だな」

戦前戦中の朝鮮も、日本の植民地政策で日本語教育を受けさせられた。ソンジュが言っているのは、そのことだ。

「皇民化ってやつだ。しかも朝鮮人には参政権も与えられなかった」

そのことを持ち出されると、無量は針のむしろに座らされた気分になる。

「おまえだって半分は日本人だろ」

「ええ、そのせいで父は祖父から『おまえの子供は醤油《しょうゆ》くさいからあっちへ連れていけ』とよく言われてましたよ」

ソンジュは自虐するように言った。

民族の違いを理由に自分が差別を受ける側となる痛みを、少なくとも無量よりは身をもって理解している。

「……だけど皮肉ですね。押しつけられた言語で記録に残せた、というのは」

口伝は、一度途絶えてしまったら二度と取り戻せない。

おそらく記録に残せたのは、ほんの一部だ。ほんの一握り。

アイヌ語が話されなくなってしまったために、どれだけ多くの大事な物事が失われてしまったことか。

無量は寡黙になった。窓の外に広がる日本海を眺めていたが、ふと口を開き、

「現場から出た遺物が、文字の代わりに歴史の証人になれるかもしれない」

無量の頭の中にある考えを読み取って、ソンジュは目を細め、

「……やっぱり無量さんも〝そう〟だと推理してます？」

「あの二本のイクパスイは無関係とは思えない。たぶん、辿《たど》っていけばどこかで──」

そのとき、無量のスマホにメッセージが着信した。

見れば、萌絵からだ。

文面を読んだ無量は顔を歪《ゆが》め、「まじか」と絶句してしまった。

どうしたんです？　とソンジュに尋ねられた無量は、渋い顔をして答えた。

「司波さんたちがトラブってる。町議会議員から水中調査の中止を求められたって」

第三章　船箪笥は浮かばず

開陽丸の調査中止を申し入れてきたのは、江差町議会の諸角義男《もろずみよしお》なる議員だった。理由は「環境保護と漁場保全のため」。

調査水域が開陽丸から離れすぎている、との主張だったが、まだ取り上げられていない遺物が潮に流されていることは充分考えられ、その範囲を確認するための事前サーチだ。手法は前例通りで届け出も済ませている。突然の中止要請に司波《しば》たちは困惑している。

一方、遺物保管庫が荒らされた事件は、幸い窓ガラスが破られただけで遺物に大きな破損はなかった。まだ確認中だが、今のところはなくなった物もない。

だが、モーターボートの船外機は壊されていた。

司波たちには犯人の心当たりがなく、唯一あるとすれば、例の匿名電話だ。

「その町議のおっさんが匿名電話の主ってこと？」

宿泊所に帰ってきた無量《むりょう》たちは萌絵《もえ》からいきさつを聞いた。

居間の座卓を囲んで、萌絵もお茶で一息つきながら、

「議員さん本人ってことはないかもだけど、誰かに働きかけたってのはあるかもね」

「今までは何もなかったんでしょ？　やっぱりその船箪笥《ふなだんす》になんかある？」

司波もニュース番組の影響を指摘していた。電話がかかってきたのも放送の翌日だったからだ。無量たちも動画を見たが、水中映像と海底の様子はそもそも不鮮明で、

「あんなちらっと映ってたものから船箪笥だって判断できたの？　ナレーションがあったわけでもないのに？　そんなん玄人だって簡単じゃないぞ」

「そこなんだよね。もともとそこにあるって知ってたなら、ともかく」

ソンジュは丸筒羊羹《ようかん》を糸で切りながら「沈没船の船箪笥かぁ」と呟《つぶや》いて、

「投棄できないくらい沈むのが早かったなら、乗員が避難できる時間もなかったかもね……」

空気が重くなった。

そこへミゲルとさくらも帰ってきた。さくらは江差追分の師匠たちから歓待を受けていて騒ぎは知らなかった。ミゲルのほうは黒木《くろき》について破損した船外機の交換を手伝っていたようだ。

「黒木さんたちはどうするって？」

「調査は続行するって言っとった。遅らすとまた海が荒れて濁るけん」

開陽丸を難破させた季節風が調査を妨げるようになる前に終わらせなければならない。

「どっちにしても海中で見つかった遺物には違いないけん、保護処置ばせんとって」

「ああ、フナクイムシ対策か」

名前に虫とつくが、正体は二枚貝だ。木造船などに張り付くと、木材を穿孔《せんこう》して内部をスカスカにしてしまう。

「心配なのは、犯人の目的だよな。船簞笥に気づいて、そいつを引き揚げさせないために中止要請を出させた。とすると、そいつ、自分が船簞笥を手に入れたいんじゃね？」

「なんのために？」

「わかんないけど。ただ素人が海底遺物に手ぇ出すと、まずいぞ」

海から引き揚げた遺物は、まず保存のために必ず脱塩処理が必要となる。怠ると、乾いた時に割れたり砕けたりして著しく破損する。素人が勝手に引き揚げて放置したら必ずそうなる。遺物保護の観点からも、それだけは避けなければならない。

「フナクイムシ対策には銅網かぶせたりするだろうけど、持ち出し対策か……。海の底は広いし視界悪いし、よっぽど正確な位置情報でも把握してない限り、素人ダイバーがテキトーに潜って見つけられるもんじゃないだろうけど」

「向こうにもプロがいたら？」

「それな。まあ、司波さんたちはトレジャーハンター対策も慣れてるし、大丈夫でしょ。……機材があれば俺も手伝えるから、一言いれとくわ」

すると、萌絵も一念発起して、

「私もその船簞笥のこと調べてみようと思う。犯人の手がかりにつながるかも。こっちのことはまかせて、みんなは自分の発掘に集中して」

＊

夕食後、ソンジュは「配信用の素材を撮ってくる」と言って外に出た。

向かった先は宿泊所から小さな橋を渡ったところにある「道の駅」だ。繁次郎《しげじろう》浜と呼ばれるところにある。その名の由来は幕末の頃に実在したといわれる地元のとんち名人で、彼をイメージしたコンクリート製の像となぜか鳥居がある。

海岸に面していて防波壁の向こうの暗闇からは波が打ち寄せる音がする。

店はとうに閉まって駐車場には休憩中のトラックと軽自動車が一台駐《と》まっているだけだ。ソンジュは迷わず軽自動車の助手席に乗り込んだ。

「遅かったね。待ってる間にひとっ風呂《ぷろ》浴びてきたよ」

運転席で待っていたのは、相良忍《さがらしのぶ》だ。

忍が差し出した温かい缶コーヒーを受け取って、

「炭酸泉よかったでしょ」

「最高だった。司波さんたちがトラブルだって？」

ソンジュが状況を説明すると、忍は首に巻いたタオルで濡《ぬ》れた襟足を拭《ぬぐ》いながら、

「なるほど、船箪笥ね……。沈没船が開陽丸の他にもあったってことか。永倉《ながくら》さんが船

箪笥を調べるなら、僕はとりあえず町議員の身辺を洗ってみよう。どっかでつながるかもしれない」

「首を突っ込むんですか。僕らの発掘とは別に関係ないのに」

「関係なくはない。うちは水中発掘の最新機材も扱ってるし、司波さんたちは大事なお得意様候補だ」

「……。僕は聞いてませんよ、西原《さいばら》無量が水中も掘れたなんて」

ソンジュは不機嫌そうに缶のタブに指をかけた。

「水をあけられたな。僕は海に潜れない」

「気にするな。君は理系の知識も豊富だし、最新技術を扱える。確かに現場の経験値は無量が上だが、将来的なポテンシャルでは君が上だ」

相変わらずクールだ。話し方も淡々としていて、歯を見せて笑ったところをソンジュは見たことがない。物腰こそ柔らかいが口を開けば抜き身の刃《やいば》で、有能なマネージャーには違いないが、ビジネス的な距離感を崩すことはない。初めて会った時からそうだったから気にもしていなかったが、無量や萌絵たちの語る忍は、ソンジュといる時とはどうも別人のようなのだ。

「永倉さんから聞きました。鷹島での話。コルドとかいう国際窃盗団の首領にオークションで一泡吹かせたって。……聞けば聞くほど、結束の強いチームだったんですね、あなたたちは」

ソンジュの言葉を忍は横顔で聞いている。

「仕事だからね」

「どちらが本当のあなたなんだろう」

忍は答えない。

お互い立ち入った話はしない。そのほうが気が楽だ。ソンジュ自身も自分の内面になど他人に立ち入ってほしくないし、余計なケアなど鬱陶《うっとう》しいだけだ。

そう思っていたのに、なぜか気持ちがざわつく。

「……。それより今後のことだけど」

忍が仕事の話をし始めたが、上の空で、忍の彫刻みたいな横顔を見つめている。

ふと八田の家で見た兄弟の姿を思い出した。

——宝探しに行こう、ソンジュ。

死んだ兄の姿が忍に重なった。

笑いかけてほしい、とふいに思った。

が、すぐに視線をそらして頭に浮かんだものをシャットアウトした。立場をわきまえるように。

相づちも返してこないソンジュにようやく気づいたのか、忍が話を止めた。そして、

「君が必要だ、ｓｅｏｎ」

心を読んだように言った。

「これからの遺跡発掘に必要なのは先端技術とそれを扱える人間だ。奇跡の発掘者なんてものに目を奪われてる連中を正気に戻せるのは、君の実績だけだ。〈鬼の手〉などという非科学的なものよりも、君という頭脳のほうが遥《はる》かに値打ちがあることを、上の連中に証明しよう」

「ご心配なく。あなたが僕に期待することは、きちんとやり遂げますよ」

ソンジュは助手席のドアを開けた。冷たい空気が入り、地面に足が着いたところで、

「……そうだ。例のイクパスイ、想像以上に興味深い代物でした。正体が掴《つか》めたら論文にでもします。僕の手柄にしますよ」

おやすみなさい、と歩き出す。

別れた後も軽自動車が動き出す気配はなかった。

砂浜に繰り返し波が寄せる。その向こうには暗黒の海原が広がる。

――怖いよ、兄さん。

兄にしがみついた時のぬくもりが不意に体によみがえった気がした。

忘れていた感触だった。

「……兄《ヒョン》さん、か」

黒い水平線の遥か向こうにある故郷を思い、ソンジュは沖合の暗闇を見つめた。強風が頬を切りつけ、耳元で唸《うな》る風の声はやけに哀切を帯びている。

壁の向こうで時折、大きな波が打ち寄せるのを感じてソンジュは背を丸めて歩き出す。

国道を走る車のヘッドライトとテールライトが交差する。

車群が途絶えると、また闇に戻る。

巨大な影絵のような丘に夜のススキが揺れている。

＊

翌日から萌絵はさっそく動き始めた。

江差町の郷土資料館と図書館に赴き、江差湊《みなと》に関する資料にあたることにした。海難事故や沈没船にまつわる情報を集めるためだ。

一方、無量たちは夷王山の発掘現場で作業の続きだ。

「わあ、ふわふわしたものがいっぱい飛んでる」

駐車場に着いた途端、さくらが興奮して空を見上げた。ソンジュも珍しそうに、

「まるで雪だな」

「雪虫だ。北の方では雪が降る直前のこの季節によく飛び始めるって」

小さな虫だが尻《しり》に綿がついていて、ふわふわと飛ぶので雪のようにも見える。

「あとこいつら、めっちゃ弱くて、ひとに当たっただけで死んじゃうから」

「はかない……」

「鼻とか口とか入ってくるから覆っとけよ。……どうした、ミゲル。雪虫食ったか？」

ミゲルがぼんやりしているので背中を叩《たた》いたら、我に返って「なんでもなか」とごまかす。朝から無量に何か言いたげな顔をしていた。なんだ？　と訊《き》いても答えず、口ごもるばかりで、気になってはいたが、始業時間になったので足早に持ち場へと向かった。

今日の仕事は沢のそばにある試掘トレンチの拡張だ。

八田《はった》のアドバイスに従って掘り広げたところ、さらなる遺物が出土した。

「白磁の高台《こうだい》……だな」

高台とは、茶碗《ちゃわん》や皿などの底につけられた「輪」の形をした支え台のことだ。高台付の皿が三枚出てきた。

「これ、なんでしょう。底に書かれた記号みたいなのは」

高台の内側には「雪の結晶」に似た記号が記されている。三枚とも同じ記号だ。

「シロシ……？」

無量が気づいた。勝山館のガイダンス施設で似たような遺物の皿を見た。その裏には鉱山の地図記号に似たマークが入っていた。アイヌが用いる「シロシ」と呼ばれるものだ。所有者を表す「印」のことで、漆器や陶磁器の底などに書かれている。

「祖印《イトクパ》ではなく？」

「うん。シロシのほうは自分の所有してる物に入れる目印なんだと」

人から人の手に渡ってきた器物には複数の「シロシ」が入っていることもあるという。

八田に写真を送ると、担当現場からすっ飛んできた。

「このシロシ……、私の父方が用いていたのとおんなじです」

「同じ？　父方というのは確かニサッチャウォッのユカㇻが伝わっていたほうの、ですか」

　そうです、と答えた八田は興奮し、

「私の父方の一族は、今もこの印を家紋にしています。ニサッチャウォッの出身は鵡《む》川《かわ》。このシロシは鵡《む》川《かわ》にいる父方のものと同じです」

　無量もソンジュもそれが意味することに気づいた。

「なら、やっぱり、ここに埋葬されているのは……」

　雑木林の沢はほとんど枯葉に埋もれているが、かろうじて細く水が流れている。トレンチの底から顔を覗《のぞ》かせている白磁を無量はじっとにらみつけている。どうやらこれは無量たちの推理を裏付ける遺物になりそうだ。

　土方《ひじかた》軍が龕灯《がんどう》のカタとして置いていった漆塗イクパスイには〈胡《コ》射《シャ》眞《マ》威《イ》弩《ン》之泪《のなみだ》〉という銘があった。笹尾《ささお》家が今日まで受け継いできたそれは、ニサッチャウォッの物語に出てきた「コシャマインの形身」である「イクパスイ〈泪《ヌペ》〉」と無関係ではないようだ。

　その〈笹尾家のイクパスイ〉とそっくりな〈夷王山のイクパスイ〉。

　同じ土坑から出土した白磁片には、ニサッチャウォッの出身地である鵡《む》川《かわ》のアイヌ一族と同じ「シロシ（印）」が記されていた。つまり——。

「ここはニサッチャウォッの墓だっていうんですか」

八田は興奮して声を上擦らせた。

「本当だとしたら大変な発見です……」

ユカラを翻訳した八田峰次郎《みねじろう》の説によれば、ニサッチャウォッはコシャマインの蜂起《ほうき》に呼応して鵡川《むかわ》から舟で合流し、ともに道南を転戦して和人の館《たて》を次々と陥落させたという。コシャマインがだまし討ちに遭って命を落とした後、形見のイクパスイを受け取って、その遺志を継いだ、と。

「じゃ、ここで見つかったやつがユカラにも出てきた本物のコシャマインの〈泪《ヌペ》〉？」

十五世紀頃に埋められたもののようだから、時代的にも合っている。

では笹尾家のイクパスイは、その写しだということか？

「でも勝山館はコシャマインを討った張本人である武田信広《たけだのぶひろ》が築城した館っすよね。そのすぐそばに、敵であるニサッチャウォッの墓があるってことになるけど」

ですよね、とソンジュも首をひねり、

「たとえば、コシャマインの敵討《かたきう》ちのため勝山館を襲ったニサッチャウォッが、ここで討たれて葬られた、とか？」

「それもありえますが、タマサイとシトキが一緒に出たのが気になります。女性が身につけるものですし、妻かもしれません。和睦《わぼく》の名目で誘い出されて共に討たれたのか。さもなくば、勝山館に夫婦で住んだとも」

八田の言葉に無量たちは目を丸くした。

「敵の根城に、ですか？」

「勝山館ができたのは戦が終結してから十数年ほど後ですし、遺構にはアイヌが混住していた形跡もあります」

ただ、勝山館もその後、何度かアイヌの蜂起で攻め込まれている。一五二九年には西部の首長タナケシ（タナサカシ）によって。その七年後には娘婿タリコナ夫婦によって。だが蠣崎《かきざき》一族はいずれも和睦を持ちかけて彼らを誘い出し、勝山館内でだまし討ちしている。

「てか、蠣崎、卑怯《ひきよう》っすね……」

「どうやらそれが常套《じようとう》手段みたいで……。基本的に弱いんですよ、和人たちは」

当時このあたりはかろうじて「和人地」だったとは言え、それを取り巻く周辺はアイヌの人口が圧倒的に多かった。しかも強い。当時のアイヌの墓やチャシからは鉄鏃《てつぞく》や大陸経由で手に入れたらしき日本刀が出てくるくらいだ。

「記録を残してるのが全部和人だから強かったみたいな印象になりますけど、実際は対等になんて渡り合えてないし、当時の和人はよそからやってきて、ちょこちょこと住んでるのが実情だったんです。鉄砲を使うようになってからちょっと強くなるけど、それまでは基本的には人数でも武力でも敵《かな》わないから、なるべく戦にならないようにするし、卑怯な手を使うしかなかったんですよ」

ただ、その蜂起にニサッチャウォッが関わっている可能性は低そうだ。コシャマインの時代から七十年以上経っている。

「あと、どうしても和人とアイヌの二項対立という文脈で語られがちなのですが、アイヌも和人もひとくくりにはできないかと」

「というと?」

「集団と集団の間には必ず利害関係が生じます。アイヌ同士、和人同士でも利害関係があったはず。道南では和人同士の争いもあったようですし、互いの利益のためにアイヌと和人が結託したとみられる場面も」

例えば、武田信広の息子・蠣崎光広《みつひろ》が松前の大館に入った時。松前藩の公式史書では「アイヌのショヤ・コウジ兄弟に攻め込まれて陥落し、もぬけの殻になった大館に光広が入った」とされているが、別の史料では「光広が陰謀を企てアイヌに攻め込ませた」と思わせる記述もある(後にショヤ・コウジ兄弟は謀殺されている)。

「違う民族であっても利害が一致すれば結託もするし、利用もしあう。それが中世のアイヌと和人ではないかと。近代の同化政策の影響もあってアイヌは歴史の上でもひとくくりにされがちですが、解像度をあげないと事実を見誤るかもしれない」

確かに、と無量もうなずいた。

「北海道はめちゃめちゃ広いですしね」

「私見ですが、当時、アイヌ対和人の争いなどは、北海道のアイヌの多くにとっては辺境の出来事で、アイヌ同士の争いのほうがよほど多かったと思います。チャシは北海道内で五百くらい見つかってますし」

チャシとは城砦《じょうさい》のことだ。……と言われてきたが、最近では、戦闘だけでなく見張りや談判や儀礼など多用途に用いられた、との説が一般的だ（ただチャシが一番多く築造・使用されたのは十七世紀中頃と言われている。シャクシャインの戦いがあった頃だ）。

「この墓の主も、ニサッチャウォッでなかったとしても、タリコナ夫婦の墓である可能性はある」

むかわ町からはかなり距離があるし、白磁片にあった「印《シロシ》」は八田の先祖以外も使用していたかもしれない。そもそも人骨は発見されておらず、状況から「墓」の可能性はあっても断定されたわけではない。今はまだ「仮定のひとつ」に過ぎない。

「ここが伝説のニサッチャウォッの墓だったら、すごいけど」

とはいえ、〈笹尾家のイクパスイ〉と〈夷王山で出土したイクパスイ〉がそっくりなことは動かしようのない事実だ。

どっちがよりコシャマインの時代に近いかは年代測定すればわかるが。

「どうしましょう。残りは本掘まで待ちます？」

「いえ、せっかくここまで掘ったし、人骨の有無を確認しておきたいです。お願いできますか」

了解っす、と無量が敬礼した。作業再開だ。

ふたりは汗だくになりながら硬い表土を剥《は》がしていく。掘りながらソンジュが、

「……やっぱり、こっちのイクパスイが先に作られたんですかね」

「どうだろう。何百年も埋まってたからってこっちが古いとは限らないけど、こっちの彫刻は少し素朴だったし、見る限り、笹尾家のは中世の漆製品にしては劣化が少ない気がする」

「じゃあ、夷王山のがオリジナルで、あっちがレプリカ？」

「オリジナルとも限らないかも。彫刻がそっくりなのは、同じコタンの伝統的デザインって可能性も」

「コシャマインの出身地の、ですか……。確か、渡島《おしま》半島の東のほうって」

渡島半島の東というと、函館市一帯だろうか。コシャマインが討ち取られた、と言われる七重浜は、函館近くの海岸だが。

「ありうるけど、銘や伝承に〝コシャマイン〟が出てくるからって、本物とみなすのは早計ってやつだな。本当にコシャマインの所有物だったかどうかは、保留でしょ」

無量がそう思うのは、八田の高祖父が訳したユカㇻを一読してみたところ、ユカㇻ自体に「コシャマイン」という名前は一度も出てこなかったからだ。〈胡射眞威弩〉という表記も、本文ではなく注釈部分で使われていた。

「……しっかし、なんだか落ち着かないな。イクパスイの件はともかく、司波さんたちが変な言いがかりつけられて妨害とかされないといいけど」

無量はタオルで汗を拭《ぬぐ》った。

「永倉も昔よりは頼もしくなったけど、こんな時に忍もいてくれれば……」

ふと視線を感じて無量が振り返った。

ソンジュが作業を止めてじっとこちらを見つめている。

「え？　なに？」

「……。いえ、なんでも」

また手を動かし始める。無量は怪訝《けげん》な顔をした。

近くの枝から鳥が羽ばたき、赤く染まった楓《かえで》の葉がスコップの先に舞い落ちてきた。

＊

萌絵が忍から呼び出されたのは、午後三時を過ぎた頃だった。

江差港が見下ろせるカフェに駆けつけた萌絵を、忍は窓際のテーブルで待っていた。

「司波さんたちのことを聞いてね。何か力になれないかと思って」

「ソンジュくんから聞いたんですね、中止要請の話」

「その後、何か判明した？」

萌絵は少しほっとした。正直自分の手に負えるか不安だったので、忍に相談しようかどうか迷っていたところだった。

「例の船箪笥《ふなだんす》ですけど、開陽丸のものでないとしたら、どの船のものか、調べるため町史を当たってみました。江戸時代の船宿の客船帳とか松前藩の藩政史料を」

把握できたのは、八件。そのうち、ニシン漁の漁船が五件、北前船は三件あったが、二隻は鷗島《かもめじま》沖の座礁転覆、もう一隻は沖合で暴風に遭い、転覆を避けるため帆柱を断った船が漂着して座礁したものだった。

「念のため、維新後の県政史料を見たら、明治三十五年に湊《みなと》近くで沈没まで至った船がありました。二百石積の和船と汽船で、ひどい濃霧の中で汽船が和船に衝突してしまい、和船のみが沈没してしまったようです」

「衝突事故だったのか」

「はい。和船の名は泰明丸《たいめいまる》、汽船のほうは船名が記録に残ってませんでした。汽船は当て逃げみたいな形でそのまま航行を続け、泰明丸のほうは残念ながら……。記録を当たってみれば、どこの船か、何を積んでたかもわかるかと。長年、江差湊の北前船を研究してる方がいるというので、その方を探してみるつもりです」

「ちなみに海底調査のほうはどうだった？　過去の開陽丸調査の時には見つからなかったのかな」

「調べてみたところ、沈没船の存在自体は確認されていたそうですが、開陽丸を優先したため、詳細な調査はまだされていないようですけど」

「その時は船箪笥は見つからなかったと？」

「黒木さんによると、当時はまだ海底に埋まってたんじゃないかと。おそらく数年前の浚渫《しゅんせつ》工事の影響で海底の土砂が流れて露出したようです」

テーブルにパンケーキが運ばれてきた。忍が六切れに分けて蜂蜜《はちみつ》をたっぷりかけると「半分ずつね」と萌絵にフォークを渡した。

「僕は調査中止を申し入れてきた町議の諸角氏を調べてみた。当選八回のベテラン議員で、経歴を見てみると、土木系の公共事業に強い印象だった。教育や観光には特に口を出してきた様子はないし、開陽丸の復元や保存にも特に関わってない。漁協関係者に強い支持基盤がある感じでもない。なのに、なんで中止を言い出したのか」

皆目わからない。忍はスマホの画面を見せて、

「後援会のメンバーだ。何か心当たりはあるかい？」

萌絵はそこに並んでいる名前を目で追い、「ん？」とつぶやいた。

「この名前……」

「見覚えが？」

指さした画面には「音羽《おとわ》泰徳《やすのり》」とある。

「江戸時代の問屋《といや》に〝音羽屋〟というのが……。今も江差に当時の建物が残ってて、見学もできるんですけど、その所有者が確か」

音羽泰徳、だった気がする。忍が素早く検索をかけた。

「なるほど、音羽屋の十八代目みたいだ。屋印が『丸に乙』で、マルオツ。今は函館で

マルオッという水産加工会社を経営してる」

「社長さん、ですか」

すぐに検索する。会社のサイトには沿革が載っている。

「江戸時代から鯡《にしん》漁をする傍ら、魚肥を扱う問屋をやってたらしい。幕末に自分とこの船を持って海運業に乗り出したようだ。これが儲《もう》かって、明治期に江差から函館に拠点を移してる。すごいな。北海道の企業勃興《ぼっこう》（会社設立ブーム）にのって鉱業から銀行業にまで手を広げていたようだ」

多角経営をしていたようだが、時代の荒波にもまれるうちに現在は水産加工会社のみとなったらしい。それでも「マルオッ」は地元では有名で、スーパーや土産屋でよくみかける松前漬やら塩辛やらには必ず「マルオッ」マークが入っている。

「その社長さんが後援会に名を連ねているというわけですか」

「しかも二番手に名前があるくらいだから、かなり有力な支援者だろうな」

「もしかして、沈没した船はその音羽屋の船だったってことはありません？」

「ああ、僕もそれを考えていたところだ」

忍は狙いを定めたような目つきになり、

「手分けして探ってみよう。永倉さんは沈んだ船と船主を、僕は音羽氏を調べる」

はい、と萌絵もうなずいた。

「しかし本当に船簞笥のせいだとしたら、一体なにが入っていたんでしょう」

「全く見当がつかないな。しかも沈んだのは百年以上前となると」

ひとに見られてはならないようなものでも入っていたのだろうか。

もう百年も経っているのに？

窓からは港が見下ろせる。左手には開陽丸と鷗島、それを眺めていた忍が「あれは」とつぶやいて、頬杖《ほおづえ》を外した。

「あそこのボート、A旗を揚げている。司波さんたちか？」

つられて萌絵も視線を向けると、北側の防波堤の向こうにボートが一隻出ている。青と白の旗を掲げている。国際信号旗だ。A旗の意味は「私は潜水夫をおろしている」。

「強気ですね。中止要請を受けたっていうのに」

「無理もない。この季節だ。一日も無駄にできないだろうし」

いくら万全の態勢で臨んでも潜水調査が命がけなことに変わりはない。海が荒れず安全が確保できるうちに調査を済ませたいのだろう。

「大丈夫でしょうか」

「相手はひとのボートを壊すような相手だからなあ。司波さんたちのためにもできるだけ早く真相を突き止めよう」

復元開陽丸の大きな帆柱も西日を受けている。

海はまだ穏やかだが、取り巻く状況は穏やかとはいえない。

＊

「磯山寛次郎《いそやまかんじろう》さん？　そのひとなら、私知ってるよ」

宿泊所に無量たちが帰ってきて、皆で夕飯の支度をしている時、突然、さくらが言い出した。萌絵はごはんをよそう手をとめて、

「磯山さんのこと知ってるの？」

今日の調査成果を報告する中で江差湊や北前船を研究している郷土史家の名前を話題にしたところ、さくらが知り合いだと言い出したのだ。

「なんでさくらちゃんが知ってるの？」

「江差追分のお師匠さんだよ。江差追分会館で会った」

昔、江差追分の元チャンピオンだった曾祖母《そうそぼ》のファンだという、あの年配男性だ。郷土史の研究家でもあったのだ。

「さくらちゃん、紹介してくれないかな。そのひと」

「いいよー。明日《あした》の夜、練習会に遊びに行く約束したから、萌絵さんも来るといいよ」

海難事故で沈んだ泰明丸が音羽屋の船だったなら、調査中止要請の理由も一気に絞り込めそうだ。

「しかし、百年以上前の船でしょ？　今更現代の人間に見つけられたら困るものって、

なんなんだろな」

食事当番だったソンジュがぐつぐつに煮えたチゲ鍋《なべ》を運んできた。

「大昔の土地の権利書でも入れてたとか？」

「北前船の大事なものっていうと、まず船往来手形とか船の鑑札かなあ。船往来手形は乗ってる人の身元証明書で、鑑札は船の証明書ね。あれ？　でも明治時代か」

「明治時代でも船簞笥《ふなだんす》って使ってたんですかね」

「うーん、古い和船だったみたいだし、いざって時のために載せてたんじゃない？」

あとは思いつくものといえば、帳簿類やお金だが。

「金《きん》っしょ。大判小判でも積んでたんじゃないの？」

「明治時代だよ？」

「明治時代でも大判小判が消えてなくなるわけじゃない。……って、かっら！」

無量が取り碗《わん》によそったチゲのスープをすすり、悲鳴をあげた。

「なにこの辛さ！　唐辛子入れすぎ」

「えー、ふつうですよ」

本場のチゲに無量と萌絵が火を噴く勢いで悶絶《もんぜつ》する中、さくらはケロリとして、

「おいしいよ。あったまるよー」

「だめだこりゃ。おい、おまえもなんとか言え、ミゲル」

声をかけられたミゲルがハッと我に返った。そして「なんか言ったと？」とずれた答

えを返す。ソンジュの手料理に興奮するでもなく、朝から何か塞《ふさ》ぎ込んでいるミゲルを怪訝《けげん》に思った無量が、食事の後、尋ねた。

「調子でも悪いのか？」

ミゲルは鍋を洗う手を止めて、小声で「ちょっと話があるけん、外で」と囁《ささや》いた。言われた通り、飲み物を買いに出るふりをして外で待っていると、ミゲルがあたりを見回しながら上着も着ないで出てきた。

「なんだよ話って」

「……あのな、俺。昨日」

海風が吹きすさぶ中、ミゲルは無量と額をつきあわせるようにして、

「そこの駐車場で、忍さんば見たっとよ」

無量は目を丸くし、呆《ほう》けた後で、笑い飛ばした。

「んなわけないない。あいつ今、海外だぞ」

「ほんなこて見たったい。しかも、ソンジュくんと一緒やった」

ミゲルは昨夜、ソンジュが配信の素材を撮ってくると言って外に出ていったのを見て、こっそり後を追ったのだ。単純に好奇心だった。いつも見ているインスタの動画をどんな風に撮っているのか、覗《のぞ》き見してみようという軽い気持ちだった。ソンジュは迷わず、駐車していた黒い軽ワゴンに乗り込んだ。運転席には人影があった。

「それが忍だったっていうのか」

「遠目に見ただけやけん……。ばってん、そっくりやったとよ」

車内は暗かったが、すぐそばに駐車場の電灯があった。ミゲルは目がいい。物陰から目をこらして見ていたが、あれは確かに相良忍だったのだ。

「人違いじゃない？　それソンジュのマネージャーでしょ。アサクラさんとかいう」

「アサクラ？」

「背が高くてシュッとしてる男の人だって」

「そ、そん人やろか……。でもほんなこて、似とったぞ！」

無量がふいに真顔になって黙り込んだので、波の音がひときわ大きく聞こえた。

ややして「やっぱ、ない」と言い切り、

「見間違いでしょ。飲みもん買ってくるわ」

夜の繁次郎浜には強い海風が吹き付けてくる。

無量は自販機の前に立ち、ボタンを押した。ゴト、と音を立てて落ちてきた熱い缶珈《コー》琲《ヒー》を取り上げた。蓋を開けて一口飲む。喉《のど》を熱いものが過ぎていくのを感じながら、無量は駐車場のほうを振り返った。休憩中のトラックがいるだけだ。

それらしき車は、ない。

無量はスマホを取り出して、忍にメッセージを打った。

〝江差に来てんの？〟

送って、しばらく見ていたが、既読にはならない。

耳元で風がうなっている。

打ち寄せる波の潮騒《しおさい》がちょっと怖くなるほど大きく聞こえ、海のほうを見やると、その暗闇の深さに今にも吸い込まれてしまいそうだ。

缶珈琲を勢いよく飲み干した。

＊

翌日、萌絵はさくらの紹介で磯山に会うべく、江差追分愛好会の練習に出向くことになった。

夜七時、町の集会所には老若男女が次々とやってきた。二間の和室には折れ脚テーブルが並べられ、三味線の調弦をする者、ホワイトボードに基本譜を貼る者、お菓子を並べる者、和気藹々《わきあいあい》と準備にいそしんでいる。近々発表会があるらしく、入口にはポスターも貼ってあった。

「おお、さくらくん。来てくれたかい」

江差追分の師匠で郷土史家でもある磯山寛次郎がうれしそうに迎えてくれた。磯山はかつてさくらの曾祖母の大ファンだったため、容姿もそっくりな「推しのひ孫」に目尻《めじり》が下がりっぱなしだ。

萌絵も本題に入る前にまずはレッスンだ。さくらは上級者クラスに振り分けられたが、萌絵は初心者クラスで子供たちと一緒に初歩を習った。江差追分には独特のうたい方があり、基本譜には記号が書かれている。音を波のように揺らしたり、跳ね上げたり、ぐるっと一回転させたり……。

「かもめえ〜ぇぇぇぇえっのお〜ぉぉぉぉ！」

萌絵は磯山から基本ばかりをみっちり一時間たたき込まれた。

「初めてにしちゃ、ながながいいんでねぇがい」

「ほ、ほんとですか……」

ベンッ！　と三味線の潔い音が聞こえ、さくらが自慢の喉を披露しはじめた。おばあちゃん子だとは萌絵も聞いていたが、発掘だけでなく民謡の才能まであったとは。

「さくらくんの追分聴いでっと時間が巻き戻っだみでぇな気ぃすんだぁ」

磯山は目を細めている。十代の頃、胸を高鳴らせて聴いた憧《あこが》れの人の唄声《うたごえ》が、目の前で鮮やかによみがえったような気がするのだろう。うっとりと聴いている。

「この年でまた聴けるとはなあ……」

そんなさくらの頼みなら、磯山は聞かないはずがなかった。

「北前船？　そっだらもん調べでたのぉ」

練習会が終わった後で磯山に訊《たず》ねてみたところ、さすが北前船の研究者だけあって、打てば響くように答えが返ってきた。

「泰明丸……ああ、沈没した船だべ。船主はどごだったたっけがなぁ。船名に〝泰〟がつぐがら音羽屋じゃねがっだがな？」

「音羽屋！　やっぱり！」

「あそこの船はどれも名前さ〝泰〟の字がついでだはずだ。泰明丸、泰勝丸《たいしようまる》、泰栄丸《たいえいまる》……」

そういえば、社長の名前にも〝泰〟がついていた。萌絵は内心ガッツポーズだ。

「あの事故は俺のじっさまが子供ん頃、騒ぎになっだの見だってよ。生き残った船員の話じゃ、汽船の舳先《へさき》がまともに和船の横っ腹さ突っ込んで真っ二つさなっで、あってーまに沈んだんさ」

黒木の見立て通りだ。やはり船簞笥を海に投棄する間もなかったようだ。

「史料には汽船のほうの名前がどこにも載ってなかったんですが……」

「ああ……。ありゃ、記録がら消されたんだ」

「消された？　どうして」

「当て逃げしだのは海軍の軍艦だったんでねがって噂だ。明治政府が片っ端がら記録消しまぐって衝突事故なぞ無かったごどにされたんだ。沈められだ方もだんまりで」

腑《ふ》に落ちた。それで記録が極端に少なかったのか。

「沈む前にドオンドオンって雷みでぇな音が響いたって証言もあっでよ」

「雷、ですか」

「なんで沈んだんかはいまだにはっきりしねぇのよ」

磯山の家には、問屋の入出港記録や船宿の客船帳など、江差や松前で集めた史料や資料が一通りあるという。来れば見させてくれるというので、萌絵はお言葉に甘えて、さっそく翌日訪問することにした。

帰ろうとしていた矢先、駐車場で若い女性が声をかけてきた。居酒屋「かもめ」の娘・伊庭碧《いばみどり》だった。たまたまさくらと同じ上級者クラスにいて意気投合していた。

「さくらちゃん、またお店にも食べに来てね」

「うん、また行くー」

「……あ、そういえば、お母さんがね。例の土方歳三《としぞう》の返礼品、本家のおじさんが、もしかしたら手放すかもしれないって」

え？　と萌絵も反応した。

「手放す？　誰かにあげちゃうの？」

自治体に寄贈でもするのか？　と思ったが、そうではないらしい。

「なんか、誰だかに返すとか返さないとか……」

萌絵とさくらは顔を見合わせてしまった。

返す？　誰に？

＊

実はその日の午後に八田学芸員のもとにも笹尾から連絡が入っていた。

とし蔵《ぞう》のイクパスイの件で相談したいことがある、というものだ。

きっかけは笹尾家にかかってきた一本の電話だった。「北島素子《きたじまもとこ》」なる函館市在住の女性で、笹尾に「借用品を返したい」と言ってきたのだ。

「それがどうやら『とし蔵』にゆかりのある人のようで、戊辰戦争の時に笹尾家から借りていた物を返したい、と言ってるそうなんです」

発掘現場で八田から相談された無量とソンジュは、きょとんとしてしまった。

「借りてた物って……龕灯《がんどう》のことですか？」

旧幕府脱走軍が夜を徹しての行軍のために笹尾家から借りた携帯用の照明器具だ。持ち手のついた金属筒の中にろうそくを立て、行く手を照らす。大滝でからくも松前藩軍を打ち破った旧幕府軍を率いていたのは、土方歳三だった。

しかし、いまさら、そんな昔の骨董《こっとう》品を（しかも五つも）返してもらっても……と笹尾は困惑しているという。

「しかも、預けていたイクパスイを返してほしい、と」

「はあ？　戊辰戦争の時でしょ。百五十年も前の話だし、これが質屋だったらとうに質流れしてますよ。その間イクパスイはずっと笹尾家にあったわけだから、もう笹尾家のものですよね」

無量がトレンチの横でお茶を飲みながら言った。質屋の場合、借金のカタ（担保品）にした物品の所有権は、大体、三ヶ月で質屋に移る。

それが基準なら（いくら残された借用書に流質期限がなかったとは言え）所有権が移るには十分すぎるほどの歳月だ。

八田も「そうなんです」と弱りきった顔をした。

「借用品のカタとして預けられていたイクパスイですけど、百五十年も経っているので、法律上も笹尾家の所有物とみなされます。借用書に『未来永劫《みらいえいごう》、質流れはさせない』とでも誓約してたならともかく……。笹尾さんにもそう伝えたんですけど、やっぱり不安みたいで、念のため、北島なる人物と会うときに同席して、私に説明してほしいと言われてしまいまして」

無量の隣にいたソンジュが丸筒羊羹《ようかん》の糸を細かく動かしながら言った。

「それ、目的はイクパスイを手に入れることですよ」

「やっぱり、そう思います？」

「土方歳三のイクパスイを手に入れたいんでしょ。当時借りた龕灯、なんて言ってるけど、本物かどうかもわかったもんじゃない。どっかから適当に骨董品持ってきて『これがその龕灯ですよ』なんてね。詐欺師の手口ですよ」

そもそも返す気があるなら、とうの昔に返しに来ている。

問題はその「北島」なる人物が、どこで「とし蔵のイクパスイ」を知ったのかだ。

「借用書を保管していた笹尾家は、先代が亡くなるまで表には一度も出したことがないそうです。メディアの取材を受けたこともないそうですし」

とし蔵の子孫か何か、だろうか。

八田も相手の正体がつかめないので不安なようだ。

「俺も立ち会いましょうか」

無量が言い出した。

「ややこしいこと言い出す前に『借用書は時効、カタであるイクパスイはとうに質流れしてる』ってバシッと言ってやったほうがいいんすよ」

「西原君、ありがとう。心強いです」

「……あ、ほら見てください。お花ができましたよ」

ソンジュが丸筒羊羹の切り口を無量たちに見せた。糸を器用に操って、とうとう見事なバラの花が完成してしまった。

「おまえは天才か」

「僕も行きますよ」

こういう時のソンジュは心底、意地の悪い顔になる。

「そいつの目的がなんなのか。行って、正体暴いてやりましょ」

第四章　龕灯と蠟燭

週末、無量《むりょう》たちは再び石崎の集落にある笹尾《ささお》家を訪れた。

問題の「北島素子《きたじまもとこ》」なる人物は約束の時間ぴったりに現れた。大きな高級車から降りてきたのは六、七十代の女性だ。和服姿だった。青灰色の訪問着を上品に着こなし、貝細工の洒落《しゃれ》た帯留をつけている。玄関先で丁寧に挨拶《あいさつ》をした。

「はじめまして。北島と申します」

後から従う連れの中年男性は秘書で「桐野《きりの》」と名乗った。段ボール箱を抱えている。無量たちとは客間で対面することになった。

北島はやり手の女性経営者といった印象だ。大柄でふくよかな体つき、顎下《あごした》にもたっぷりと肉をつけ、風格がある。耳元には大きな黒真珠の一粒イヤリングをつけている。

「お電話でご説明いたしましたとおり、戊辰《ぼしん》の年に借り受けました品物をお返しにあがりました」

桐野に指示して、段ボール箱から木箱を取り出した。中に入っていたのは木製の丸筒だ。つり鐘形の桶の内部に鉄輪が取りつけられている。八田《はった》も無量たちも目を丸くした。

まごうことなき、龕灯だ。時代劇や博物館でしかお目にかかったことがない。

「どうぞ、お検《あらた》めください」

笹尾が「では失礼して」と手に取る。そして「あっ」と小さく声をあげた。

「うちの屋印です」

龕灯の胴部に「仐」という印が入っている。笹尾家の屋印「仐（ヤマジョウ）」だ。

その下に「笹尾家」と記された墨の痕跡《こんせき》がうっすら残っている。

「残りの四つは戦で失われました」

無量たちも顔を見合わせた。

つまり、この龕灯は土方《ひじかた》軍が笹尾家から借り受けた「本物」？

「失礼ですが、北島さんとあの借用書を書いた『とし蔵《ぞう》』なる者は、どのようなご関係なのでしょう」

「当社の創業者でございます」

「創業者……ですか」

「大変申し遅れました。わたくし、このような会社を経営しておりまして」

と名刺を差し出してくる。コサム水産株式会社の代表取締役とある。函館の水産卸業者だ。現在は水産物の卸売のみならず、冷凍倉庫事業や物流も扱っている明治創業の老舗《しにせ》企業だった。

「このたび、当社の創業者・古寒利蔵《こさむとしぞう》の旧邸を修繕する運びとなり、蔵の骨董品を整理しておりましたところ、こちらの龕灯を収めた箱が見つかりました。中からは、利蔵《としぞう》の筆によるとおぼしき書き置きが出て参りました」

内容は以下の通りだ。戊辰十一月に石崎の網元ヤマジョウから借り受けた龕灯五台を返却すること。蠟燭《ろうそく》三十把に関しては現在の貨幣価値に換算して対価を支払うこと。なお、カタとして預けていた捧酒箸《イクパスイ》が戻った暁には、我が墓前に捧《ささ》げるべし、と。

書き置きに従って、龕灯を借りた石崎の網元を調べ、笹尾家に連絡をとったという。

「それで、わざわざ返しにきてくださったんですか」

「ご迷惑かとは存じましたが、まずは返却が遅れたことを創業者にかわってお詫《わ》び申し上げたく」

と立派な菓子折とともに蠟燭代を収めた封筒を差し出した。蠟燭の対価とは思えないくらい、分厚い。

「とはいえ、もう百五十年も昔のことですし……」

困惑する笹尾のかわりに、口を挟んだのはソンジュだった。

「目的はイクパスイですか」

末席にいた若者の発言に、北島が驚いてそちらを見た。

「笹尾家のイクパスイを返してほしい、ということですよね」

北島は笹尾に向かい「息子さんでいらっしゃいますか？」と尋ねた。ソンジュはかま

わず、

「さすがに遅すぎるのでは？　百五十年後というのは。笹尾家のイクパスイは何代にもわたって保管されてきた品物ですし、これだけ長い年月預けた、となると法律上も笹尾家の所有物とみなされるはずです。突然現れて、今更、百五十年前に借りた龕灯《がんどう》と引き換えにしてくれ、というのは少し無理がありませんか」

「……こちらも百五十年、お借りしたものを大切に保管してまいりました」

「返す意思があるならば、利蔵《としぞう》さんがご存命の時にとうに返しに来れたはず。それが無理でも連絡のひとつもできたのでは」

「ですのでこうしてご連絡いたしました。預けた捧酒箸《イクパスイ》はお返しいただけるのか、そうでないのか。ご返答いただけますか」

ふたりに挟まれた笹尾は弱りきって、頭をかいている。

「正直なところ、彼の言うとおり、困惑するばかりで……」

「ご返却には応じていただけないと？」

「とにかく急なことでして」

北島が圧をかけてくる。なおも所有権を主張するなら、無量と八田も応戦するつもりで身構えていたが、意外にも北島はあっさり引き下がった。

「わかりました。ではせめてひと目、実物を拝見することはかないますでしょうか」

「は？」

「創業者が『墓前に捧げよ』と言い残したものですから、せめて写真だけでも」

北島がすんなり引いてくれたので安心したのか、笹尾も拒まず、

「ええ、もちろんです。いま、もってきますね」

笹尾が席を外したので、無量たちは北島と向き合うことになった。中庭のつくばいに小鳥たちが集まってさかんに水浴びしている。けんか腰だったソンジュのせいで空気がピリついていたが、なだめるように八田が口を開いた。

「申し遅れました。わたくし、上ノ国で学芸員をしております八田と申します。笹尾さんからのご依頼でイクパスイの調査を担当しております。最初の所有者だった古寒《こさむ》氏について少し伺ってもよろしいでしょうか」

北島は落ち着き払って湯飲みの茶で口を潤し、

「当社の創業者である古寒利蔵は、もともと松前藩の箱館六箇場所のひとつ、茅部《かやべ》場所の鷲ノ木《わしのき》の漁夫だったと聞いております。旧幕府軍の土方隊から道案内を頼まれ、従軍したそうです」

「道案内、ですか」

見知らぬ土地では、地元の人間の案内が不可欠だ。まして初上陸の地で土地勘も皆無、右も左もわからない。そんな場所で戦をすることになれば、作戦を立てるにしても、地理に長《た》けた地元の人間の協力が必要だったろう。それに応じたのが「とし蔵」こと「古寒利蔵」だったのだ。

「松前城の攻撃にも参加したとか。利蔵は利発で、土方からいたく信頼され、かわいがられた、と晩年の手記にございました」

「ということは、箱館戦争にも参加したんですね」

「はい。二股口《ふたまたぐち》の戦いも生き延び、箱館では弁天《べんてん》台場に新撰組の兵とともに籠城《ろうじょう》したそうです」

五稜郭の旧幕府軍が降伏した後、生き延びた利蔵は、函館で昆布売りから身を立て、水産物を扱う貿易会社を興したという。

「ひとつ疑問が」

と口を開いたのは、無量だった。

「利蔵さんは、借りた龕灯の代わりにイクパスイを預けていったそうですが、そのイクパスイを利蔵さんはどちらで手に入れたのでしょうか」

「お疑いですか」

「いえ、笹尾家のイクパスイには〈胡射眞威弩之泪《コシャマインのなみだ》〉という銘がありました。もし、利蔵さんがアイヌの方なら、神事に使う大事な祭祀《さいし》道具だったのではないかと。龕灯のカタに預けるというのは、少し……」

違和感を覚える。

無量がそう述べると、北島は湯飲みを茶托《ちゃたく》に戻し、

「預けたイクパスイは、箱館の領事館にいた外国人向けの売り物だったのではないか

と」

「売り物？」

「はい、利蔵は運上屋《うんじょうや》（松前藩からアイヌとの交易を請け負った商人が経営拠点とした施設）で漆塗りの仲介もしており、アイヌと和人双方との取引がございました。アイヌ彫刻は外国人から美術品として喜ばれて、とりわけ能登《のと》の漆職人が手がけた漆塗りイクパスイは人気が高かったと」

「では〈胡射眞威弩之泪《コシャマインのなみだ》〉というのは」

「銘をもつ茶杓《ちゃしゃく》、のようなものですわね。手の込んだ工芸品です」

無量の念頭には夷王山で出土したイクパスイのことがある。鵡川《むかわ》にいる八田家の先祖が残した伝承、ニサッチャウォッが受け継いだコシャマインの形見――〈泪《ヌペ》〉かもしれない出土遺物。

無量はそれをこの目で見た。外国人向けに作られた土産物が、夷王山から出土した中世の遺物とたまたまそっくりだったなんて、そんなことあるだろうか。

そこへ笹尾が戻ってきた。手には桐箱がある。

蓋《ふた》を開けて「とし蔵のイクパスイ」と対面した北島は、感嘆の息を漏らした。朱と黒の漆で塗り分けられた美しいイクパスイに圧倒されたように見入っていた。

「……なんて見事な……」

間違いなく匠《たくみ》の手によって作られた第一級の工芸品だ。技巧を凝らした繊細な彫り文様はとても精緻《せいち》で圧巻だ。言葉もなく、魅入られたように凝視していた。

とし蔵が残した借用書とともに例の木札も見せた。〈胡射眞威弩之泪《コシャマイン》〉という銘を確認した北島は、ふと真顔に戻り、おもむろに尋ねた。

「ほかには何かございませんでしたか。この借用書のほかには、何か」

笹尾は怪訝《けげん》な顔をした。

「いえ、これだけですが」

北島は鋭い目つきだ。スマホで「とし蔵のイクパスイ」を何枚も撮影し、丁重に礼を述べた。せっかくなので土産がわりに、と言い、龕灯も置いていった。

「利蔵の捧酒箸《イクパスイ》、くれぐれも保管は厳重に。ご不要になりました際はお引き取り致しますのでお申し付けください。特に怪しげな骨董《こっとう》商や郷土史家を名乗る人物から声をかけられた際は、必ず私どもにご連絡を」

念を押すように言い残していく。

玄関を出て車に乗り込もうとしていた北島に、見送りに出た無量が声をかけた。

「きれいな帯留っすね」

北島は「あら」という顔をして愛想よく微笑んだ。

「お若いのにお目が高いこと」

「うちの祖母も着物着るんで。ちょうど祖母の誕生日プレゼント探してたとこなんす。それ、どこで買ったんすか」

「これは母から譲られた一点物ですの。職人もいなくなったので、もう手に入りませんことよ」

そんな会話を交わして、北島は車に乗り込んでいった。笹尾家の人々に見送られて、黒い高級車は、港から延びる直線の道を国道に向かって走り去っていった。

「思いのほか物わかりがいいひとでしたね……」

論破する気満々だったソンジュは拍子抜けしている。だが無量は道の先をにらんだまま、険しい顔を崩さない。

「おまえ気づいてた？　あの帯留」

「きれいな貝細工でしたね」

「彫刻が一緒だった」

その一言でソンジュの顔つきが変わった。

「まさか〈泪《ヌペ》〉と？」

ああ、と無量はうなずいた。

「帯留の彫刻が〈胡射眞威《コシャマイン》弩之泪〉と同じだった」

白い貝細工だったのでよほど注意して見なければわからなかった。母譲りの一点物だという。利蔵は漆器売りだった。つまりイクパスイを作ったのは別の人間で、あの彫刻を施したアイヌの職人がいるということだ。

「もしかして、ここに来る前から北島社長はとし蔵のイクパスイの文様を知ってたってこと?」

無量は北島の言動から、彼女がなぜ今になって笹尾家にやってきたのか、その意味をずっと考えていた。

夷王山で同じ姿のイクパスイが出土したことと、関係がある、とも思えないが。

＊

あれはレプリカなのでは?

八田学芸員に帯留の彫刻のことを話したら、そんな答えが返ってきた。

北島が帰った後、無量たちは笹尾家の客間に戻り、北島が持参した菓子折の最中《もなか》をいただきながら、一息ついているところだった。

「帯留がレプリカ? 〈胡射眞威弩之泪《コシャマインのなみだ》〉の?」

八田はイクパスイに彫られていた文様をいくつか、紙に書いた。

「アイヌ文様と呼ばれるものには、アイウシという括弧文、モレウという渦巻文などたくさんあって、魔除《まよ》けやまじない的な意味があるとも言われています。衣類の刺繍《ししゅう》にも使われますが、組み合わせは無限にあるので、偶然同じ文様になることは滅多にないはず。おそらく親から子へと伝わってきたもの。もしくは、古いものからあえて写しを作ったのかと」

「それは固有の組み合わせを残すためにですか」

「はい。ただ本来は男性から男性に、女性から女性に伝わるものです。帯留は和人文化なので、アイヌの意匠を取り入れた、ということでしょうか。とはいえ、もしオリジナルが、本当にコシャマインが所有していたイクパスイのものだというなら、伝え残す価値は十分あります」

と八田は力強く断言した。

「私の見立てになりますが、やはり、夷王山のイクパスイがオリジナルか、オリジナルに近いもので、とし蔵さんのイクパスイはその写しなのではないかと」

無量も同意見だ。コシャマインの時代から幕末までは四百年ほどの開きがある。同時代のものではないとすると、おそらく写しから写しが作られ、四百年伝わってきた歴史ある文様ということになる。

「とし蔵さんの〈胡射眞威弩之泪《コシャマイン》〉は、昔のイクパスイの写しだったってことかい」

隣でくつろいでいた笹尾も興味深そうに聞いている。

「だとすると、ご先祖のものが発見されたタイミングで、とし蔵の縁者が百五十年ぶりに現れたってことだよね。すごい偶然だなあ。お墓の主が呼んだのかなあ」

「いまちょっと思ったんですけど〈胡射眞威弩之泪《コシャマイン》〉というのは、イクパスイの名前、というよりも、その文様やデザインを指す名前なんじゃないでしょうか」

ソンジュが言い出した。

「おそらく元々は〈泪《ヌペ》〉って名で、後世、その由来である〈胡射眞威弩《コシャマイン》〉をつけ加えたのかも。北島さんの帯留も〈泪《ヌペ》〉のモチーフで作られたんじゃないでしょうか」

北島も帯留の文様が〈泪《ヌペ》〉であると理解していたのだろう。それがあったから笹尾家のイクパスイが本物かどうか、確認できたのかもしれず、むしろ確かめることが目的だったとも言える。

「ですよね、無量さん？」

無量は先ほどから考え込んでいる。ソンジュが「まだ何か気になることでも？」と水を向けたので、無量は「気になるというか」と最中の包みを畳み始めた。

「逆だったってことない？」

「なにが？」

「いや……。さっき北島さんにも言ったけど、神様と繋《つな》がる大事な祭祀具《さいし》を龕灯《がんどう》なんかと引き換えに置いてったりするもんかなって。そこんとこモヤついてたんだけど」

「単なる売り物で、実際に祭祀に使ってたわけじゃなかったからでは？」

「そうも思ったんだけど、……逆もある。大事な物だったからこそ預けた、大事なものを預けなければならないほどの貸し借りだったって可能性も」

言いたいことがうまく伝わらず、八田と笹尾は意味をつかみかねている。横からソンジュが助け船を出し、

「もしかして、借りたのは龕灯じゃなかった？」

無量が指を鳴らしてソンジュを指さした。

「そう！　龕灯よりも重要なものを借りてたとか」

「重要な、って？」

「わからないけど、借用書を見た北島さんが『他にも何かなかったか』って言ってたでしょ？」

なんでそんなことを口にしたのか、無量はずっと引っかかっていたのだ。

そういえば私も、と八田が言葉を挟んだ。

「北島さんは『とし蔵は漆塗りの仲介をしてた』と言ってましたが、おかしいな、命がけの戦場にわざわざ依頼品を持ってったりするかな、と。何より〈とし蔵のイクパスイ〉の裏には祖印《イトクパ》が彫られてました」

それはどういうものでしたっけ？　と笹尾が訊《き》いた。

「イトッパとも言います。アイヌの男性が父親から代々受け継ぐ固有の印のことです。とし蔵さんのイクパスイにも彫られています」

笹尾が桐箱を持ってきて確かめた。

「これのことですよね。×印と三本線の」

「その部分だけ漆の塗膜が削られて木地があらわになってますよね。完成品に後から彫るとそうなります。祭具に自分の名前を入れて神様に伝えてもらいます。それが刻まれてるってことは、すでに持ち主が手にしていた証拠です」

「つまり、それは」

「やはり、持ち主はとし蔵さん自身ではないかと」

売り物や依頼品ではなく、自分自身の祭祀具だったのではないか。

八田の言葉にソンジュは疑問を持った。

「だとすると、なんで北島さんはわざわざ『売り物だった』みたいな嘘をついたりしたんでしょうね」

その理由は……、と八田の表情が翳《かげ》り、

「わかる気がします。私の祖母も自分がアイヌだということは、進んでは言おうとしませんでした。北島さんは祖母と同じくらいの世代の方ですので」

自分や自分の身内が何者であるか。他人に明かすことをためらう。

無量にも身に覚えのある感情だった。だが北島や八田の祖母が経験してきたであろう「〝言い出しにくくさせるもの〟が常にそこにある生活」にまで思いが及んでいるかと言われれば、自信が無い。謂《い》われのない偏見と理不尽な差別、色眼鏡で見られることにいつも警戒していなければならない人生。戦時中のソンジュの祖父のこともそうだったが、無量は「そう思わせた側の集団に属している自分」というものを、思えば、今まであまり意識して考えたことがなかった。

「とし蔵にとって、誇るべき先祖コシャマインの〈泪《ヌペ》〉が刻まれたイクパスイは、大切なものだったはずです。借りたのは龕灯だったにしても、ただの龕灯であったとは思えません」

無量が「あっ」と小さくつぶやいた。

「もしかして、龕灯と蠟燭《ろうそく》は……カムフラージュとか？」

「カムフラージュ？　何の」

「わからない。だけど」

待ってください、と八田が探偵のように指を立てて目線を座卓のふちに落とした。

「それ、ありえるかも」

「何か心当たりが？」

「アイヌには〝手印〟を差し出す慣わしがあるんです」

八田はそれに関する記憶を慎重に引き出すように、

「アイヌはなんらかの契約をする時に、その証拠として、相手に宝物を渡して、約束が果たされるまで預け置くんです」

それと似た行為に「ツクナイ」なるものもある。日本語の「償い」に由来する言葉だが本来の「賠償」的な意味とは少し違う。相手に何らかの損害を与えた場合、宝物を差し出すのだが、そのまま相手に没収されるのではなく、一定期間、相手に預けおき、事態が収拾したとみなされた時に返される。アイヌ独特の慣習だ。

「本来は刀なんですが、刀の代わりにイクパスイを預け置いたのでは？」

「つまり、とし蔵は笹尾家と何か契約を結んだってことですか」

「はい。それを果たすまでイクパスイを〝手印〟として預けていったのでは」

無量はソンジュと顔を見合わせてしまった。

「もしカムフラージュだとしたら、書面には書き残せないくらいだから、その契約は何か、表には出せないものだったかと」

「密約？」

と無量が口にした。

「笹尾家と何か秘密の約束を交わしたってことすか」

途端に笹尾がうろたえて、両手を激しく振った。

「うちはただの網元です。そりゃ当時はニシンで儲《もう》かってたかもしれませんが、密約なんて結ぶような家じゃ、とてもとても」

「当時は戦争中。このあたりは松前藩の藩領。とし蔵は、松前藩の殿様を裏切って土方軍の案内役になってたわけっすね」

そんなとし蔵が結んだ「密約」？

なんだ？

無量たちは腕組みして頭を悩ませた。……答えが出ない。

「当時の笹尾さんちのことが知りたいです。詳しい方はいませんか」

「分家の叔父《おじ》さんがよく昔の調べ物をしていました。聞いてみましょう」

と連絡先を調べ始める。待つ間、無量とソンジュはひとつずつ、菓子を手に取った。

羊羹《ようかん》をカステラ生地で包んだ菓子だった。口に放り込もうとした時、ふと何かに呼ばれた気がして、手を止めた。

顔をあげた。

目に留まったのは、座卓に置かれた〈とし蔵のイクパスイ〉だ。

そう言えば、まだ手に取って間近で見たことはなかった。

「笹尾さん、これちょっと触らせてもらってもいいですか」

「いいですよ。どうぞ」

無量は右手の革手袋を用意してあった白手袋にかえて、イクパスイを手に取った。

ビッと電気のようなものが走った。

同時に耳の奥で何かがビィンと鳴った。

強く張った弦を弾《はじ》いたような強い音は、長く唸《うな》り続けて尾を引いた。骨に当たって跳ね返り、頭蓋骨《ずがいこつ》の中で波紋と波紋がぶつかり合い、うねりとなり、その向こうから怒号が押し寄せてくる。突然、銃弾飛び交う戦場に放り出されたような感覚に襲われ、無量は思わずイクパスイを箱に戻した。

夷王山で出土した〈泪《スペ》〉らしきイクパスイを手にした時も、似たような音を感じた気がしたが、それを何倍にも増幅したような感覚だった。

顔がこわばっている無量に、ソンジュが声をかけてきた。

「どうかしましたか？」

イクパスイとは、人間の言葉を神に伝わる言葉へと換えて、神に届ける祭具だ。

だとしたら、この持ち主はどんな言葉を神に伝えようとしていたのか。

無量の聴覚には音のうねりが残響のように漂っている。

それが消えていくまで、彫られた波の文様をじっと見つめた。

＊

幕末の笹尾家は村有数の網元だった。一時期は名主も務めていたという。

明治政府についた松前藩からすれば、旧幕府脱走軍は「朝敵」であり「賊軍」であり、石崎の村人にとっても、さぞ恐ろしい存在だったろう。

松前城が陥落し、敗走した松前藩の藩兵は家老以下二百五十名。天険の地である大滝で土方軍を迎え撃つべく陣を張り、主力は上ノ国に据えた。追撃してきた土方軍とよく渡り合ったが、奇襲に遭って敗れた。

笹尾の叔父によると、石崎村には大滝の最前線を支えるべく藩兵が配置されていたようだ。大滝が崩れて江差まで引こうとするも、すでに開陽丸で駆けつけた旧幕府軍の榎本《えのもと》が兵とともに上陸を果たしており、江差も占拠された後だった。

厚沢部《あっさぶ》に避難していた松前藩主は、船で津軽に脱出しており、残された藩兵はさらに北の乙部《おとべ》（後に新政府軍の上陸地になる）まで逃れたり、或いは旧幕府軍に加わった者もいた。

そんな怒濤《どとう》の状況で、笹尾家は土方たちを迎えることになったのだ。

――笹尾家としては仕方なく応じたんじゃなかろうかねえ。

協力しなかったら殺される。そんな緊迫感があっただろう。

笹尾の叔父も、借用書以外の文書の存在は聞いたことがないという。

「……まあ、とし蔵さんだって好きで『賊軍』の案内役をやってたわけじゃないかもですね」

帰り道、ソンジュが車を運転しながら言った。

「そんなとし蔵さんと笹尾家が交わした秘密の約束かぁ……。なんですかね」

「松前藩からの密命とか」

「土方歳三《としぞう》の暗殺命令」

「それはあるかも」

だが、そうなると、なぜ暗殺できなかったのか、という話になる。

ともに行動していたなら、いくらだって暗殺できる機会があったはずだからだ。

「最後の箱館まで一緒に戦ってるんですよね……」

車は土方軍も辿《たど》っただろう海の見える一本道をひた走る。冬が近づいてきた海は暗い色をしている。ソンジュは思いを馳《は》せ、

「というか、とし蔵さんからしたら、旧幕府脱走軍なんて松前藩以上に嫌な相手だと思うけど。〝蝦夷地政権樹立〟なんて、アイヌのひとたちから見たら『よそ者がなに勝手

なことを』でしょ？」

「確かに。でもそれは今だから言えることかもよ？」

松前藩は特殊な藩だった。

米がとれないため、家臣に米を支給できない代わりに、アイヌとの交易が行われる「商場《あきないば》」を「知行地（藩主から与えられた土地）」とした。家臣は蝦夷地のあちこちに設けた「商場」に赴いて、そこで上げた利益を自分の石高《こくだか》代わりにしたわけだ。この制度のおかげでアイヌは自由な交易ができなくなった。シャクシャインの戦いを通して松前藩に蜂起《ほうき》をしたが、鎮圧され、主導権を奪われてしまった。交易を本州の力ある商人が請け負うようになると、雇われたアイヌが過酷な労働につかされるなどして、いつしか支配される立場へと追いやられていったのだ。

「アイヌが強かった頃ならいざ知らず、長く支配される側に立たされて『そういうもんだ』と思うようになってたんだとしたら、とし蔵さんには松前藩も幕府側も、そう変わりなかったかもな」

無量が言うと、ソンジュは鬱憤《うっぷん》を吐き出すようにアクセルを踏み込んだ。

「どっちも変わらないなら、なおさら暗殺なんて簡単だったと思いますけど？」

「だな。まあ、暗殺って決まったわけでもないし、そもそも密約があったとも限らないけど」

なんにせよ、利蔵は役目を果たせなかった。だからイクパスイを死ぬまで取りに来られなかった。龕灯《がんどう》だけなら、いつでも返せたのだ。

「アイヌの手印、か……」

無量は暗い色をした海を見つめた。低い雲が垂れ込めている。このあたりでは真冬になると「たば風」という北西からの強風が吹くという。海から吹き付ける風を避けるためか、国道沿いには防風板を張った古い木造家屋が並んでいる。窓ガラスが破れた廃屋の前で、枯れたススキが揺れている。

「ところでおまえさあ、三日ぐらい前の夜、マネージャーさんと会ってた？」

ハンドルを握る指がピクと動いた。無量は頬杖《ほおづえ》をついて、

「なんかミゲルが見たっていうんだけどさあ」

「………。会ってましたけど、何か？」

「それって、アサクラさんとかいうマネージャーさんだよな」

「何か気になることでも？」

「どんなひと？」

問われたソンジュは、素直に忍《しのぶ》の風貌《ふうぼう》を思い浮かべ、

「一言でいえば、クール……、ですね。あんまり笑わないし、静かだし。頭は切れるけど、なんか冷たい」

「あ、ならやっぱちがうわ」

無量は胸をなで下ろしている。

「あいつはよく笑うし優しいし、頭は切れるけど冷たくなんかない。別人だわ」

無量の反応でソンジュは察した。ミゲルは運転席にいたのが忍だと気づいたのだ。だから無量に伝えたのだろう。萌絵《もえ》はまだ忍の転職先を皆に言えてはいないようだ。

「………。別人、ですか」

ソンジュはアクセルを踏む。

緩いカーブの先に鴎島《かもめじま》と開陽丸が見えてきた。

＊

萌絵とさくらはこの日、江差追分の師匠で郷土史家でもある磯山寛次郎《いそやまかんじろう》の家に赴いた。江差の町の高台にある。車は無量たちが乗っていったので、移動はバスだ。

「そういえば、朝からミゲルくんの姿が見えなかったけど？」

「きっとパチンコにでも行ったんだべ。あ、ここだ」

バス停近くの「への字の形の青い屋根」が目印だった。磯山はまるで孫が来たかのように夫婦揃って歓待してくれた。二階の書斎には、磯山が集めた北前船に関する本や史料があふれている。壁一面に作りつけられた本棚にはびっしりと書籍が並んでいて、萌絵とさくらは圧倒されてしまった。

「すごいですね、これ全部、北前船の本ですか」

「それだけじゃねえよ。湊《みなと》のことニシン漁のこと、なんでも揃ってるよ」

もちろん、江差追分の本もある。スクラップブックには、さくらの曾祖母《そうそぼ》キミがチャンピオンになった時の新聞の切り抜きもあって、さくらは感激してしまった。

「ひいばあちゃん、かわいい」

「ほんとだ。さくらちゃんは生き写しだね」

本棚には写真立てがある。年配の男女数名の写真がある。

「地元有志の郷土史勉強会だ。年に一度、小冊子で発表もしてるんだよ」

「このひげのひと、開陽丸の調査チームの毛利《もうり》さんじゃないですか？」

磯山の隣に写っているグレイヘアの男性だ。

「毛利研児《けんじ》くんだ。潜水士しながら沈没船の研究ばしてる。熱心な男でよ。一緒に集めだ史料がこれだ」

磯山が持ってきたのは音羽《おとわ》屋に関する史料だ。仕切帳を調べあげ、所有していた船や寄港地、取り扱っていた商品などがノートにびっしり記してあった。

「北前船は『動くデパート』って言ってでな。江差の湊で鯡《にしん》ど昆布買いつけて、代わりに本州の米だば売ってだんだべ」

扱う商品も多彩だった。弁財船なる和船で、船頭自らが各地の港で仕入れた産物をそれを求める各地の港で売る。まさに「動くデパート」だ。

「音羽屋はもともと能登の商人だったんだ。能登と江差はむかーしから縁が深ぐで、能登から移住してきた漁師や商人も多くでよ。音羽屋も松前藩の場所請負で、余市にでっけぇ漁場を持ってだのよ。明治二年に場所請負が廃止されっと、一気に奥地さ手ぇ伸ばして、樺太のほうまで船ば出してだそうだよ」

「やり手だったんですね」

「北海道開拓の起業ブームで商人たちがどっと北海道に押し寄せた頃だぁ。鉱山にまで手ぇ出すぐれぇだがら儲《もう》かってたんでねぇべか」

「鉱山ですか」

「んだ。そのためが、泰明丸が沈んだ時、巷《ちまた》じゃ泰明丸が金塊ば大量に運んでたなんて噂も流れだんだど」

金塊、の一言に萌絵もさくらも色めき立った。

磯山が古いノートを差し出した。そこには江差の古老から聞き取ったという当時の証言が記されている。

「泰明丸が大量の金の延べ棒積んでロシアさ運ぶどこ政府さバレで、軍艦さ沈められだんでねがって」

これには萌絵とさくらもぽかんとしてしまった。

原因は「金」？

「一説には、明治政府がロシアさ取られる前に横取りすんべと、軍艦、泰明丸さ、ぶつけだってー話も」

「それじゃまるで海賊だよ」

表向きには衝突事故として処理され、ろくに海難審判も行われなかったのは政府が隠蔽《いんぺい》したためだと言われる。船を沈められた音羽屋は、政府からの高額な「賠償金」という名の口止め料で事業を拡大したと、まことしやかに噂された。

「その噂ぁ信じた連中が泰明丸と沈んだ金ば探して潜ったりもしでだが、見つがらねえどころか、次々と頓死《とんし》しだってぇ話だ」

「やばいですね……」

「泰明丸の呪いでねがって言われで、そのうち誰も探さなぐなったって」

萌絵とさくらは、ぞーっとしてしまった。

「その噂が気になってな、一頃、熱心に調べだことがあったんだ」

と泰明丸と音羽屋の資料を見せてもらえた。中でもとっておきの史料があるという。泰明丸の「仕切状」だ。航海中に買い入れた品物と販売した品物とが記してある。それぞれ買入先・販売先、場所、商品名、金額まで細かく記してある。

「こ、これはすごい。これもこれも……日付が全部沈没する直前じゃないですか」

「すごいべ。いやあ、見つけた時は小躍りしだなあ」

泰明丸が江差に帰港した際、店の帳場に預けていたのだろう。噂によると仕切「帳」のほうは密《ひそ》かに焼却されたらしいから、これは原本でなく控えか。磯山が函館の骨董屋で見つけた「音羽屋の蔵から出た古屏風《びょうぶ》」の裏張りだった、という曰《いわ》く付きの史料だ。

萌絵は磯山が帳簿風にきれいにまとめた一覧表を上から確認した。

「大阪で塩二百五十俵買入、函館で醬油《しょうゆ》百二十樽《たる》販売、田名部《たなぶ》で昆布五百把買入……、売り買いの流れが全部わかりますね。沈没直前に積んだのは、一九〇二年三月一日、大阪で醬油三百樽、函館で……ん？」

萌絵は思わず顔を近づけてしまった。

「なんですか、これ。〝龕灯五臺《だい》　蠟燭《ろうそく》三十把〟？」

買付品目の中でも異彩を放っている。

「これは……買い付けというよりも、船内での消耗品とか備品を買ったってことですかね」

「ああ、たぶんそうだね。たまにあるね」

「これが最後の購入品なんですね」

そこから先は、ない。

函館で龕灯と蠟燭を買い付けた後、江差沖で沈没したようだ。

だが、あいにく品目に「金」はなかった。

「俺も肩すかしにあってがっかりしたもんだ。やっぱり噂はただの噂だった」

「でも、もし秘密の取引だったら、そもそも帳簿には残しませんよね」

萌絵は腕組みをして考え込んでしまう。龕灯と蠟燭……この組み合わせをどこかで見たような気がする。どこだったたか。

「萌絵さん萌絵さん、龕灯って、中にくるくる回る鉄の輪っかがある桶《おけ》みたいなやつでしょ？」

「うん。時代劇なんかで目明かしとかが持ってる」

隠密《おんみつ》行動をとる時に、照らす側の姿が見えないので重宝するのだ。

「それって、とし蔵さんがイクパスイを置いてった時に借りたものじゃなかったっけ」

さくらは無量から笹尾家の話を聞いたとき、ミゲルと一緒に「龕灯《がんどう》」を検索したので覚えていたのだ。

「龕灯と蠟燭……。これって偶然？」

「まあ、一緒に使うものだから、組み合わせとしてはなくはないかと」

ただ数まで一緒となると「偶然にしては……」となる。

萌絵は無量に電話をかけてみた。ちょうど車で移動中だったようで、いくらも待たないうちに無量が出た。

『龕灯五台に蠟燭三十把？　うん、とし蔵さんが借りてったやつだけど、それが何か？』

やっぱりそうだった！　と萌絵とさくらは顔を見合わせた。

泰明丸の最後の買入品も同じだったと伝えると、無量は『はあ？』といぶかしげな声をあげた。

『その買付先の名前はわかるか？』

「函館の人で、うーん……なんて読むんだろ。古いに寒いって書いて……」

『〝古寒《こさむ》〟？　もしかして〝古寒利蔵〟か！』

無量も驚いたが、萌絵たちもびっくりした。

「なんでわかったの？」

『それ、イクパスイの持ち主の名前だ。借用書のとし蔵さんのことなの！』

萌絵は絶句した。

まさか、こんなところに名前が出てくるとは！

『でも待って。とし蔵さんは明治元年に笹尾家から龕灯と蠟燭を借りたんだよね。そのとし蔵さんが、借りてた龕灯と蠟燭を三十数年後に音羽屋に売っちゃったってこと？』

意味がわからない。

しかも泰明丸が最後に買い付けた品物がそれだ、というのも。

『買った後に泰明丸は沈んでしまったってことですか』

スピーカーの向こうから運転中らしきソンジュも割って入ってきた。

「そうなの、沈んだっていうか沈められたって言うか。日付も、泰明丸が沈むほんの五日前。これってどういうこと？」

無量とソンジュが電話の向こうで何かボソボソ話し合っている。そして、

『ちょっとよくわかんないから、そっち行ってもいい？』

磯山の許可を得て家の場所を伝え、いったん電話を切った。

萌絵もさくらも、狐につままれた気分だ。

「偶然かなぁ……」

「龕灯と蠟燭の組み合わせは珍しくないけど、船の道具としては、明治の頃ならもうランタンとか石油ランプとかを使ってたんじゃないかなあ」

磯山が階下から呼んでいる。「推しのひ孫」のために豪華な昼食まで用意してくれていた。せっかくなのでご馳走《ちそう》になることにした。さくらはまるでお姫様扱いで、困惑しつつもまんざらでもなさそうだ。歓待を受けている間に無量とソンジュが到着し、磯山との挨拶《あいさつ》もそこそこに書斎へと直行した。

「マジか……。本当にとし蔵さんだわ」

萌絵から磯山がまとめた帳簿を見せられて、無量とソンジュはあっけにとられている。とし蔵は後に「古寒利蔵」を名乗り、函館で昆布売りを始めて身を立てた、と北島社長は言っていた。

「昆布売りから龕灯売りになってたってこと?」

「龕灯もブリキ製になったらしいから、金物屋さんじゃない?」

「しかし〝龕灯五臺に蠟燭三十把〟って、あの借用書そのまんまだぞ。なんかあんのか?」

「カムフラージュ」

ソンジュがぼそりと言った。聞き返した萌絵と無量に早口で、

「さっき無量さん言ってたじゃないですか。龕灯と蠟燭はカムフラージュで、借りたのは別の何かだったんじゃないかって」

　そうなの？　と萌絵が顔を覗《のぞ》き込むと、無量は困惑している。

「言ったけど……まさか、これもカムフラージュ？　何か別の品物のこと？」

「カムフラージュっていうか、隠語？　……暗号とか、符丁かも」

「符丁」

「何か別のものを指している。そういうことなんじゃ」

　ソンジュの言葉にただならぬものを感じて、無量も事の重大さに気づいた。

「おい待てよ。そのために泰明丸は沈んだって言い出すんじゃないだろうな。軍艦に沈められた？　それを積んでたせいで船一隻沈めなきゃならないほどのものって、一体、何？」

　三人は磯山がまとめた帳簿を囲んだまま、黙り込んでしまった。

〝龕灯五臺　蠟燭三十把〟

　最後の一行に書かれたこの言葉は、なにを意味しているのだろう。

＊

　単にそのままの意味かもしれない。これだけではなんとも言えなかった。

判明している事実は、笹尾家にイクパスイを預けた「古寒利蔵」が、江差沖で沈んだ泰明丸が最後に買った品物の販売者だった、ということだけだ。

とはいえ、まさか自分たちが発掘している夷王山の遺物と司波《しば》たちが行っている水中発掘が、こんな形で結びつくとは思いもよらなかった無量たちだ。夷王山のイクパスイと直接関係があるわけではないが、両者はどちらも、笹尾家のイクパスイで結びついている。

「まさか、〝龕灯五臺と蠟燭三十把〟は金塊のことを言ってるんじゃないだろうな」

司波と黒木《くろき》に話したら、こう返された。

ふたりは今日は陸《おか》にいた。海のコンディションが徐々に厳しくなっていて、なかなか潜れないのだという。日程的にはあと二日もあれば終了するのだが、めどが立たない。伊庭《いば》夫妻の居酒屋「かもめ」に集まった無量たちにとっても、この事態は想定外だった。

「つまり、先祖の金塊を取り戻したい音羽氏が、地元の議員に調査中止を要請させたってことか？」

「それなら筋が通るんですよ。司波さんたちに先に引き揚げられちゃったら困るから、妨害したいって」

「でも金塊伝説は噂だろ？　ただの」

「……僕も聞いたことありますよ。金塊積んだ沈没船の噂」

と厨房《ちゅうぼう》から大将の伊庭徹平《てっぺい》も話に加わった。

「やっぱりあったんすね。江差の都市伝説」

「引き揚げようとすると姥神大神宮《うばがみだいじんぐう》の神様のバチがあたるって話もね。でも、中止しろって言ってきたのが当の船主の音羽さんなら、案外ほんとなのかもねえ」

司波と黒木にも思い当たる節があったという。

「潜水調査してた時、妙な漁船が一隻、俺たちの周りを遠巻きにぐるぐる回ってた。漁をしてる様子でもなかったし、やけにしつこかったから、俺たちをずっと監視してたんだろうな」

音羽屋の子孫なら「さもありなん」だ。外に出ていない史料があったのかもしれない。泰明丸の積み荷がなんだったのか、それを積んでどこに向かっていたのか。

「気になるのが、北島社長なんですよね。古寒利蔵が作った会社の」

今日、笹尾家にやってきた女だ。ソンジュはポテトをかじり、

「だって、いくらなんでもタイミング合いすぎでしょ。司波さんたちが調査してる時に、笹尾家に『イクパスイを返せ』なんて言ってきたのも。きっと何か関係ある」

「泰明丸の金塊と、か？」

「ええ。開陽丸だけなら多分こうはなってない。泰明丸の船簞笥《ふなだんす》が見つかってから、あっちもこっちも動き出した」

「北島社長も金塊を取り戻そうとしてるってこと？」

と萌絵がテーブルに肘《ひじ》をついて前のめりになった。ええ、とソンジュはうなずき、

「〝龕灯と蠟燭《ろうそく》〟が〝金塊〟の符丁だったとしたら、元の所有者は、古寒利蔵さんってことになります」

「船箪笥が見つかったのを知って、音羽氏と北島社長がそれぞれ慌てて取り戻そうとしてる、と？」

だとしても、と黒木が口を開き、

「金塊がほしいだけなら、なぜ『イクパスイを返せ』だなんて言い出したんだ？　古寒利蔵のイクパスイが、海の底の金塊を手に入れるのに何か影響するとでも？」

無量たちは答えに窮した。そう、そこが説明つかない。

「アイヌの手印なら密約を遂行完了したら返してもらえるわけだけど」

笹尾家には何も伝わっていないし、そもそも当時の笹尾家は商家ではなく網元で、泰明丸とは繫《つな》がりがない。

なんにしても情報が足りない。

そんな会話をしていたところに、司波のスマホが着信した。江差町の教育委員会の職員からだった。

「なんですって。また中止要請？」

今度は別の人物から調査の中止要請が入ったらしい。今度は誰だ、と思ったら、

「函館のひと？　北島素子さん？」

無量たちは「えっ」と声をあげてしまった。北島社長だ。

北島社長がじかに海底調査の中止を要請してきた。

「はい……ええ、わかりました。週明けまで潜水調査はお預けということで」

電話を切った。

「まいったな。噂の北島社長までとうとう口を挟んできたぞ」

いったい何が起こっているのか、と全員で思案していた時だった。

突然、大きな音がして、無量たちは思わず身をすくめた。

振り向くと、国道に面したほうのガラスが割れている。床にコンクリートブロックが落ちている。外から投げ込まれたらしい。

「なんだこれ！　誰だ!?」

黒木と萌絵が申し合わせたかのようなタイミングで同時に外に飛び出した。店の前にいた黒いワンボックスカーに若い男たちが乗り込み、走り去るところだった。追いかけるべく黒木が駐車場の車に乗り込み、萌絵も自分の車に飛び乗った。物も言わずアクセルを踏みこみ、国道へ飛び出した。

後に残された無量たちは、床に散らばる割れたガラスの破片とブロックを見下ろして、青ざめている。幸いけが人はいなかったが、狙われたのが店ではないことも明白だった。

「こりゃ本気だぞ……」

いよいよ見過ごしておくわけにはいかなくなってきた。

無量とソンジュの目つきが変わった。

＊

無量と萌絵たちがイクパスイと船箪笥に振り回されている頃、忍もまた動き出していた。マルオツの社長・音羽泰徳《やすのり》の周辺を調べるため、出かけようとしていた時だった。宿泊先のフロントに鍵《かぎ》を預け、玄関に向かうところで突然、声をかけられた。

「やっぱここにおったとですね。忍さん」

驚いて振り返った。

ロビーのソファーにミゲルがいる。

忍は、ぽかんとしてしまった。

「ミゲルじゃないか。どうしてここに」

「水曜の夜、ソンジュくんと道の駅で会ってたでしょ」

実はミゲル、あの後ソンジュにもそれとなく確認していた。忍とは気づかなかったふりをして探りを入れてみたところ、ようやく「マネージャーと会っていた」ことは認めたが、それが誰かはうまい具合にはぐらかされてしまった。

無量は「忍とは別人だ」と言い張っていたが、ミゲルはどうしても納得できず、この目で確かめようと思い立った。「アサクラシノブ」は江差に滞在していると踏み、覚えていた軽自動車の車種とナンバーを頼りに宿泊施設の駐車場をしらみつぶしに回っていたのだ。

忍にとっては思わぬ伏兵だった。

まさかミゲルに気づかれるとは。ソンジュも油断したものだ。

「どういうことっすか。なんで忍さんがソンジュくんのマネージャーなんてやっとっとですか」

もちろん萌絵は話していない。これも「自分から話せ」ということなのだろう。

忍は諦《あきら》めて名刺を差し出した。そこに書かれた「マクダネル」の文字を見てミゲルは驚き、

「これって西原《さいばら》が移籍するとか言ってた発掘会社やなかですか。転職先？　どういうことすか！　なして忍さんが西原の代わりにマクダネルに行ったりすっとですか！」

「別に無量の代わりなんかじゃない。自分で選んで就職した」

「う……裏切りや！」

ミゲルが興奮して大きな声を出したものだから、従業員たちがこちらを見た。

「マクダネルはカメケンの同業他社やなかですか。なしてライバルんほうに行ったりするとです！」

「同業は同業だけど、みんなを裏切ったつもりはないよ」

「納得できん！　しかもソンジュくんもマクダネル？　なんなんすかそれ！」

頭に血が上ってまくしたてるミゲルに、忍は手を焼いた。ミゲルはＧＲＭのことまでは聞いていないはずだ。どこから説明したものか。

「とりあえず車で話そう」

ミゲルは納得のいく説明が聞けるまで帰らないつもりなのか、肩を怒らせてついてくる。裏の駐車場までやってきた時だった。

手前に黒いワンボックスカーがいる。窓にスモークを張って不穏な空気をまとっていたが、忍たちが駐車場に入っていくと車内から若い男たちがバラバラと降りてきた。黒っぽい服に身を包む、いかつい連中だ。なぜか忍たちのほうにまっすぐ近づいてきたので、元ヤンキーの習性でミゲルがすぐに前に出た。対抗するように胸を膨らませ、

「なんや、おまえら」

見た目は「金髪のいかつい欧州系アメリカ人」であるミゲルは上背もあって、威嚇すると迫力がある。青い瞳《ひとみ》でにらみをきかされると大抵の輩《やから》はたじろぐが、先頭にいた短髪男は度胸が据わっていて、動じなかった。

「そこにいる兄さんに用がある」

黒いジャンパーの下にはやたら体にピッタリ張り付いた黒インナーを着ていて、鍛えた胸筋がくっきり浮かんでいる。首にはタトゥー、耳にはリングピアスをいくつもつけ、ミゲルに負けないオラつきぶりだ。

「僕のことかな？」

忍が応じた。胸筋男は口をひん曲げ、

「おめぇ、こないだ諸角《もろずみ》先生のこと嗅《か》ぎ回ってたべ」

「知りたいことがあって調べさせてもらった。法に触れることはしてない」

「潜水調査してるやつらの仲間だよな。何が目的だ」

あからさまなケンカ腰に、ミゲルもガニ股《また》になって肩をそびやかした。

「ああん？　いきなりなんや、てめ。そんなもん遺跡の調査に決まっとんやろ」

「君たちは誰だ。諸角議員の関係者か」

忍の問いにも男は答えず、顎《あご》をあげて威嚇してくる。

「おめーらの目的は泰明丸だよな。こっそり金塊引き揚げるつもりなんだべ」

「金塊と言ったのか？　いま」

「とぼけんでねえ、泥棒！　調査とかなんとか口実つげで、泰明丸が積んでたお宝、横取りしよってんだべ。ああっ？」

凄《すご》まれても忍は顔色ひとつ変えない。醒《さ》めた目で男を眺め、

「人聞きが悪いな。あくまで調査だ。それに調査しているのは開陽丸であって、泰明丸じゃない」

「開陽丸さ、かこつけて、こっそりど泰明丸調べでたくせに。わがってんだぞォ、あれ泰明丸の船箪笥《ふなだんす》だ。おめだぢの目的は船箪笥の中身だべや」

「積んでたのは金塊だったのか？」

男が忍の胸ぐらを乱暴につかんだ。

「ごちゃごちゃ言わねえで、いいがら早ぐ手ぇ引かねば、潜ってる奴らもおめだちも、わだわだにしてまうど！」

ミゲルが「やめんか」と怒鳴って肩をつかんだ途端、男の肘鉄《ひじてつ》をまともに顎にくらった。カッとなったミゲルが猛然とやり返し、つかみあいになった。すぐに男たちがミゲルを引き離しにかかり、怒声をあげて乱闘になってしまう。

「おいやめろ、ミゲル！　ミゲル！」

「大輝《たいき》！　そこで何してる」

そこに車体の大きなSUVが砂利を蹴《け》って滑り込んできた。エンブレムがやたら目立つ高級車の運転席から身を乗り出しているのはスーツ姿の男だ。車から降りてくると、他の男たちがサッと道を空けた。

三十代後半だろうか。切れ長の目にふちなし眼鏡をかけて前髪を立ち上げ、ホストのような風貌《ふうぼう》だ。大輝と呼ばれた男は急に子供っぽい声になり、

「だってよ、兄貴ぃ」

「身内が乱暴を働いたようで。お怪我はありませんか」

眼鏡の男は殊勝な表情でミゲルの体を気遣った。忍は怪訝《けげん》な顔をして、

「あなたは？」

「この者たちの上の者です。よく言い聞かせますので今日のところはこれで」

と慰謝料のつもりなのか、財布を広げて一万円札を何枚かミゲルのポケットに押し込んだ。突き返す間もなく立ち去っていく眼鏡の男に、忍が言い放った。

「やめといたほうがいいですよ」

男が足を止めた。忍は冷静な口調で、

「海は荒れてますし、潜水調査はプロの仕事だ。リゾートでちょっとダイビングした程度の腕で船簞笥を引き揚げようなんて、考えないほうが身のためですよ」

眼鏡の男は肩越しにこちらを見た。

図星だったのか、忍のほうを探るようににらみつけてくる。

「忠告ありがとう。あなたがたも命はどうか大切に」

「どういう意味ですか」

「泰明丸の船簞笥に触れた者は皆、姥神大神宮の神の怒りを買って死ぬそうですから」

不穏な言葉に、忍もミゲルも一瞬引いた。

眼鏡の男は男たちを叱りつけながら、車に乗り込んでいく。大きなタイヤで砂利を蹴って、ピカピカのSUVは駐車場から去っていった。大輝と呼ばれた男とその仲間も車に乗りこみ行ってしまった。

「なんなんや、今のやつ」

「音羽泰陽《たいよう》。マルオツの社長の息子だ」

ミゲルが「はあ?」と目を剝《む》き、去った車と忍とを交互に見た。

「音羽屋の跡取りっすか？　あのインテリヤクザみたいなのが？」

「僕もサイトの写真で見ただけだが、少し前に経営不振に陥ってた時、工員をリストラしまくって効率化だの新商品開発だので大手柄を立てたらしい。V字回復に持ち込んだ功労者みたいに言われてるが、やり方が乱暴すぎて、父親との仲はよくないとか」

いかにも切れ者という風貌だった。胸筋男のほうは実弟なのか弟分なのか、わからないが、物騒な連中を従えているところを見ると、ただのカタギでもなさそうだ。

「しかし、金塊とか言ってたっすよ。マジすかね」

音羽屋は泰明丸の船主だ。何を積んでいたか、誰よりも把握できているはず。

だが、忍は慎重だった。鵜《う》呑《の》みにはせず、

「中身のことはともかく『横取りするつもりだろう』なんて口走ってた。あの分だと、本当に船箪笥を自分たちで引き揚げる気かも」

「まじすか」

「まずいな。焦って無茶して事故でも起きたら大事になるぞ」

「どうします」

とは言え、最優先なのは司波たちの調査が無事終わることだ。その後のことは自分たちが関知することではない。……とも言えるが。

――船箪笥に触れた者は皆、姥神大神宮の神の怒りを買って死ぬ。

音羽泰陽の残した言葉が耳にこびりついている。

忍は車に乗り込んだ。カーナビに目的地を入れながら、

「諸角議員に中止要請の件、直接当たってみる。君は——」

言い終わる前にミゲルが助手席に乗り込んできた。

「一緒に行くっす。また絡まれでもしたら、まずか」

ミゲルという用心棒を隣に乗せて、忍の車は砂利を蹴って走り出し、港の見える坂を下っていった。

第五章　ウタサの生神女

無量《むりょう》たちが警察の現場検証を見届けて宿泊所に帰ってきたのは、もう八時を回る頃だった。

全員ぐったりだ。江差追分の練習会に出ていたさくらだけが元気だった。

何者かによって店の窓ガラスをコンクリートブロックで割られて、居酒屋「かもめ」は気の毒なことに今夜は営業中止。伊庭《いば》夫妻は片付けに追われ、無量たちは窓にベニヤ板を張るところまで手伝った。

司波《しば》たちはとうとう調査中止を検討し始めたようだ。メンバーが身の危険を感じる状況で調査を強行するのは望ましくない。一旦《いったん》中止して地元の理解を得てから来春あらためて再開する、と。至って大人の判断だ。

それではまるで嫌がらせに屈するようではないか、と無量は反発したが、いま強行しても良いことはひとつもない、と逆に黒木《くろき》に説かれてしまった。確かに部外者が口を挟むものではないが。

「あー……モヤモヤする。もう風呂《ふろ》もめんどい」

「僕、先に行きますからね。ちゃんと後から来てくださいよ」

ソンジュはお風呂セットを持って温泉施設に向かった。少しして入れ違うようにミゲルが帰ってきた。

「遅かったね。どこまで行ってたの？　こっちは大変だったんだから」

今日の出来事を聞かされたミゲルはドン引きしている。同時に犯人たちの特徴から、何者の仕業か、ミゲルには見当がついてしまった。

「音羽《おとわ》社長の息子？」

寝転がっていた無量が体を起こした。

「やっぱ音羽だったのか。てか、なんでおまえが知ってんだよ」

ミゲルはしどろもどろになりながらホテルの駐車場での顚末《てんまつ》を話した。忍《しのぶ》がいたことは（ややこしくなるので）伏せた。辻褄《つじつま》が合わないところは苦し紛れにごまかしつつ、

「連中の狙いは金塊たい。泰明丸の船簞笥《ふなだんす》には金塊が入っとったさ！」

息を巻くミゲルに無量たちは腕組みしてうなずいた。

「なんやその反応。知っとったんか？」

「俺らもさっき知ったとこ。ナイでしょ普通。今時、金塊に目がくらむとか」

「でも今って、金、高騰してるし」

経済新聞に目を通している萌絵《もえ》が口を挟んだ。

「船簞笥に入るサイズだったとしても純度によっては数億にのぼるかも」

「よし、引き揚げよう」

「目ぇくらんどっとはおまえや。西原」

ミゲルはあの後、忍と一緒に運動公園に向かった。開催中のスポーツイベントに諸角《もろずみ》議員が出席するとの情報を得ていたのだ。忍の行動は大胆だった。来賓席で陸上競技を観戦中の諸角に堂々と近づいていって単刀直入に尋ねた。

――開陽丸の調査をしている者ですが、調査中止要請について、いくつか伺いたいことが。

アポもなく役所を通すでもなく、いきなり質問に及んだ不埒《ふらち》な若者に、諸角は面食らった。すぐに秘書を呼んで追い払おうとしたが、そこにはミゲルがたちはだかった。百戦錬磨のベテラン議員も「質問責めの鬼」からは逃れられなかった。

結果、わかったことがある。諸角議員は音羽泰徳《やすのり》社長から「潜水調査が泰明丸に及ぼうとしている」と言われたようだ。「泰明丸は調査対象ではないのに、調査チームが勝手に遺物を掘ろうとしている」と抗議して、計画書の内容を逸脱している調査は中止しろ、という理屈だったらしい。

諸角も奇妙な言い分に疑問を抱き、抗議の理由を問いただしたところ、「泰明丸の船主は自分たちだ」と言い出した。古い記録もあるという。船主の許可無く泰明丸に近づき、船簞笥を発見したことに怒っているようだ。

やはり、あの報道番組の映像で気づいたらしい。

——あの船簞笥の所有者は当社です。当社で回収しますので、部外者は触れることはもちろん、記録にも残さないでいただきたい。

と音羽社長は執拗《しつよう》に訴えていたという。

——いったい、何が入っているんだね。百年も前の船だろう。

と訊《たず》ねたが、中身が何かは明かそうとせず、ひたすら「環境汚染につながる」「それ以上は当社の沽券《こけん》に関わる」として黙秘を貫いた。まさか水銀でも載せていたのか？と勘ぐったが、水産加工業界の票田を握る支援者からの頼みだったので、深くも聞けずむげにも断れなかったのだそうだ。

——とにかく会社にとって何か都合の悪いものを積んでた、ということですね。

金塊を独り占めするための方便だと忍たちは思ったが、それにしては必死すぎる。本当に環境汚染を引き起こすようなものが入っているのなら、大事《おおごと》だ。なおさら明らかにして一刻も早く対応したほうがいいはずだが。

——会社の沽券、か。一体なにを積んでたんだろう。

百年以上も前に、謎の沈没を遂げた船だ。

社長は「沽券に関わるから探るな」と主張し、その息子は「お宝があるから探るな」と主張する。どちらの言うことが本当なのだろう。

忍とミゲルは函館の本社や松前の工場まで駆けずり回って、音羽の関係者に聞き込みもしたが、手がかりは得られなかった。

これはもう直接、音羽社長に掛け合うしかない。忍は音羽社長に会うべく、秘書を介して連絡をとろうとしたが、あいにく週明けまで出張中だという。ならせめて電話で話をさせてくれ、と言ったが、けんもほろろに断られた。

——仕方ない。出張先に押しかけよう。

ミゲルは明日《あした》も忍の調査につきあう羽目になった。

無量は感心している。

「てか、おまえ成長したな。議員のおじさん相手によくぞひとりでそこまで」

「はは、ま……まあ、これも俺の人間力ってやつよ」

ミゲルはそそくさとお風呂セットを持って外に出ていく。

玄関を出たところで、萌絵に捕まった。

「ミゲルくん、相良《さがら》さんに会ったんでしょ」

「ひっ。なんでわかったとですか」

「君ひとりで初見のおじさんから根掘り葉掘り聞き出せるとは思えないもの」

ミゲルはバツが悪そうにしながら、普段から曲がりがちな唇をさらにひん曲げた。

「つか俺は怒っとっとですよ、忍さんに。俺たちば捨てて、よりにもよってライバル会社に転職するってなんなんすか。裏切りっすよ」

思い出したかのように怒りをぶちまけ始めた。

「萌絵さんこそ、忍さんのこと、なんで黙っとったんですか。俺たちにまで」

「それはごめん。ならソンジュくんのことも聞いたよね」

「マネージャーなんすよね。忍さんが」

萌絵は天を仰いだ。ミゲルは気に入らないようで、

「早く西原に言いましょうよ。あのふたりのこと。フェアじゃないっすよ」

「相良さんが自分から打ち明けるまで、私は黙ってるつもり。ソンジュくんのことも」

「西原をスカウトしてきた会社でしょ？　何か裏があるんすよ。ソンジュくんを連れてきたのも、西原ごとカメケン乗っ取るつもりかも！」

「僕がどうかしましたか？」

ドキーン！　としてふたりが振り返った。噂をすれば影だ。

ソンジュが風呂から帰ってきていた。

「は、はやいね、ソンジュくん。いつも長風呂なのに」

ソンジュは小さな橋の向こうにある道の駅を指さして「いますよ、連中」と言った。

「黒いワンボックスでしょ。函館ナンバーの」

駐車場にさっきの車が停まっている。ソンジュは通りすがりにナンバーもチェックしていた。忍とミゲルを脅した男たちが乗っていた車のナンバーと同じだった。「かもめ」の窓ガラスを壊した犯人もおそらく彼らだ。ついに宿泊所まで突き止められてしまったらしい。

「え、やばくない？　警察呼ぶ？」

「通報しときました。でも当分、風呂にはひとりで行かない方がいいかもですね」

そこに無量とさくらもお風呂《ふろ》セットを持って出てきた。見張られていると知らされると「まじか」と苦い顔になった。

「寝込み襲う気じゃないだろうな」

まもなくパトカーが到着し、ワンボックスカーは慌てて逃げていったが、無量たちの不安は募るばかりだ。

何かとんでもないことに巻き込まれつつあるのではないか。

夜の浜辺に打ち寄せる波の音が、不気味に響き続けている。

＊

温泉施設は閉館間際だったせいか、もうだいぶ空《す》いていた。

湯船につかりながら、無量が考えているのは「古寒利蔵《こさむとしぞう》」のことだった。

なぜ、泰明丸に「龕灯《がんどう》五臺と蠟燭《ろうそく》三十把」を売ったのが「古寒利蔵」だったのか。泰明丸の沈没と因果関係はあるのか。ただの偶然？

炭酸泉の泡が掌《てのひら》を包んでいる。撫《な》でると気泡が剝《は》がされて消えていく。無量は湯気ににじむ蛍光灯に〈鬼の手〉をかざしてみた。

利蔵のイクパスイに触れた時の、あの感覚をたどる。長く尾を引く唸《うな》りは、風のようでも波のようでもあった。あれは「商品」なんかじゃない。確かに誰かが祈りをこめた「祭具」だと感じていた。

　夷王山のイクパスイを掘り当てた手に、同じ文様のイクパスイが共鳴でもしたのだろうか。あの朱と黒のイクパスイは主《あるじ》のどんな言葉を神に届けていたのか。

　やっぱり偶然なんかじゃない、と無量は思った。

　鍵《かぎ》を握っているのは、利蔵だ。

「古寒利蔵」が何者なのか、知らなければ。


　風呂からあがってロビーでミゲルと萌絵たちを待っていた無量のスマホに電話がかかってきた。八田《はった》学芸員からだった。

「お疲れ様っす。どうしたんすか？」

『夜分ごめんなさいね。さっき、うちにあるアイヌ彫刻の図鑑を見てたんだけど、北島《きたじま》さんがつけていた帯留とそっくりな貝細工のイクパスイを見つけて』

　無量は思わず、飲んでいたコーヒー牛乳の瓶を横に置いた。

「ほんとっすか。貝細工の？」

『全く同じではないんだけど、モチーフがよく似てる。もしかして北島さんの帯留を作ったのと同じ職人か同じコタンのひとの手によるものではないかと』

　所蔵者は判明している。函館でアイヌ彫刻のコレクションをしている人物だった。

『連絡がとれたので明日行ってみようと思います。西原くんたちはどうしますか？』

ふたつ返事で「行きます」と答えた。ちょうど「古寒利蔵」を調べようとしていたところだ。段取りを決めて、明日また函館で落ち合うことになった。

「……コシャマインの〈沮《ヌペ》〉……」

掌にはまだ、イクパスイの熱が残っている。

＊

翌日、無量は函館に向かった。萌絵が運転し、ソンジュもついてきた。

函館本線の終着駅は北海道新幹線の開業に合わせたのか、すっかりメジャー観光地のおしゃれ駅へと大変身を遂げていた。

路面電車も観光客でぎゅうぎゅうだ。海鮮丼で有名な函館朝市も外国人だらけで、欧米系に東アジア系、東南アジア系……、かつての函館がそうだったように国際都市の風格さえ滲《にじ》ませている。休日のせいか若者も多くて人気の店には行列ができている。赤レンガ倉庫の付近は人の多さで酔いそうだ。

「私の知ってる函館じゃなくなってる……」

呆然《ぼうぜん》とハンドルを握《と》る萌絵の横で、ソンジュはスマホの経路案内を見ている。

「この先の駐車場に駐《と》めましょ。次、左折で」

八田と待ち合わせたのは、元町《もとまち》公園だ。

旧イギリス領事館などの洋館が並ぶ基坂《もといざか》にあり、坂の上にはまるで宮殿のような旧函館区公会堂が堂々と建っている。明治時代の函館の景観が楽しめるハイカラな界隈《かいわい》だ。坂の向こうには「百万ドルの夜景」で知られる函館山がそびえ立つ。霜柱みたいに林立するアンテナ群が目印だ。

函館港が見下ろせる公園は絶好のフォトスポットで、あちこちで観光客が写真を撮っている。隙あらば自撮りするソンジュに辟易《へきえき》していると、八田がやってきた。子供たちは今日一日、地元サッカーチームの練習だという。

「実はここ、別れた旦那《だんな》と昔、初デートしたところで」

「お……思い出の」

「三度目の浮気が発覚した日、旦那が帰る前に家の鍵を変えてやりました」

「追い出しましたか」

元町にあるそのコレクターの家に向かう。名は窪寺洋二《くぼでらようじ》。骨董《こっとう》商を営む傍ら、アイヌ彫刻の蒐集《しゅうしゅう》をしている。

昭和初期の看板建築（建物の正面部分だけが洋風の木造建築）がレトロな味わいを醸しだしている。窪寺は七十代くらい、顎《あご》ひげを生やして丸縁眼鏡をかけた温厚そうな人物だった。

「お久しぶりです、窪寺さん。例のイクパスイを見せてもらいにきました」

「元気そうだね、八田くん。こっちにあるよ」

奥の部屋が小さな展示スペースになっている。ガラスケースの中にイクパスイがたくさん並んでいる。無量たちはデザインの多様さに驚いた。

「こんなにいろいろあるんですね」

大きいもの小さいもの太いもの細いもの、彫刻もそれぞれ凝っていて、伝統的なアイヌ文様はもちろん、植物の蔓《つる》を巻いたようなもの、刀剣に似せたものなど様々に趣向を凝らしている。透かし彫りや立体彫刻を施したものには、親子の熊や狐、シマフクロウ、シャチ、トド、オットセイ……、中には家屋や器まである。

「彫った人間が普段、何を目にしていたかが伝わってくるとは思わないかね」

「はい。でも人の姿はないんですね」

「イクパスイに人間は彫らない。これらはみんな、神なんだ。熊は〈山にいる神《キムンカムイ》〉、シマフクロウは〈里を守る神《コタンコルカムイ》〉、シャチは〈沖にいる神《レプンカムイ》〉。神々の世界――カムイモシリでは、神《カムイ》は人間と同じ姿をしているが、人間の世界――アイヌモシリにやってくるとそれぞれの使命に応じた姿になる。それがアイヌの世界観なんだよ」

カムイは時々、人間の世界を訪れるのだが、人前に現れる時は動植物や自然現象など様々な姿になるという。役目を終えると、カムイの世界に帰る。

熊のイクパスイは有名な「イヨマンテ（熊の霊送り）」という儀式で使われたという。熊は毛皮や肉を人間に届ける役目を果たすために「人間の世界《アイヌモシリ》」にやってくる。その〈霊〉を元いる世界に送るのが「イヨマンテ」だ。熊の〈霊〉のために丁重に儀式を行い、盛大な宴《うたげ》を開き、おみやげも持たせるという。

イクパスイはただの工芸品ではない。その彫刻には意味があるのだ。漆塗りもある。利蔵《としぞう》のと似た朱と黒の二色使いのものもあった。

「八田くんが見たのは、これだろう」

貝細工のイクパスイだ。どうやら木材に貝の彫刻をはめこんでいる。螺鈿《らでん》が七色に輝いてとても美しい。

「明治時代の作品だ。珍しく製作者の名がわかっているよ」

「どなたですか」

「尾札部《おさつべ》に住んでいた石田《いしだ》ペトランケという男性だ。木工品はもちろん貝細工が得意で、帯留やボタンなんかも手がけていた」

「帯留」

「彼の作品は人気があってね、海外の客から名指しで『探してくれ』と言われることもあるんだよ。海外のオークションでは高値で取引されるほどだ」

他にも何本か持ってきてくれた。どれも目を惹《ひ》くような出来映えで、第一級の腕前だとひと目で分かる。モチーフもよく似ている。

無量は笹尾《ささお》家のイクパスイの画像を見せて、

「これはどうでしょうか。ペトランケさんの作でしょうか」

窪寺は画像を拡大したり、さかさまにしたりして鑑定した。断定はできないが、と前

置きして、

「独特の渦巻文にペトランケの特徴が見られますね。この部分にある波と星はよく好んで使っていた組み合わせです。可能性はあると思うよ」

「この文様には、何か意味があるんでしょうか」

「意味と言いますか、彼の住む地域に代々伝わっていた文様がモチーフだと聞いています。確か名前がありましたね……。なんだったっけかな」

「〈汩《ヌペ》〉」

ソンジュが言った。

「それは〈汩《ヌペ》〉という名前ではありませんでしたか」

「ああ、それだ。そう呼ばれていました」

やはりそうか、と無量たちは思った。石田ペトランケがいた尾札部とは、渡島半島の東端。太平洋に面した地域だ。コシャマインの出身も渡島半島の東と言われている。

「この方に関すること、何かご存じではないですか」

「写真があります」

窪寺はアルバムを用意していた。

「当家の先祖は昔、函館で料亭をやっていてね。ペトランケの木工品が気に入って、よく彫刻の入ったお膳《ぜん》や箸《はし》や皿を注文していたそうです。こちらが当時の主人がペトランケと撮った写真です」

色あせた古い写真に三人の男性が写っている。真ん中にいるのがペトランケだ。アイヌ装束を着て長いひげを生やしている。だいぶ高齢にみえる。その両隣には和装と洋装の中年男性がいる。和装のほうが窪寺の先祖だった。

「こちらの洋装の方は？」

「仕入先の主人で、名前が確か」

写真を裏返すと、三人のシルエットをかたどった図がある。

窪寺儀右衛門《ぎえもん》、石田ペトランケ、もうひとりは――。

「〝古寒利蔵〟」

無量たちは息をのんだ。……とし蔵さん？　このひとが！

「どういった方ですか」

「海産物商と聞いています。取引先との接待でたびたびうちの店を使う常連でもあったそうですが、個人的に当家の主人と親しくなり、よくお互いの家を行き来していたと。ペトランケを紹介してくれたのも古寒氏だったと伝わっているよ」

無量たちはまじまじと写真を見た。古い写真で鮮明ではないが、髪を後ろになでつけ、目が大きく眉毛《まゆげ》が太く、立派な口ひげをたくわえて洋装を着こなしている。

「古寒氏は若い頃、鷲ノ木《わしのき》の運上屋で通辞（アイヌ語の通訳）をしていたとか。先祖とはお互い箱館戦争を戦い抜いた戦友で、それで意気投合したみたいだねえ」

「え？　窪寺さんのご先祖も旧幕府軍だったんですか」

と八田が尋ねると、窪寺は笑って「いやいや」と手を振った。

「うちは官軍だよ。もともと越前大野《えちぜんおおの》藩から送り込まれた藩兵だったんだ」

無量たちは顔を見合わせてしまう。

「……とし蔵さんは確か、土方《ひじかた》軍の道案内をして旧幕府軍として戦っていたのでは」

ああ、と窪寺は答え、

「それはたぶん、間諜《かんちょう》として送り込まれていたのではないかな」

「間諜……。スパイってことですか」

「ええ。新政府軍から功績を認められて褒賞されたのをきっかけに商いを立ち上げたと。開拓使官有物の払い下げ騒動の時も函館商人を代表して陳情を行ったと聞いていますが」

北島社長から聞いた話とちがう。

無量たちは困惑するのと同時に「やはり」とも思った。

窪寺によると、古寒利蔵は商才がある上に言語力にも優れ、日本語とアイヌ語以外にも、ロシア語と英語が話せたという。海外との貿易も手がけていて、特にロシア語が堪《たん》能《のう》だった。ハリストス正教会に入信して、教会に熱心に通っていたそうだ。

「キリスト教の信徒だったのか」

ちょっと意外な感じがした。

「とし蔵さんは土方軍に従軍した時、このイクパスイを持っていたそうなんですが、彼はアイヌの方ではなかったのでしょうか」

「どうでしょう。アイヌだったという話は特に伝わっていないですね」

「では、ペトランケさんとはどこで知り合ったんでしょう」

「通辞になる前は漁師をしていたというので、同じ商場《あきないば》の顔見知りだったのでは」

あきないば、とは……、とソンジュが記憶を辿《たど》ると、八田が横から、

「あのあたりには〝箱館六箇場所〟という松前藩の漁業交易地があってね。アイヌとの貿易ができたの」

渡島半島の東の先端、恵山《えさん》岬をめぐる太平洋側と津軽海峡側は海の幸が豊かな場所だ。その地域は元々松前藩がアイヌの居住地としていたが、商場に集まる和人の商人が増え、松前城下や下北《しもきた》半島・津軽方面からやってきた入稼《いりかせぎ》の人々の定住が進んだ結果、徐々にアイヌが減っていったようだ。

「その〈胡射眞威弩之泪《コシャマインのなみだ》〉というイクパスイは、ペトランケから買ったのだろうかねえ」

と窪寺は言う。

「そういえば、古寒氏は自分が通っていた教会にイコンを寄贈した、という話を耳にしたことがあるな。行ってみてはどうかな」

何か手がかりになる話が聞けるかも知れない。市立図書館には古寒が参加した「開拓使官有物払い下げ運動」や「古寒商会」（今の会社の前身だ）の史料があるという。

窪寺の骨董《こっとう》屋を後にした一行は二手に分かれることにして、無量とソンジュは教会へ、

萌絵と八田は図書館へ、それぞれ向かった。

＊

「ますますわからなくなりましたね、古寒利蔵」

無量とソンジュは「教会に行く前に腹ごしらえを」と思い立った。ご当地ハンバーガーチェーンでテイクアウトして、函館港が見える公園にやってきた。

「漆器売りなのか通訳なのか、アイヌなのか和人なのか、旧幕府軍なのか新政府軍なのか。聞けば聞くほど正体がぼやける」

「イクパスイは買った、か……」

ベンチに座り込んだ無量はじっと右手を見つめている。その隣でソンジュはチキンバーガーにかみつき、

「外国人のみやげになるくらいだから売ることはあったかもしれませんよ。それに手印の密約が〝旧幕府軍への潜入活動〟なら腑《ふ》に落ちます。やっぱり松前藩からの密命があったんじゃないかな。それに」

「それに？」

「借用書の筆跡を見たでしょう？　幕末のアイヌの人にしては達筆すぎる。通辞をしてたぐらいだからアイヌの言葉に堪能な和人かもしれない」

無量は釈然としない。

「手印っていう発想はアイヌだからこそだろ。手印でないなら、ただの龕灯《がんどう》のカタってことになる。密命は成立しない」

「じゃあ、泰明丸の〝龕灯五臺と蠟燭《ろうそく》三十把〟は？　それもイクパスイをカタにした貸し借り？」

「つっかかんなって」

「利蔵が音羽屋の船に龕灯を貸した？　なら音羽屋は何をカタにしたんでしょうねぇ」

イラッとした無量が横からソンジュのチキンバーガーにかみついた。

「あーっ、ちょっと何すんですか」

無量はしれっと自分のトンカツバーガーを食べている。お返しにかみつこうとしたソンジュを防御して、よくわからない小競り合いになっている。傍《はた》からは、じゃれあう仲良し男子にしか見えない。

鐘の音が町に響いた。ふたりがこれから向かう教会のものだった。

八幡坂《はちまんざか》をあがっていくと、ターコイズブルーの尖塔《せんとう》が見えてくる。ハリストス正教会の聖堂だ。白い漆喰《しっくい》壁と緑青の褪《あ》せたブルーのコントラストが美しい。ロシア領事館の付属聖堂として建てられたのが始まりで、当時はその鐘の音から、函館の人々に「ガンガン寺」と呼ばれた。

異国情緒あふれるたたずまいで、観光客にも人気だ。無量たちは聖堂の中に入ってみることにした。

足を踏み入れると、甘い香りが鼻孔に流れ込んだ。乳香の匂いだった。目に飛び込んできたのは見事なシャンデリアと人の背丈の数倍はある木彫の衝立《ついたて》だ。左右の壁から壁まであって、中央には透かし彫りの扉がついている。「王門」と呼ばれるその扉と木彫の大きな衝立には、左右対称に窓のようなものがいくつも並んでいて、窓の中には重厚な聖画がはめこまれている。それが「イコン」だ。聖人や天使、聖書の一場面などが落ち着いた色合いで描かれている。精緻《せいち》な木彫と荘厳な板絵、燭台《しょくだい》の輝きが渾然一体《こんぜんいったい》となって厳かな空気を醸している。

無量たちも目を奪われて、しばらく黙って佇《たたず》んでいた。

古寒利蔵はこの教会で洗礼を受け、信者になったと窪寺は言っていた。

衝立の向こう側には「至聖所」と呼ばれる神聖な空間があり、ここからは見えないが「宝座《ほうざ》」という聖体や聖器物を収めた台があるという。正教会の聖堂で最も重要なもので「神の国」を表すその場所と俗世とを遮る衝立が「聖障《せいしょう》」――「イコノスタス（イコノスタシス）」だった。

燭台には細く長い黄色の蠟燭が立っていて火が灯《とも》っている。聖障には長い鎖のついた香炉が下げられていて、奉神礼の際、イコンや信徒に向かって振られるという。聖堂に漂う甘く温かい香りは、その名残だった。

正教会ではイエス・キリストは「イイスス・ハリストス」と呼ばれる。無量はクリスチャンではないけれど、この場所に立つだけで自然と敬虔《けいけん》な心持ちにさせられた。大きな縦長窓から差し込む日の光が柔らかく、イコンに魅入られたまま、厳かで香《かぐわ》しい聖堂の空気に包まれていると、いつしか気持ちも凪《な》いで穏やかになった。

祈りの空間の包容力を感じ、時を忘れて何時間でも佇んでいたいと思ったが、ソンジュにそっと袖《そで》をひかれて我に返り、深く一礼した。

拝観を終え、無量たちはあらためて「利蔵が寄進したイコン」を探すことにした。

あのイコンのどれかだろうか？　と思ったが、そうではなかった。ではどこにあるか、と職員に尋ねても「わからない」と言われる。

行き詰まっていたところに、別の女性職員が声をかけてきた。

「古寒利蔵のイコンを探しているという考古学研究者というのは、あなたたち？」

嘘はついていない。ソンジュは博士号も持っている。

「発掘中の遺跡に関連した調査で古寒が寄進したイコンを探してます。ご存じですか」

ここにはないけれど、と眼鏡をかけた五十代くらいの職員は言った。

「昔、函館で大火があった時に運び出したイコノスタスの話なら聞いたことがあるわ。日本人が作ったもので、聖堂から避難してそのまま信者が家で保管したと」

「信者の？　現存してるんですか！」

「谷地頭《やちがしら》にあるおうちよ。電話してみましょうか？」

渡りに船とはこのことだ。「ありがとうございます！」と喜んで何度も丁重に礼を言い、教えてもらった住所を訪ねるべく市電に乗り込んだ。

谷地頭は市電の終点だ。函館港とは反対側の海に面した、函館山の麓《ふもと》にある。一帯は閑静な住宅街だが、ほんの十五分も歩けば断崖《だんがい》絶壁の景勝地・立待岬《たちまち》に出る。

目的の家は、庭の広い瀟洒《しょうしゃ》な洋館風の建物だった。函館山の中腹にある函館八幡宮《はちまんぐう》の参道をずっと下っていった延長線上あたりにある。門の周りに塀を巡らせ、庭には大きな木々が枝を伸ばしている。表札には「小暮《こぐれ》」とある。

「まあ、いらっしゃい。東京とソウルからいらしたんですってね」

出迎えたのは小暮辰子《たつこ》という老婦人とその孫夫婦だった。

怪しい者だと思われないよう名刺を用意しておいてよかった。革張りのソファーがある広い応接間に通された。

事情を話したところ、小暮夫人は「ああ、古寒利蔵の」とすぐに察してくれた。

「函館は火事の多い街で、たびたび大火が起きていたのですが、明治三十二年の火事では、火が元町にも及びそうになり、類焼を逃れるため運び出した後、当家の者が保管しておりました」

「イコノスタスを作って寄進したんですか」

「いいえ、利蔵は故郷に聖堂を建てようとしていたようです。そのための資金作りに奔走していたような話を聞いております」

聖堂よりも先にイコノスタスと壁掛けイコンができあがってしまい、当初は正教会に預かってもらっていたのだが、古寒の自宅もその火事で焼けてしまったため、同じ信徒である小暮の家の蔵に保管されていたという。

「現在、我が家に残っているのは、そのイコンだけなのです」

ご覧になりますか、と言われ、蔵に案内してもらった。

「ちょうど明日から修復に出すところだったんです。おふたりは運が良いですね」

小暮の孫が木箱を開けてくれた。そこから出てきたのは、新聞紙四面分ほどの大きさの見事な木彫板だ。中央には聖母子像を描いた聖画がはまっている。幼いハリストス（キリスト）を抱いた聖母マリアの夢見るような眼差《まなざ》しが美しい。枠の部分の木彫は精緻かつ大胆で、蔓《つる》が絡まるような意匠とともに細部には幾何学模様らしきものが幾重にも彫り込まれている。無量たちには見覚えがあった。

「アイヌ文様」

イクパスイに彫られていたのと同じ文様だ。

「イコンの周りを縁取るように連続したアイヌの十字文様――ウタサが入っているので〝ウタサの生神女〟と呼んでいます」

「しょうしんじょ？」

「神を生んだ者、マリヤのことです。正教会では聖母とは呼ばず、この呼び方を大切にしています。イイスス・ハリストスは神の〝位格〟を持つ御方なので、神を生んだ、と表現しうるわけです。画《え》は日本人の聖画家が描いたもので、今でもクリスマスには必ず飾っていますよ」

聖画の美しさもさることながら、縁取る木彫も素晴らしい。人でありながら至聖となった生神女マリヤの愛と信仰をまるで光輪をまとうかのように彫り上げている。

「実はこれと同じものが東京の復活大聖堂——ニコライ堂にも寄進されたそうです。残念ながら関東大震災で焼けてしまいましたが」

イコンは聖障にはめこまれたものだけを指すのではない。柱や壁に直接描かれたり、額に入れてかけられたり、台を設置して置かれたりもする。利蔵が最初に寄進したのは壁掛けのイコンだった。

「この木彫が大変素晴らしいと聖ニコライから賞賛されて、利蔵は同じモチーフでの本格的なイコノスタスを制作しようと決めたのだとか」

全体写真もあるという。小暮夫人が見せてくれたのは古い白黒写真だ。

イコンが並ぶ木彫の衝立——イコノスタスだ。

高さはひとの背丈より少し大きいくらいで、函館のハリストス正教会のものに比べるとだいぶ小ぶりだ。聖画も左右三点ずつしかなかったが、その分、木彫部分は手が込んでいる。蔓を伸ばした生命力に溢《あふ》れた樹木や滔々《とうとう》と流れる川、躍るような炎や太陽と星、熊やシマフクロウといった動物までいて、まるで聖障全体が森となり、今にも動き出しそうだ。

「木彫は……もしかしてペトランケさんが手がけたものですか」

「石田ペトランケをご存じですか」

小暮夫人の表情がにわかに明るくなった。

「ペトランケの晩年の作品と聞いております。彫り終えた翌日に息を引き取ったと」

畢生《ひっせい》の大作と呼ぶにふさわしい圧巻の木彫だった。

イクパスイにも彫られた〈泪《スペ》〉の文様も中央の王門に美しく彫り込まれ、イクパスイの細い木篦《きべら》から解き放たれたかのように、より躍動感を増している。不鮮明な写真で見てさえ圧倒されるのだから、本物はどれだけ素晴らしかったことか。

「この写真のイコノスタスは、どちらに？」

「それが所在不明なんです。人手に渡ったようで」

「まさか売却したのですか」

「経緯はわかりません。古寒利蔵の意向だったようです。我が家に残されたのは、この壁掛けイコンのみで」

無量にも、利蔵が手放した意図がはかりかねた。故郷の聖堂に飾るはずだったペトランケの遺作で大作のイコノスタスをなぜ人手になど渡してしまったのか。

「このイコン、撮らせてもらってもいいですか」

小暮は快く許可してくれた。正面を撮り、念のため、裏側も撮らせてもらおうとひっくり返すと、隅に記号らしきものが彫られている。

「×印とその左右に二本線がふたつ、とシャチ印……」

利蔵のイクパスイに刻まれていたのとよく似ている。祖印《イトクパ》ではないか。

違いは、三本線か二本線か、というところだけだ。

「古寒はペトランケのパトロンというよりも、親子のような兄弟のような親友のような、そんな間柄だったそうです。ペトランケは日本語は話せなかったので古寒が通訳をして、ペトランケのほうは古寒のことを〝トシヤクィ〟と呼んでいたとか」

「トシヤクィ」

「アイヌの名前だと思います。ペトランケとは顔立ちもよく似ていたと聞くので、血縁だったかもしれません」

無量はソンジュと目線を合わせた。やはり、というように。

小暮家は利蔵の妻の実家で、取引相手でもあり、同じハリストス正教会の信徒だったので家族ぐるみのつきあいだった。

「古寒は敬虔《けいけん》な信徒だったそうです。その当時、函館の正教会を立ち上げた初代ニコライ司祭のもとで洗礼を受けた日本人は多いのですよ。最初の日本人信者となった方はあの坂本龍馬《さかもとりょうま》の従弟《いとこ》だったそうです」

正教会の十字架は、独特の形をしている。一般的な十字架にある横棒の、上に短い横棒、下には斜めの横棒が加わる。先端が八カ所あるので、八端十字架という。

幕末の箱館にはロシアの船員が多く上陸してロシアホテルと呼ばれる宿泊施設もあった。初代ニコライ司祭は病院を建てて日本人患者も受け入れた。アメリカやイギリスの領事館もあったが、地理的に近いこともあってロシア船の入港が多く、人数も一番多かった。

「古寒はよくロシア商人を案内して大沼《おおぬま》や洞爺《とうや》湖のほうにも出かけたとか。語学に堪能《たんのう》だったので外国貿易にも積極的だったそうです」

無量は泰明丸の沈没事故のことも小暮に話した。沈没前の最後の購入品が、古寒商会の「龕灯《がんどう》五臺と蠟燭《ろうそく》三十把」だったことも。音羽屋との関係も尋ねたが、特に心当たりはないという。

「ですが、古寒がイコノスタスを手放したのと時期が近いですね」

「いつでしたか？」

「火事の三年後なので……明治三十五年頃だと思います」

泰明丸が沈没した年だ。

それと何か関係があるのだろうか。

「実は古寒自身もイコノスタスを手放した直後、消息不明になったそうです」

「消息不明？　突然ですか？」

「はい、商売は息子が継いだそうですが、生き死にも分からないまま、十年が過ぎたので、諦《あきら》めてお墓を建てたと」

ますます気になる。

利蔵の消息不明は泰明丸の沈没と無関係ではないのでは？

蔵の壁の高いところにある窓から差し込む光に、埃《ほこり》がキラキラと金粉のように光って舞っている。

「お墓は立待岬の近くにあります。生前、碧血碑《へっけつひ》が見える場所に建てよ、と言い残していたそうです」

「碧血碑……?」

「箱館戦争の旧幕府軍の戦死者を弔った石碑です。古寒は事あるごとに足を運んだそうです。妙心寺《みょうしんじ》というお寺から少しあがったところにありますよ」

小暮が道案内の地図を書いてくれたので、無量とソンジュは行ってみることにした。

函館八幡宮の境内を突っ切って細い急な山道をあがったところに、その碑は建っている。

高さ六メートルある石碑には「碧血碑」と刻まれている。旧幕府脱走軍の戦死者供養のために明治八年に建てられた。明治政府は旧幕府軍の死者の埋葬を認めなかったため、心を痛めた侠客《きょうかく》の柳川熊吉《やながわくまきち》と實行寺《じつぎょうじ》の僧侶《そうりょ》らがおとがめ覚悟で遺体を集め、境内に埋めた。後にその遺体を掘り出してここに弔ったという。石は榎本武揚《えのもとたけあき》らの協賛で東京から運ばれ、字は一説では大鳥圭介《おおとりけいすけ》の筆によるものと伝えられている。

〝碧血〟とは「義に殉じた者の血は三年経つと碧《あお》くなる」という中国の故事にちなんだものだった。

収蔵庫でもある台座の上に堂々とそびえ立つ石碑を見上げ、無量はつぶやいた。

「利蔵さんはどういう気持ちで、これを見上げたんだろうな……」

戦死者には、箱館市街で死んだ土方歳三《としぞう》らも含まれる。ただ悼《いた》むだけではなかったはずだ。利蔵が本当に新政府軍の密偵だったのだとしたら、ここにいるのは自分の働きのせいで命を落としていった者たちだった。

裏切り者がどの面下げてここに立つのか、という思いもあったろう。

それでも最初の上陸から五稜郭陥落まで、およそ七ヶ月間。弾丸飛び交う戦場や暴風雪の中、寝食を共にした。時に凱歌《がいか》を上げ、時に死線をさまよい、一日一日を生き抜いた者同士だ。そこには「密偵」の二文字からは見えてこない、人と人の絆《きずな》や想いもあっただろう。そして利蔵自身の葛藤も。

いまは鬱蒼《うっそう》とした木々に隠されているが、かつては海が望めたかもしれず、利蔵の墓からも見えたはずだ。利蔵はどんな思いで「土方たちと向き合う地で眠りたい」と願ったのか。

ソンジュも同じ事を考えているのか、無口になっていた。

やがて観光客らしきグループがにぎやかにあがってきたので、ふたりはその場を離れた。山道を下りながら、ソンジュが言った。

「それにしても、泰明丸が沈んで利蔵さんも消えた。因果関係が全くないとは思えませんね」

「同じ時期にイコノスタスも手放してる」

ペトランケが〈泪《ヌペ》〉をはじめとする自らのコタンに伝わるアイヌ文様を彫り込んだであろう魂のイコノスタス。ロシアから伝わったキリスト教の聖堂の大事な部分になぜそれを彫り込んだのか。無量には、それが利蔵の切実な要望だったように思えてならない。

少しずつ利蔵の輪郭が浮かび上がってくる。

泰明丸と古寒利蔵、あの日、あの海で何が起きていたのか。

＊

その頃、萌絵と八田は車で市立博物館から図書館に向かっていた。

途中の道で萌絵が史跡の看板を見つけて「八田さん」と呼びかけた。

「土方歳三の最期の地ですね。寄ってみてもいいですか」

いまは小さな公園になっている。

土方最期の地とされる一本木《いっぽんぎ》関門《かんもん》は、箱館の市中と五稜郭の間にあり、当時は許可証がなければ往《い》き来できなかった。現在は関門を模した木柵《もくさく》があり、傍らに「土方歳三最期之地」という石碑がある。土方を偲《しの》ぶ人々が手向けた花や写真が供えられている。

「さすが土方さんはファンが多いですね」

「はい、私もそのひとりでした」

「新撰組は歴史好き女子が通る道ですものね……」

「八田さんも？」

「ええ、私は沖田《おきた》でした。土方と沖田が青春でした」

「わかります」

ふたりで石碑の前にしゃがみ、手を合わせた。

激動の人生を思い、心をこめて拝んだ。

長く拝んで、ようやく合掌をとくと、萌絵が前を向いたまま、おもむろに言った。

「……………。私たちになにか用ですか」

八田が「えっ」と見た。萌絵は足下の砂利をつかむと、背後めがけて投げつけた。松の木に砂利がぶつかってバラバラと音を立てた。

「出てきなさい！　さっきから、私たちをつけ回してましたね！」

松の陰から人影が逃げようとしたので、萌絵はすかさず追いかけた。松を挟んで追い回し、ついに袖《そで》をつかんだが、逆に懐に潜り込まれ襟をつかまれて投げ飛ばされた。八田が悲鳴をあげた。が、萌絵の転身が速かった。ふたりでもつれるようにして地面に転がり、同時に距離をとった。

逃げられる前に萌絵は迷わず突進した。本能的に相手は迎え撃ち、襟をつかんで大外刈りを決めようとしたが、萌絵のほうが速い。掌底が顎《あご》を捉《とら》え、相手はどおっと仰向《あおむ》けに倒れた。はずみで帽子が落ちた。

「あなたは！」

叫んだのは八田だ。

「北島社長と一緒にいた方ですよね」

萌絵がぎょっとした。てっきり音羽が差し向けた輩《やから》かと思ったからだ。

四十代とみえるジャケット姿の男は、昨日、笹尾家に北島とやってきた「桐野《きりの》」という秘書兼運転手だった。

「なんで私たちをつけたりするんですか」

桐野は尻《しり》の砂埃を払って立ち上がった。

「……社長からの指示であなた方の行動を見張ってました。泰明丸を調べてますね」

「どうして知ってるんですか」

「江差の資料館に沈没船を調べに来た人がいると。夷王山で発掘をしている人たちが、なぜ泰明丸を調べるんですか」

警戒されるのも無理はない。そもそも両者は全く繋《つな》がりがない。

「窪寺骨董《こっとう》店にある貝細工のイクパスイも見に来ていましたね。一緒にいた若い男性ふたりは、笹尾家にも来た夷王山の発掘員ですよね」

「わたくし、亀石発掘派遣事務所の永倉《ながくら》と申します。開陽丸調査担当の司波さんは以前仕事をご一緒した方で、夷王山の発掘とは関係ありませんが、たまたま江差に来ていたので仲間のよしみで協力しました。北島社長も、教育委員会に海底調査中止を要請なさったと聞きました」

「開陽丸を調査に来たひとが、なぜ泰明丸を調べているんですか」

と桐野が警戒心をあらわにすると、萌絵はすかさず、

「開陽丸の遺物の拡散範囲をサーチ中に、たまたま泰明丸を発見したとのことです」

「それが、あの船簞笥《ふなだんす》ですか？」

桐野もやはり例のニュース映像を把握していたようだ。

「北島さんたちもあれを見て泰明丸のものだと気づいたんですね。だから私たちを警戒してたんですか？　船簞笥を引き揚げられてしまう、と思って」

桐野の表情が険しくなる。萌絵は単刀直入に、

「泰明丸が金塊を運んでいたというのは本当ですか」

「金塊？　誰ですか、そんな馬鹿なことを言っているのは」

お？　と萌絵は意表をつかれた。金塊を否定した。

「金塊でなければ、何でしょう。百年後の人間に見つかっては困るものとは」

桐野は険しい顔を崩さない。

中身を知っているからだ、と萌絵は思い、

「〝龕灯《がんどう》と蠟燭《ろうそく》〟……ですか」

と問うと、桐野は一瞬驚き、

「………。どこでそのことを？」

「地元の郷土史家が音羽屋の仕切帳を調べていました。泰明丸の最後の買付品に古寒利

蔵の名と〝龕灯五臺と蠟燭三十把〟が。笹尾家の借用書と全く同じでしたので、おそらく何かの符丁ではないかと」

桐野の反応から図星だと確信して、

「泰明丸はいったい何を運んでいたんですか」

「知らないのですか？」

と意外そうに訊《き》き返してきたので、

「え……はい」

「本当に何も知らずに、社長を脅していたんですか」

萌絵も八田もきょとんとした。

「えっと……なにをおっしゃっているのか、よく……」

「あのダイバーたちは音羽屋の指示で船簞笥を探してたんでしょう？　船簞笥を引き揚げれば、証拠はこちらのものだ。泰明丸が沈んだ真相を世間に暴露されて、合弁事業計画を邪魔されたくなければ、〝龕灯のカタ〟を引き渡せ、と」

は？　と聞き返した。〝龕灯のカタ〟？

「待ってください。指示ってなんのことですか。こっちは、音羽さんたちから調査を妨害されて」

「嘘を言うな。脅迫メールの差出人『胡射眞威弩《コシャマイン》』とかいうのは、あの西原っていう男だろう？」

はあ？　と萌絵は再び固まった。脅迫メール？　差出人？

無量が？

「あんたたちは音羽とグルなんだ。会社のメールフォームに『胡射眞威弩』とかいうハンドルネームで脅迫文を送りつけた。あの当て字は木札の銘と同じ。あんたたちは銘を見て知ってた。あんたたちだろう。笹尾家に来たのも音羽の指示か？」

ちがいます！　と八田が言い返した。

「音羽さんなんて知りません。笹尾さんから頼まれたんです、本当です」

「西原とかいう男は社長の帯留にも気づいたじゃないか」

利蔵のイクパスイと同じ彫刻が施された帯留だった。

「待ってください。〝龕灯のカタ〟とは〈胡射眞威弩之泪〉のことですか。なんで泰明丸の音羽さんが『〝笹尾家のイクパスイ〟を差し出せ』なんていうんですか」

「知りませんよ。だけど沈没の真相を知ってるのは音羽屋だけだ。だから社長は昨日、笹尾家に出向いたんです」

萌絵も八田も、わけが分からない。

潜水調査を中止しろ、と言ってきた音羽が？

北島にイクパスイを要求？

「状況がよく見えないんですけど、私たちは音羽さんから指示を受けたこともありませんし、そもそも面識がありません。何かの間違いです」

「じゃあ、なんのために古寒を調べているんですか。私たちを脅すネタの裏を取るためでしょ」

「脅してませんたら。そんな片棒担いでません」

桐野は疑わしげに見て「証拠は」と問う。

証拠なんて、ない。ないけれども、

「冷静に考えてください。もし八田さんと西原くんが、音羽さんから『笹尾家のイクパスイを手に入れることに協力しろ』と言われてたなら、八田さんたちは北島社長を脅すまでもなく、笹尾家に直接そう申し出てるはずです」

「笹尾家が応じなかったんでしょう？　元々の持ち主である古寒利蔵にならば返却すると踏んで、こんなややこしい真似を……」

「北島社長は音羽氏に脅されて困ってるわけですよね。その脅しのせいで、北島社長は調査中止を要請したんですよね」

「ええ、そうです」

「だったら、私たちが力になります。仲裁します。音羽氏にその脅しを撤回させればいいんですよね」

桐野はまだどこか疑わしそうにしているが、確かに「笹尾家のイクパスイ」が手に入らない以上、音羽の要求には応じたくとも応じられない。

「できるんですか。本当に」

「仲裁できたら、開陽丸の潜水調査、進めてもいいですか」

「ええ、もちろん。開陽丸は、そもそも我々とは無関係ですし」

言質は取った。

こうなったら音羽に事情を聞いて仲裁を成功させるしかない。

桐野はようやく引き下がり、北島社長にそう報告すると言った。連絡先を交換して、別れた。

八田が心配そうにしている。

「どうするんですか」

「仕方ありません。音羽さんと話をつけます。西原くんにあらぬ罪を着させられても困るし」

音羽のほうには忍が張り付いているはずだ。

萌絵は意を決してスマホを手に取った。

＊

「事情はわかった。音羽氏には僕が直接話をつける」

忍は萌絵から連絡を受けて状況を把握した。そばにはミゲルもいる。

忍に対して不信感たっぷりのミゲルは、出発前から「口をきかない作戦」をとってい

たが、さすがに気になり、

「どげんしたと？」

「……無量がコサム水産から脅迫の罪を着せられかけてる。まったく。ｓｅｏｎもついていながら、なにやってるんだ。あのふたりは」

「まあ、オレオレ詐欺のウケコに思われそうな風体やしな」

忍とミゲルは登別《のぼりべつ》温泉のホテルに来ていた。業界の会合が開かれており、マルオツ社長の音羽泰徳も昨日から泊まっている。巨大な大浴場で知られているホテルで、業界関係者の慰安旅行も兼ねているようだった。

「ゴルフの後はひとっ風呂《ぷろ》、か……。よかご身分たい」

同業者たちと大浴場に入っていく音羽を確認して、ミゲルが言った。

「どうすっと？」

「ここを逃したら当分、声をかけるチャンスもないな。行こう」

「行こうって……。風呂に？」

「音羽氏をマークしてくれ。見失うなよ」

ミゲルは音羽たちについて大浴場に入った。広い。体育館のような巨大な空間に泉質の違う風呂がいくつもあって目移りする。日曜とあって日帰り客で賑《にぎ》わっており、こう広くては油断していると見失いそうだ。

「いた」

外の硫黄泉《いおうせん》にいた。観光名所の「地獄谷《じごくだに》」がほど近く、噴気孔から沸きたつ蒸気が温泉の湯煙と混ざり、野趣溢《あふ》れる露天風呂だ。ミゲルは入浴客にまぎれ、つかず離れずマークする。

音羽泰徳はゴルフで鍛えているのか六十代にしては引き締まった体をしており、年齢よりも若く見える。父親である現会長の音羽泰臣《やすおみ》（泰陽《たいよう》の祖父）はワンマンぶりで知られていて、息子の泰徳は存在感が薄かった。会長職に退いた後も口だしする父親と経営方針がかみあわず、その不協和音も経営不振の一因だった。数年前に泰臣が体を壊して、ようやく舵《かじ》を握ったという。

業界内では人望もあるのだろう。ひとりになるところを狙うが、常に誰かしら同業者と一緒で、サウナに入ったり、話したり、なかなかそうならない。

だいぶ待って、ようやく芒硝泉《ぼうしょうせん》の浴槽でひとりになった。

ミゲルはここぞとばかりに近づいて、隣に浸《つ》かって声をかけた。

「エクスキューズミー。こちらの泉質はなにデスカ」

いきなりガタイのいい「見た目欧米人」な若者が話しかけてきたので、音羽は海外からの観光客と思ったのだろう。

「ディスイズ芒硝泉。効能は肌にいい。モストオブ強酸性の湯です」

「おー、キョウサンセイ。肌溶けマスねえ」

「ははは、長湯はしないほうがいいよ。のぼせるからね」

温泉談義で打ち解けたところに、後ろからもうひとり。音羽社長を挟むように湯船に入ってきた若者がいる。

「お隣よろしいですか。音羽社長」

忍だった。

音羽は名前を呼ばれたので会合の参加者と思ったのか、

「かまわんよ。見かけない顔だな。御社はどちらの」

「マクダネル発掘事務所です」

「ハックツ……？」

「開陽丸の件でお話があります」

はっと気づいた音羽が湯船から出ようとしたが、屈強なミゲルがその肩を摑《つか》んで湯に押し戻した。顔がひきつる音羽に、忍はたたみかけ、

「質問したいことがあるので、終わるまでそのままで」

「きょ……強酸性……」

「諸角議員から、開陽丸の調査中止は音羽さんからの陳情だったと聞きました。きっかけは泰明丸の船簞笥《ふなだんす》だったと。船簞笥を引き揚げられたら困る理由はなんですか」

「君たちに言う必要は」

「船簞笥には何が入っているんですか。まさか金塊ではないですよね」

「そんなわけあるか。くだらん」

「では、なんですか。軍艦がわざわざ沈めるほどのものとは」

強めの湯に浸かっているせいか、音羽の顔がだんだん紅潮してくる。あがろうとしてもミゲルが横から押さえ込んでいて動けない。

「おい、あがって話そう。とりあえず出よう」

「話をしたら、あがりましょう」

このままではのぼせてしまう。だが忍は涼しい顔で容赦なく、

「しかもコサム水産の北島社長に脅迫のようなまねをしたそうですね。船箪笥の中身が見つかって真相を暴かれたくなければ〝龕灯《がんどう》のカタ〟を引き渡せ、と」

「脅迫だと？　ふざけるな！　脅迫してきたのはあの女のほうじゃないか」

忍とミゲルはきょとんとした。どういうことだ？

「船箪笥が見つかって沈没の真相を明らかにされたくなければ〝龕灯のカタ〟を引き渡せ、と言ってきたのは北島のほうだろう」

「北島社長から脅迫？　本人から直接ですか？」

「会社のメールフォームにだ。よくわからん偽名だったが、泰明丸の積み荷を知ってるのは今となっては北島しかおらん」

「脅迫されたから、船箪笥が引き揚げられないように調査中止を要請したんですか」

「そうだと言ってる。だから、早くあがらせろ」

「船箪笥には何が入っていたんですか」

「しらん」

「知ってるから慌てて中止させたんでしょう」

「私が知ってるのは船箪笥には『龕灯』が入っているということだけだ。死んだ祖父から『もし、いつかどこかで泰明丸の船箪笥が見つかったら、すぐに回収して廃棄しろ。そうしないと会社が潰《つぶ》れる』と言われてきた。それしか知らんのだ。だから早くあがらせてくれ」

音羽はのぼせる寸前で湯船から解放された。だが忍が終わらせなかった。

「こちらも調査期間は限られているので、中止させられては困ります。今度はサウナでゆっくり話しましょうか」

音羽の顔が恐怖で引きつっている。これではまるで尋問だ。

後ろには屈強なミゲルが控えている。お互い素っ裸だ。逃げても脱衣所で捕まる。

音羽は観念して、話し合いに応じた。

＊

「しかし、どういうことすかね」

音羽社長から経緯を聞き出した忍とミゲルは、大浴場を出て、外のベンチでフルーツ牛乳を飲みながら、情報を整理した。

「北島社長は音羽社長に脅されたと言い、音羽社長は北島社長に脅されたと言う。どっちの言うことが本当なんすかね？」

音羽によると、音羽屋と古寒商会の間には、沈没事件以来、とある「暗黙の協定」があったという。両方に後ろめたいことがあるため、「秘密厳守」で、お互いを出し抜くことのないよう、協調しながら商売をしてきた。信頼関係を損なう真似は御法度《ごはっと》で、相手を脅すなど本来ありえない話だ。

「どっちの話も本当だとすると、ふたりを動かした第三者がいることになる」

忍もほてった首を濡《ぬ》れタオルで冷ましながら、

「しかも、どちらに対しても〝龕灯のカタ〟を要求してる」

「何者なんすかね」

「わからない。泰明丸沈没の真相を知っていて、なおかつ〝龕灯五臺と蠟燭《ろうそく》三十把〟のからくりを知ってる人間だとしか」

地獄谷からあがっている湯煙だか噴気だかを眺め、ミゲルも腕組みをしてしまう。

「でも〝龕灯のカタ〟いうのは、笹尾家のイクパスイなんすよね？　コサム水産の北島社長はともかく、音羽屋は箱館戦争と関係なかでしょ」

「気になるのは、音羽社長への脅迫メールだ。犯人は偽名を使ってる」

メールフォームの差出人の名は、

〝胡射眞威弩〟

と書かれていたという。

「どっかのヤンキーチームみたいやな。こしゃ…まいど？」

「どこかで見た字面だ……。どこで見たんだっけ」

こしゃまいど、まいぬ、まいん……。コシャマイン？

忍が物凄《ものすご》い速さでＬＩＮＥを遡《さかのぼ》り始めた。

〈胡射眞威弩之泪〉。そうだ、笹尾さんちのイクパスイの銘だ」

先日ソンジュが送ってきた画像だ。全く同じ字を使っている。

「そう言えば西原がなんか言っとったなあ。当て字がどうとかって」

「確かにこういう当て字の仕方は見たことがない」

木札が発見されたのは、無量たちが笹尾家に頼んでイクパスイを見せてもらった時だ。所有者である笹尾自身も銘があったことは知らなかった。

「〈とし蔵のイクパスイ〉に銘があると知ってたのは、とし蔵本人。あとは……北島さんなら知っていたかもしれないが」

「でも、その北島さんもそいつに脅されとっとですよね」

音羽社長と北島社長を脅して〝龕灯のカタ〟を手に入れようとしている「胡射眞威弩」とは、いったい、誰なのか？

「脅迫メールにはニュース映像も添付されていた、か……。まさか放送日を事前に知ってたのか？」

「でもあの手のローカルニュースは同じネタが一日に何回も流れるとですよ」

「ともかく、音羽さんも『脅迫者さえ捕まれば調査中止要請は一旦《いったん》、取り下げる』と約束してくれたし、見つけ出すしかないな」

「警察に任せなくてよかですか？」

「音羽氏と北島氏も表沙汰《おもてざた》にはされたくないようだし、あまりに手に負えなくなったらそのとき考えよう」

忍は牛乳瓶を箱に戻して車の鍵《かぎ》を取りだした。

「音羽氏と北島社長を脅した犯人を突き止める。話はそれからだ」

＊

「俺が『胡射眞威弩』？　待て待て待て、冗談でしょ」

江差の宿泊所は捜査本部の様相を呈してきた。

函館から萌絵たちと別々に戻ってきた無量たちは、夕飯の駅弁を食べながら、それぞれが手に入れた情報を共有すべく、捜査会議を開いている。

いつのまにか脅迫犯呼ばわりされていた無量は、心外もいいところだ。

「なんで俺なのよ。ソンジュもいたでしょ」

「やっぱり滲《にじ》み出るんですねぇ。人間の善良さって」

「その口で言うなよ」

「とにかく、状況を一回すりあわせましょ」

無量とソンジュの調査成果は、古寒利蔵の足跡だ。新政府軍側の間諜《かんちょう》だったかもしれないこと、その後、海産物商として身を立てロシアのハリストス正教会の信者となったこと、石田ペトランケの作ったイコノスタスを手放した直後に行方不明となったこと。そしてそれは泰明丸が沈没した年と一致すること。

ミゲルの調査によると、やはり、沈没は事故ではなく、故意の可能性が高い。「世間には言えない積み荷」のせいで沈められたと思われる。この秘密は音羽屋と古寒商会が「暗黙の協定」を結んでまでも守り通さなければならなかったものらしい。

さらに萌絵とミゲルの情報を照合したところ、北島社長と音羽社長はそれぞれに何者かから〝龕灯のカタ〟を要求されていたとわかった。その何者かは沈没の真相を知っているらしく「胡射眞威弩」を名乗っている。

「ちなみに金塊説はバッサリ否定されました」

「金塊はバッと」

ノートに相関図を書き込んでいたソンジュが「Gold」の文字に大きくバッテンをつけた。

「問題は、北島・音羽両社長を脅してる『胡射眞威弩』なる人物ですよね」

「〝龕灯のカタ〟というのは、笹尾家のイクパスイのことだよね。泰明丸だけでなく、土方軍と笹尾家のエピソードまで知ってるってこと？」

萌絵の発言にミゲルがうなずき、

「内部事情にそうとう詳しいやっちゃな」

「そういえば、北島社長が去り際にやけに念押ししてたな」

――利蔵の捧酒箸《イクパスイ》、くれぐれも保管は厳重に。

――怪しげな骨董《こっとう》商や郷土史家を名乗る人物から声をかけられた際は、必ず私どもにご連絡を。

あれは警告だったのか？

イクパスイを狙っている者がいる、と。

「社長はイクパスイの保管先を確認しにきたようでもありました。無理に手に入れようとはしてなかった」

北島社長が自分の会社を守るためにイクパスイを強奪するような人物でなくてよかった。そんなことをすれば騒ぎが大きくなっていただろう。

「しかしメールの差出人は〝胡射眞威弩〟か。コシャマインが〈胡射眞威弩之泪〉を取り返そうとしてるって体《てい》なのか？」

「あえてこの字を使うってのもね」

「つまり木札の文字を見た人物の中に犯人がいるってこと？」

発見時、その場にいたのは、笹尾と伊庭夫妻、無量とソンジュと八田の六人だ。

二回目は、笹尾と無量とソンジュと八田、北島社長と桐野秘書。

「でも、この時すでに北島社長と桐野秘書は脅迫メールを受け取ってたから、これはなし。笹尾さんは所有者だから、これもなし」

「えっ、俺ら三人と伊庭夫婦が容疑者ってこと？」

笹尾にも確認したが、木札はまだ家族以外には見せていない。

残るは伊庭夫妻と八田だが――。

「動機か。八田さんならあのイクパスイ、喉《のど》から手が出るほど欲しいかも。研究のために」

「こんな回りくどいことしないでしょ。直接笹尾さんを拝み倒すでしょ普通」

なら伊庭夫婦は……、と思い浮かべたが、「土方歳三の返礼品」ならいざしらず、「とし蔵のカタ」には興味なさそうだ。

「そもそも諸角議員が中止要請よこしたのは、木札が発見された当日ですよ。木札見てすぐ脅迫メール出して音羽に届いて諸角が……ってムリあるでしょ。何よりその前日に江差の教育委員会に怪電話がかかってきてるじゃないですか。あれが音羽の誰かの仕業なら、脅迫メールは、僕らが木札発見するより前に届いてる」

「発見前にすでにあの五文字を見てたひとがいるっていうの？」

「いるには、いる」

「えっ。だれ」

　無量は駅弁のイカめしに噛《か》みつきながら、

「八田さんの高祖父が書いた鵡川《むかわ》のユカㇻの翻訳書。同じ当て字を使ってた。つまり、その本を読んだ人ならみんな知ってるってことにならね？」

「あー、不特定多数。しぼれない」

　萌絵が「お手上げ」のポーズをした。ソンジュはお気に入りの丸筒羊羹《ようかん》を糸で切りながら、

「僕はやっぱり泰明丸の真相を知ってる可能性が高いってことで、音羽か古寒の縁者だと思うな」

「真相っつか、はったりかましてるだけかもよ？」

「今日、古寒利蔵を調べてて、泰明丸のきな臭さの出所が見えた気がした。無量さんだって気づいたはずでしょ？」

　無量はイカの耳を億劫《おっくう》そうに噛んでいる。噛み下すのが、ではなく、それ以上知ることが億劫だと言いたげだ。ソンジュは暴く気満々だが。

「つか俺らが暴かなくても、いずれ泰明丸の水中調査でもやれば、船簞笥《ふなだんす》も引き揚げられる。その時わかるでしょ」

「それまで船簞笥が無事に残っていれば、ね」

「どういう意味？」

　ソンジュはその先は言わず、糸をちまちまと動かして羊羹を削っている。

「できた。五稜郭完成」

「おまえマジで天才か！」

呼び鈴が鳴った。立て続けに鳴った。

ミゲルが玄関の鍵を開けると、さくらだ。今日も江差追分の練習に行っていた。

「大変大変！　大変だよ！」

さくらが血相を変えている。息せききって取り乱しながら、

「港が大騒ぎになってる！　ダイバーが行方不明になったって！」

無量たちは一斉に立ち上がった。

「ダイバー？　まさか司波さん？」

ううん、とさくらが激しく首を横に振った。

「音羽の息子の仲間がダイビング中に潮に流されたって……！」

まさか、と思い、急いでカーテンを開けると、海にはたくさん船が出ている。

恐れていたことが現実になってしまった。

第六章　〈胡射眞威弩〉の正体

港は大騒ぎになっていた。

日没から数時間たち、すでに海は真っ暗だ。だが海上保安庁の巡視艇をはじめ、捜索に出た船の灯《あか》りが暗い海にたくさん浮かんでいる。イカ釣り漁船の集魚灯が墨汁を満たしたような海面を照らしあげている。

港にはパトカーやら消防車両やらが集結していた。赤色灯が埠頭《ふとう》を照らし、警官や消防士らと漁協関係者が行き交って騒然としている。捜索活動を見守る人々の中に司波《しば》の姿もあった。無量《むりょう》たちは急いで駆け寄った。

「司波さん、行方不明になってるっていうのは」

「ああ、音羽《おとわ》の息子の友人たちだ」

港の駐車場には見覚えのある黒いワンボックスカーが置かれている。ダイビング経験のある数人が、仲間の漁船で出ていって潜水し、三人が行方不明になっている。パトカーの前では音羽泰陽《たいよう》が警察から事情を聞かれていた。

「泰明丸の沈んでるあたりは満潮になると潮の流れが複雑になる。難しいエリアなんだ」

「やっぱり船簞笥を引き揚げようとしてたんですか。目的は金塊？」

「まったく、なんて連中だ」

司波は苦虫をかみつぶしたような顔をした。

「こっちも例の騒ぎで調査を中断していて気づくのが遅れた。地元の漁船から連絡が入って、すぐにやめさせようとしたんだが」

事故はその前に起こってしまった。

船簞笥の重量は小さなものでも数十キロ。堅牢で金具が多くついた豪奢《ごうしゃ》な作りほど重くなる。浮くように作られているとは言え、百年以上海底にあったものだ。投棄してすぐに浮き、長い漂流にも耐えられるという自慢の気密性も、水圧のかかる海底で長く海水に浸かることまで想定しているとは限らない。破損して内部に水が流れ込んでいたら、重機なしでは海底から持ち上げるのすら難しい。しかも木材は水を吸って重くなる。上面が平らで面積がある分、水の抵抗が大きく、深ければ深いほど引き揚げが困難になるから、懸硯《かけすずり》というハンディタイプの船簞笥であっても水面まで持ち上げるのは至難の業だ。たとえ大人数人がかりでも。

「そうでなくとも船の残骸《ざんがい》があったりして、ダイバーには危険な場所だ。何かにひっかかって浮上できなくなったら命にかかわる」

上にかぶさっている材木をどければ船簞笥だから勝手に浮くだろう、なんて思っていたとしたら大間違いだ。その作業がどれだけ危険を伴うか。無謀としか言いようがない。欲に目がくらんだ愚か者の暴挙だ、と司波は一刀両断した。

「金塊が船簞笥に入ってると思い込んで、こっちが中断してる隙に引き揚げようとしたんだろう。水中発掘、甘くみやがって」

ボートが一隻、港に戻ってきた。黒木《くろき》と地元潜水士の松岡《まつおか》が乗っている。ダイビングスーツを着ている。泰明丸の沈没地点付近では投光器を使い、潜水での捜索をしていた。黒木たちもこれに加わっていたが、風が出てきて波も高くなってきたので、これ以上は危険と判断し、引き揚げてきたところだった。

「沈没地点のあたりにはいなかった。やっぱり潮に流されたようです。それと」

と黒木は前髪から水をしたたらせて、

「船簞笥がなくなっています」

「なんだって」

「確認した場所にはありませんでした。一足先に引き揚げられてしまったかもしれません」

司波がキレた。怒りの形相でパトカーにつかつかと近づいていくと、事情聴取をされている音羽泰陽の肩を摑《つか》み、横合いから胸ぐらを摑みあげた。

「おい！　船簞笥をどこへやった！　おまえらが引き揚げたんだろう」

「なんだ君は。やめなさい！」

警官が割って入って引き剝《は》がそうとしたが、司波はなおも胸ぐらを引き寄せ「どうなんだ」と声を荒らげる。泰陽は怯《おび》えて、

「ひ……引き揚げてない」

「うそをつくな！」

「ほんとうだ！　どこにもなかった。見つけられなかったんだ。潜って捜してるうちに潮に流された。うそじゃない！」

もみ合いになり、慌てて黒木やミゲルが止めにかかる始末だ。泰陽の話はでまかせではなかった。消えた船簞笥を必死で捜しているうちに仲間たちが潮に流されてしまったという。

「あいつらが潜るより先に、船簞笥を引き揚げた奴がいる？　いったい誰が……」

無量はふと、隣に立つソンジュがずっと黙り込んでいることに気づいた。

様子がおかしい。

吹きすさぶ海風の中、海のほうを見つめて、心ここにあらずといった様子で立ち尽くしている。目の焦点があっていないように見えたので、無量は思わず、

「おいソンジュ？　大丈夫か？」

答えがない。黒い海を行き交う捜索船の灯り、緊急車両の回転灯、騒然と行き交う大人たちの様子が、ソンジュの中の幼い頃の記憶を激しく揺り起こしていた。

「……兄《ヒョン》さん……」

「え？」

　ソンジュの呼吸が速くなり、突然崩れるように座り込んだので、驚いた無量が体を支えた。顔色は真っ青で、目を見開き、口を大きく開いてあえぐように肩を上下に揺らしている。過呼吸だと無量にはわかった。浅く速い呼吸を繰り返すうちに呼吸困難になり、パニックを起こしかけているソンジュの背中を、無量はなだめるようにさすりながら、

「落ち着け、大丈夫だから。大丈夫。ゆっくり息を吐くんだ、ふーって。吐く方に集中して。ゆっくり長く、ふーっ」

　声をかけつつ呼吸のペースを作ってやったおかげで、過呼吸はようやくおさまり、落ち着いてきた。それでも指先が震えている。異変に気づいた萌絵《もえ》が駆け寄ってきた。

「ソンジュくんどうしたの？　大丈夫？」

「ちょっとこの場所から離れよう。立てるか？　ソンジュ」

　無量と萌絵が横から支えて移動し、現場が見えなくなる場所を求めて国道に面した江差追分会館の正面玄関へとやってきた。

　ソンジュの顔色は紙のように白く、まだ小刻みに震えている。萌絵が飲み物を差し出すと、ようやく一口だけ飲むことができた。

「すみません……。迷惑かけて」

「気にすんな。俺もたまにやるから」

　無量も少し前まで、祖父に右手を焼かれた恐怖から火に近づくとよく過呼吸を起こし

たものだから、対応は慣れたものだった。

「もう遅いし、永倉《ながくら》はソンジュと先に帰ってて。俺はもうちょい残って司波さんたちの手伝いしてくから」

促されて萌絵とソンジュは車で現場を離れた。

萌絵はハンドルを握っている間も、注意深く様子を見ている。ソンジュが落ち着きを取り戻せるよう、少し遠回りをして海から離れたコンビニに寄ることにした。

人の少ないコンビニの前に車を止めて、萌絵は買ってきたホットココアをソンジュに渡した。

「ありがとうございます……」

「あんまり聞かれたくないかもだけど、ソンジュくん、前に『お兄さんはいたけど小さい頃に亡くなった』というような話をしてたよね。君も『海で溺《おぼ》れたことがある』って言ってたけど、もしかして、そのときに……」

言わないでください、とソンジュがか細い声で言った。

「西原《さいばら》には知られたくない。誰にも言わないで」

萌絵は驚いた。呼び捨ては初めて聞いた。ソンジュが別の顔を見せた、と思った。

「人畜無害の好青年」ではいられないほど余裕を失っているのだろう。同時に今の一言で、ソンジュが内心どれだけ無量をライバル視しているか、気づいてしまった。

この子は「天才」なんて呼ばれているが、私が思っている以上に強がりながら生きてきたのでは……、とも。

コンビニに掲げられた気の早いクリスマスケーキの予約ポスターを見つめながら、ソンジュは小さな子供のように助手席で震えている。

＊

その後、行方不明のダイバーのうち、ふたりが鷗島《かもめじま》の岩場で見つかった。幸い命に別状はなく、残るひとりは夜明けを待って捜索を再開することになった。

翌日は朝から冷たい雨だった。夷王山の発掘作業は雨天中止となり、無量たちは上ノ国館調査整備センターで、出土した遺物の整理作業にいそしむことになった。

廃校になった中学校の木造校舎を使っている。杉板を重ねた外壁がいかにも古き良き漁村の学校だ。サクリ板と呼ばれるもので、漆喰《しっくい》壁を覆って風雪と塩害による劣化を防ぐ。整然とはめ込まれた杉板は、あたかもノートの罫線《けいせん》のようだ。

平屋の校舎は、中に入ると板敷きの廊下がぎしぎし鳴る。教室が事務所や展示スペースになっていて、体育館には町民が寄贈した農機具や漁労具、昭和の生活用品やいまはなき江差線の駅看板などが並べられ、町の歴史が肌で感じられた。

八田《はった》に案内された無量たちは感動している。

「味わい深い校舎ですねえ」

「ははは……。おんぼろですけど」

「生きた文化財じゃないですか」

「ツタが這《は》ってるせいか、たまに廃屋と間違えられてお客さんが素通りしたりするんですよ」

「そこがまたエモいっす」

調査中の現場から出土した遺物たちも運びこまれていた。

「夷王山のイクパスイはどちらに？」

無量は実はちょっと心配していたのだ。「胡射眞威弩《コシャマイン》」を名乗る輩《やから》にこちらも狙われているのではないかと。

保管庫にある、水に浸《つ》かったイクパスイを無事確認して胸をなで下ろした。

ソンジュはミゲルとさくらと一緒に並んで遺物を洗っている。相変わらず洗い終わった陶磁器片を立体パズルの展開図のように並べている。昨日の騒動から一夜明けて、落ち着きを取り戻したようだ。

八田は「夷王山のイクパスイ」と「利蔵《としぞう》のイクパスイ」から見つかった「祖印《イトクパ》（家標）」をパソコンに読み込んで、データ化する作業をしているところだ。萌絵と無量も見させてもらった。

「石田《いしだ》ペトランケ作のイコンから見つかった祖印《イトクパ》も、画像ありがとうございました」

「利蔵さんの祖印《イトクパ》と似てますよね。三本線が二本線だったけど」

「あれはペトランケさんの祖印《イトクパ》だと思います。自分の名前がわりに彫ったのだと」

アイヌの民具に彫られた「祖印《イトクパ》」から家の系譜を辿《たど》るのが、八田の研究課題のひとつだった。

「夷王山のイクパスイにも似たような祖印《イトクパ》があったってことは、あれの主《ぬし》は利蔵さんやペトランケさんの先祖っすか？」

「可能性はありますが、断定はできません。なにせシンプルな印なので。近いコタン同士でなら血縁関係も追えるのですが……。ただ、仮にあの土坑がニサッチャウォッの墓で、ユカㇻの通りにコシャマインから授かった形見だとすれば、あの祖印《イトクパ》はコシャマインそのひとのものである可能性が出てきます。利蔵の出身も渡島半島の東ですし、共通する祖印《イトクパ》があったので、彼らがコシャマインの子孫だとすれば、胸が躍るような発見になりますね」

画像を並べたモニターを眺めながら、八田が言った。

「……ところで、行方不明のダイバーは見つかったんですか」

無量が「まだみたいっす」と答えた。捜索は海保や地元の漁協にまかせている。

「船箪笥《ふなだんす》のほうは司波さんたちが躍起になって捜してます」

司波としては、自分たちが発見しておいてみすみす誰かに持ち去られたとあっては、それこそ水中発掘師の沽券《こけん》に関わる。開陽丸のものではなくても、船箪笥は立派な海底遺物だ。文化財保護の観点からも見過ごすわけにはいかない。

音羽社長によると、船簞笥の中身は「龕灯《がんどう》」だという。

だが船簞笥は、鍵《かぎ》のついた扉の内側に引き出しがついているという形状だ。「蠟燭《ろうそく》三十把」ならば（サイズにもよるが）ギリギリ入るかもしれないが、龕灯は入らない。引き出しを取っ払っても木枠があるから入れられない。

「やっぱ、本物の龕灯だとは思えないんすよね。なんかの符丁だとしか」

もしかしたら音羽たちに引き揚げられてしまうのを恐れた「胡射眞威弩」の仕業かもしれない。だが、素人がそう簡単に引き揚げられるものではない。

昼近くになって意外な人物がセンターにやってきた。

コサム水産の北島《きたじま》社長だった。

桐野《きりの》秘書も一緒だった。

出迎えた八田と無量たちは何事でもあったかと動揺している。

「どうしたんすか、北島社長。わざわざ」

「笹尾《ささお》さんから『利蔵のイクパスイとそっくりな遺物が出土した』と伺いまして。ぜひ拝見させてもらえませんか」

無量たちは迷った。昨日の今日だ。何か企《たくら》みがあるのでは、と勘ぐった。未公表を理由に断ることもできたが。

「いや、やっぱ見てもらいましょ。なんか手がかりになるかも」

保管庫に案内する。イクパスイは表面の土を除かれて、水を満たした容器に入っている。出土した漆製品は発掘後、空気中に置いておくと漆塗膜が湾曲したり巻き込んでしまったりして、やがて亀裂《きれつ》が入って粉々になる。一度湾曲や巻き込みが起きたら元通りに広げることはほぼ不可能なので、水に漬けて保管する。北島社長は八田の説明を聞きながら、じっとイクパスイを見つめている。

「いつごろのものなのですか」

「おそらく十五世紀か十六世紀、勝山館が機能していた頃ではないかと」

「コシャマインの戦いがあった頃ですか？」

北島の口からその名が出てきたので、無量はちょっとびっくりした。そうだ、と答えると、北島は鋭い目を撓《たわ》め、思い出の愛用品でも見るような眼差《まなざ》しになった。

「これは間違いなく石田ペトランケの故郷に伝わってきたアイヌ文様です。太平洋に面したコタンの文様が、日本海を望むこの地の土から出てくるとは」

感慨深げに見た後で、北島は深く頭を下げた。

「桐野から聞きました。あなたがたを疑っていました。『胡射眞威弩』なる者の脅迫は、音羽が当社の事業を妨害するために仕掛けた、手の込んだはかりごとではないかと……。あなたがたはその協力者ではないかと」

だが、そうではなかった。

この遺物を見てはっきりした。

「あなた方は、ペトランケの先祖が作った宝を見つけてくれた恩人だったのですね」

「恩人とか、やめてください。普通に発掘調査しただけです」

「船箪笥が海底から消えた、と音羽社長から聞いて、いてもたってもいられず、駆けつけました。どこの者とも知れぬよそ者に中身を見られてしまう前に、どうにかして取り返したいのです。『胡射眞威弩』などと名乗る無礼な輩から」

口調には怒りが滲《にじ》んでいる。

「頼る者がおりません。どうか力をお貸しください」

遺物整理室に椅子を持ち込んで、無量たちと萌絵は北島から話を聞くことになった。

北島は船箪笥の中身について、こう語った。

「お察しの通り、泰明丸が買い付けた〝龕灯五臺と蠟燭三十把〟は符丁です。船箪笥に入っていた〝龕灯〟は龕灯ではありません」

「では、なんでしょうか」

「〝地図〟だと聞いています」

「〝地図〟？」

無量はちょっと意表をつかれた。

「どこの」

「あいにく、それは……。ただ決して国外に流出させてはいけない地図だったことは間違いなく。……泰明丸の行き先はウラジオストクでした」

無量は「きな臭さ」の正体を察してしまった。

北島が差し出したのは、泰明丸の音羽屋からの「買付証明書」だ。古寒《こさむ》商会からは音羽屋に対し「売渡承諾書」を発行している。買付品目とその対価を支払う期日が記してある。

「音羽屋はあくまで仲買人です。〝龕灯五臺と蠟燭三十把〟を買い付けたのは、別の団体です」

「何者ですか、その相手とは」

「ロシア」

と無量の背後から、ソンジュが口を開いた。

「ロシアの正教会なのではありませんか」

萌絵は「あっ」と声が出そうになった。無量のほうは「地図」と聞いた瞬間から予想していたのか、ますます険しい表情になっている。北島は落ち着き払って、

「おっしゃるとおりです。どうしてわかったのですか」

「日露《にちろ》戦争の二年前です。すでに日露関係が悪化しつつあった頃です。利蔵さんは熱心なハリストス正教会の信徒だったと」

「はい。ただし、日本の正教会は関わりありません。ロシアの聖務会院の役員が直接、利蔵に依頼をしてきたとのことでした」

当時、帝政ロシアのもと、ロシア正教会は皇帝が指名した役員で構成される「聖務会

院」によって運営されていた。つまり皇帝が運営権限を握っていた。取引相手はその「聖務会院」だ。

ソンジュの言葉を継ぐように、無量も口を開き、

「もしかして〝蠟燭三十把〟のほうはイコノスタスですか。ペトランケさんが作った」

「お祭しの通りです。小暮《こぐれ》さんから聞きましたか？」

「いえ。蠟燭と聞いて教会の祭壇が浮かびました。それとイコノスタスは泰明丸が沈没した年頃に人手に渡っていたと」

龕灯は、地図。

蠟燭は、イコノスタス。

「それが〝龕灯五臺と蠟燭三十把〟が示すものだったんですね」

ソンジュの言葉に北島は「そのとおりです」と答えた。

「その地図は日本の国防にとって重要な地図だったと聞いております。それを他国に流出させたことが露見すれば、古寒も音羽も大罪を免れません。ゆえに積み荷の中身については徹底的に隠さなければならなかったと」

「それが軍に露見して、沈められたということですか」

沈む前に大きな音が何度か響き渡った、との証言があった。

砲撃を受けたのかもしれない。

それが本当だとすれば、手荒いにもほどがある。実力行使もいいところだ。

「……ただ軍も確実な情報は摑《つか》んでいなかったのかもしれません。砲撃は威嚇で、泰明丸を立ち入り検査しようとして接舷《せつげん》した時、何らかの事故が起きて泰明丸だけ沈んだとも言われています。音羽屋には海難事故として国から賠償金も支払われていますし」

だが、実際に「国防上重要な地図」をウラジオストク行きの商船に載せていたことが知られれば、国賊の謗《そし》りも免れない。まして音羽屋は賠償金まで受け取っている。後ろめたい秘密を、音羽屋と古寒は共有し、徹底的に隠し通してきたというのが真相だった。いわば共犯関係だ。

明治・大正・昭和と時代が進み、日本の軍国化が進んでいくにつれて、その秘密はますます厳守しなければならない事柄となった。噂ひとつでも漏れれば「国賊」「非国民」とされて会社の存続すら危うくなる。

だからこそ「国賊」の証拠になる船簞笥を古寒も音羽も血眼になって捜した。何十年も捜した。船と一緒に沈んでいればまだいいが、船簞笥だけが浮いて海を漂流することもある。扉や引き出しには鍵やからくりが施され、簡単には開かないとは言え、絶対によそ者に見つかってはならなかったし、誰かの手に渡ってもいけなかった。

――もし、いつかどこかで泰明丸の船簞笥が見つかったら、どんな手を使ってもいい。すぐに回収して必ず廃棄しろ。そうしないと会社が潰《つぶ》れる。

音羽泰徳《やすのり》の祖父が固く言い聞かせたのも、そういう時代が言わせた言葉だった。

でも、と壁によりかかって聞いていたミゲルが口を挟んだ。

「ゆーても、それは戦時中とかの話やろ。今は周りに知られたところで『ああ、そげんこともあったとですね』ぐらいに受け流さるるんやなかとですか？」

「そうかとは存じますが、当社には、とある事情がございまして」

「事情とは、どのような？」

「ロシアとの合弁事業です」

コサム水産はロシアの水産会社との合弁事業計画を抱えていた。オホーツク海やベーリング海などの豊富な水産資源を擁するロシアで、ロシアの会社と水産および水産加工物の合弁会社を設立するというものだ。少し前の政府間協議で北方四島での合弁会社設立が持ち出され、今回の案件もそれを視野に入れているのだが、農林水産省からの支援をめぐって業界の風当たりが強く、心証が悪化すると支援を止められるのではないか、と危惧《きぐ》しているという。

「つまり、創業者のスパイ疑惑が発覚すると、心証が悪くなると……」

「北方領土に関わる繊細な案件なだけに、できるだけ穏便に、と思っていた矢先でした」

大事な時期なので波風を立てたくない。

そういうことのようだ。

しかもこの合弁事業では、今まで経営の足並みをそろえてきたパートナーのようなマルオツを出し抜く形になってしまい、音羽が足を引っ張ってくるのではないかとの懸念もあった。それで音羽からの脅迫と思い込んでしまったらしい。

「メールを送ってきた者には話し合いを申し出たのですが、応じる気配がなく」

「それで証拠品が入っている船簞笥《ふなだんす》を回収したいと」

はい、と答える。

「船簞笥がすでに引き揚げられて持ち去られた可能性が高い、と聞きました。私どもも捜索に加わりたく。水中発掘チームの皆さんも捜索しているとのこと。協力したいので、ぜひ紹介してもらえませんか。あなたがたを通じて」

確かに「奪われた遺物を奪還する」という一事において、目的は一致する。

「でも発掘チームは一度引き揚げた遺物の中身を秘密にしておくことはできません。調査の一環なので回収はできても廃棄はできません。それでもいいんですか」

「やむを得ません。船簞笥が『胡射眞威弩』の手にあることが問題なのです」

北島の切迫した様子を見て、無量はある疑問を抱いたが、ここでは口に出さず、かわりに、

「船簞笥がいくら水密構造になってるとは言え、百年以上、海水に浸《つ》かってたものです。中がどうなってるかはわかりません。開陽丸からは古文書の塊が見つかって専門業者が復元処理して一部は解読もできました。もし船簞笥に入っててもすぐに読める状態である可能性は低いかと。つまり、すぐには公表もできない」

「どのくらいかかるものでしょうか」

「専門業者に頼んでも、数ヶ月はかかりますね。年単位かも。業界外の人間には手に余るかと。引き揚げ後の環境によっては、急速に劣化して復元できない恐れもあります」

すると、桐野が喜び、

「むしろありがたいです、社長。証拠がなくなるわけですから」

だが北島はなぜかそれを望んでいるようには見えなかった。

無量の立場からしても、できるかぎり遺物は良好な状態にしておきたい。

「もろもろ承知いたしました。つきましては八田さん、こちらのお二方をお借りしてもよろしいでしょうか」

「えっ。困ります、まだ発掘調査が！」

「早急に解決しなければ、笹尾家にもご迷惑をおかけすることになりかねません。上ノ国町の文化財に関わることです。発掘調査に支障が出てご迷惑をおかけした分は賠償させていただきます。余分にかかった人件費なども、こちらで負担を」

八田の一存では決めかねることではあったが、北島の迫力に押され、迷ったあげく、

「……では、その代わり〈泪《ヌペ》〉についての調査に協力してください。アイヌのユカㇻについて研究をしております」

ユカㇻと聞いて、北島の表情が一瞬明るくなった。が、多くは語らず「わかりました」とだけ答えた。

発掘作業を任されたさくらとミゲルは、

「大丈夫ー。ふたりの分もどんどん掘っちゃう」

「天才はおまえらだけやなかぞ。こっちは宝物発掘《トレジャー・ディ》ガールとディボーイやけんな」

「なんだディボーイって」

無量とソンジュは北島社長を司波たちに引き合わすべく、江差に向かうことになった。

＊

無量たちは司波と待ち合わせた開陽丸青少年センターに到着した。

開陽丸の大きな帆柱もそぼ降る雨に濡《ぬ》れている。小降りになっていたが、北島は館内では待たず、外に出て江差港のほうを眺めている。

停泊したイカ釣り漁船が寂しげに揺れている。北島の目線は泰明丸が沈んだ海域がある突堤の向こう側に向けられている。

近づいていったのは、無量だった。

「あの、ちがってたらすいません。もしかして、北島社長。『胡射眞威弩《コシャマイン》』が誰なのか、心当たりがあるんじゃないすか？」

北島は少し傘を傾けて、背後に立つ無量を肩越しに見た。

「なぜ、そう思うの？」

「なんとなくっす」

と答えてから、ソンジュに「ちゃんと言語化しろ」と言われたことを思い出し、

「あー……、こういう脅しって普通、金銭とか要求するもんでしょ？　なのに〝龕灯《がんどう》のカタ〟なんて言ってきたから、よっぽどの事情通なんじゃないかって」

本当はもっと曖昧《あいまい》な感覚から生じる違和感だったが、うまく説明できそうにないので筋が通りそうなところを言葉にしてみた。すると、北島は遠い目になり、

「……。恨まれているのかもしれません」

「恨まれてる？　誰に？」

答えずにまた港のほうを見ている。鉛色の空を映した海の向こうには檜山の山並みが横たわる。

そんなふたりを建物の入口から見ていたソンジュが、スマホに話しかけた。

「……なら、残りのひとりも無事見つかったんですね」

電話の相手は忍《しのぶ》だ。行方不明のダイバーは今朝方、数キロ離れた海岸に自力であがってきているのが見つかった。低体温症で運ばれたという。

「それで病院に押しかけたんですか？　鬼ですか、あなた」

『……今、音羽泰陽が見舞いに来た。コサム水産の足を引っ張るつもりだったのかどうかは、あとで裏に連れ出して聞き出すよ。じゃ』

電話が切れた。

「裏に連れ出す、か。……こわいこわい」

ソンジュが肩をすくめていると、司波が萌絵の車で到着した。

北島社長を紹介し、初対面の挨拶《あいさつ》をかわした。

「あの後、再度潜って確認したが、やはり船簞笥はなくなっていた」

「引き揚げられてたんすか」

「ああ、しかも潜水作業に慣れた人間の仕業だな。船簞笥は船の構造材に挟まれる形で沈んでて、素人が簡単に動かせないよう鎖でバリケードをしといたんだが、見事に取っ払われてた。いとも見事に手際よく引き揚げたようだ」

人力であがいた形跡もなく、ウィンチを使ってスマートに引き揚げたようだ。しかも音羽泰陽たちより先に引き揚げていたのだとすると、土曜から日曜にかけてということになる。だが、日中それらしき船が出ていたという目撃情報はない。

「まさか夜に作業したってことですか。いくらなんでもそれは」

「その夜、泰明丸が沈んでるあたりにイカ釣り漁船が停泊してたのを見た人がいてね」

と萌絵が言った。

「漁場はもっと沖だし、集魚灯はつけてたけど操業中って様子でもなかったって」

「集魚灯」

イカ釣り漁船の集魚灯はかなりの光量がある。泰明丸の沈んでいる水深までなら十分明るく照らせるはずだ。漁船なら網を巻き上げるウィンチもある。

「いま、漁協のひとにも協力してもらってその漁船を捜してるところ」

引き揚げたのが「胡射眞威弩《コシャマイン》」本人かどうかはともかく、船の身元が判明すれば、芋づる式に手がかりがつかめるかもしれない。

「江差の船ではないかもしれません。乙部《おとべ》のほうを当たってください」

と北島社長が言い出したので、無量たちは驚いた。

乙部は江差から一〇キロほど北上したところにある町だ。戊辰戦争で新政府軍が上陸した地でもある。

理由は聞かず、萌絵はすぐに「わかりました」と言って車に乗り込んだ。北島は「心当たり」の正体を語ろうとはしないが、いまはともかく船を出した人物を特定するのが先決だ。

無量たちも捜索に加わろうと動き出した矢先だった。

桐野秘書の携帯が着信を知らせたのは。

発信者の名は無い。番号は非通知だ。

北島が目配せして、桐野は電話に出た。返ってきたのは男の声だった。

『北島に替わってくれ』

それが第一声だった。

桐野は警戒し、

「あなたは誰ですか。名乗らなければ替われません」

『……。「胡射眞威弩《コシャマイン》」だ。船簞笥の件で直接話をしたい』

中高年とおぼしき男性の低く落ち着いた声だった。北島が電話口に出て、

「あなたですか。メールをよこしたのは」

『船簞笥《ふなだんす》は引き揚げました』

と「胡射眞威弩」は単刀直入に言った。

「引き渡してほしければ〝龕灯のカタ〟と交換です』

「イクパスイは私どもの手元にはありません。知っているはずでしょう」

『その〝龕灯〟ではありません』

交渉人のような冷静な口調で「胡射眞威弩」は言った。

『泰明丸に載せていた〝龕灯〟のほうです。買付証明書とともに古寒が受け取ったものがあったはずだ』

「買付証明書はありますが、カタなどは残っていません」

『では古寒自身が所持していたのでしょう』

「古寒は泰明丸が沈んだ後、消息不明になりました。当局から追われて身を隠したのです」

『では捜してください。船簞笥の〝龕灯〟は〝龕灯のカタ〟と交換です』

また連絡します、と言って切りかけたのを、横から司波が奪うようにして、

「おい！　誰だか知らんが、船簞笥は必ず水に浸《つ》けとけ！　脱塩処理しないうちに乾かすと劣化して割れるんだ！　絶対に乾かすな、いいな！」

電話は切れていた。

重い沈黙が残った。

「なんなんすかね、〝龕灯のカタ〟って」

〝龕灯〟の正体は〝軍事機密の地図〟だ。

その〝カタ〟とは？

「〝地図〟はそもそも買い付けたもの。貸し借りでもないのに〝カタ〟とは」

「それも符丁かな」

ソンジュが言った。戊辰の年のエピソードになぞらえた符丁。地図と交換に金銭以外のものをロシアから受け取った？　一体なにを？

「〝カタ〟が何か考えるよりイカ釣り漁船を突き止めたほうが早い。時間稼ぎしてる間に、引き揚げた人間を突き止めましょう」

無量も聞き込みに加わるべく車に戻りかけたのだが、司波はひとり動かず考え込んでいる。

「どうしたんすか、司波さん」

「いや、まさかな……。そんなはずはない」

考えすぎだと自分に言い聞かせつつも、胸騒ぎがするのだろう。スマホをとりだし、電話をかけ始めた。

「黒木か、いまそこに研《けん》さんはいるか？」

　しばらくやりとりをしている。ついさっきまで一緒に船箪笥を捜していたメンバーの行動について尋ねている。司波は黒木に何か頼み事をして電話を切った。そばで聞いていた無量が、

「研さんって、毛利《もうり》さんのことですか。地元ダイバーの」

　そういえば昨夜、姿が見えなかった。捜索していた顔ぶれは司波と黒木と松岡の三人だけだった。聞けば、私用で札幌に出かけていて帰りが遅くなるため、捜索に加われなかったという。

「海底のバリケードを設置したのは、黒木と研さんだった。鎖には鍵《かぎ》もついていたが、壊された様子はなかった。合鍵を持っている人間の仕業だったとしたら」

「まさか」

「ありえないとは思うが、さっきの電話の声も似てた。研さんなら遺物の引き揚げは朝飯前だ。港湾工事も経験豊富で、潜水作業だったら、何なら俺たちよりも手際がいい。俺たちの目を盗んで、あらかじめ引き揚げるための細工を施してたんだとしたら」

「いま、毛利と言いましたか」

　振り返ると、背後に北島社長がいる。

「それは〝毛利研児《けんじ》〟のことですか」

「知ってるんですか」

「……潜水士になっていたんですね」

腑《ふ》に落ちた、という顔をしている。関係を訊《き》かれ、北島は答えた。

「かつての同僚でした。一緒に働いた……というだけでは語り尽くせない、仲間でした」

司波も無量たちも驚きを隠せない。毛利は自分のことをあまり語らない男だった。ダイビング歴自体は長かったため、若い頃から潜水士一筋だった、と司波も思い込んでいたのだが。

「もう二十年も前のことです。コサム水産が経営難に陥った時、会社を私物化していた創業家の社長を追い落とすべく戦いました。当時は私も毛利も一社員に過ぎず、同僚というより戦友のような存在でした。私がいまこうして代表取締役になっているのは、毛利のおかげとも言えるんです」

「そんなひとが、なぜ会社をやめて、潜水士に……」

「前の経営陣のもとで行われた粉飾決算が発覚したのです。その責任を一身に背負って会社を去りました」

北島より一回り以上年下だったが、有能で俠気《おとこぎ》があり、皆の先頭に立ってコサムの立て直しのために奮闘した男だった。本来なら今頃、代表取締役になっていたはずだと。

——恨まれているのかもしれません。

北島の言葉を思い出した無量は、察した。

「では『胡射眞威弩《コシャマイン》』を名乗ってメールを送ってきたのは……」

おそらく、と北島はうなずいた。

「私と毛利は、創業家が経営から手を引くにあたり、利蔵の孫にあたる古寒栄一《えいいち》前会長からの信頼を得て、泰明丸の件も伝え聞いておりました。私以外に当社で泰明丸の一件を知っているのは、毛利だけです」

つまり、毛利が開陽丸の潜水調査に参加するようになったのも、はじめから目的は泰明丸だったというのか。

「しかし、なんで」

「私とコサム水産に対する意趣返しなのでしょう。古寒の過去を暴いて合弁事業を妨害するつもりかと」

北島自身、もしや、とは思っていたが、それが確信に変わってしまった。北島は毛利に対して長く呵責《かしゃく》の念を抱いていた。会社を守るためだったとはいえ、一企業の経営者となるべき未来を毛利から奪ったのは自分だ、との思いがずっとあったからだ。

「〝龕灯《がんどう》のカタ〟なんてはじめから存在しないのです。私がそれを用意できなかったことを大義名分にして、毛利は公表に踏み切るつもりなのでしょう」

「そうでしょうか。暴いて妨害するだけなら、わざわざ要求なんかしないで、マスコミにでも売ればいいだけの話です」

と横からソンジュが言った。

「なんで、毛利さんが〝龕灯のカタ〟を欲しがるのか。何か他に理由があるのでは？」

北島は困惑している。

「利蔵のイクパスイでないなら、私にはもう見当がつきません。古寒が売った地図の対価を〝カタ〟と呼んでいるなら、むしろ音羽のほうがわかっているはず」

その音羽も「わからない」と言うなら、お手上げだ。

司波は状況を理解して「ともかく研さんを捜そう」と言った。

「すでに帰宅したようだから、黒木には乙部にある自宅を訪問するよう伝えた。会って直接、話をしましょう」

司波と北島は乙部に向かうことになり、無量たちも引き揚げられた船簞笥の捜索に加わることにした。

＊

だが、毛利は自宅に帰ってこなかった。

連絡もつかず、その日は仕方なく引き揚げることにした。北島は会社の記録をもう一度調べてみると言い残し、函館に帰っていった。

萌絵がイカ釣り漁船を突き止めたのは、翌日のことだった。例の夜、乙部から操業に出ていた何隻かのうちの一隻が、江差沖にいたことが判明したのだ。船主に話を聞いたが通常の操業だったと言われてしまった。毛利が乗船していたことも否定されたが、その後、船主は毛利の親戚《しんせき》だったことが判明した。

消えた船簞笥のほうは、まだ見つからない。毛利の行方もつかめないままだが〝龕灯のカタ〟の手がかりは思いがけぬところから見つかった。

きっかけは八田からの知らせだった。

『古寒利蔵のものと似た祖印《イトクパ》が彫られた民具を見つけました』

八田が集めていた祖印《イトクパ》のデータから利蔵のイクパスイとよく似た祖印《イトクパ》が見つかったという。

送ってもらった画像にあったのは小刀だ。

小刀の鞘《さや》にはアイヌ文様が彫られている。アイヌの「マキリ（小刀）」のようだ。その柄には「×印」と「四本線」と「シャチ印」が刻まれている。

四本線に見える部分は「三本線」に後から一本足されたようにも見える。

「どこで見つかったんすか」

元の所有者は酒井《さかい》という松前町の住人だ。十年ほど前に松前町へ寄贈されたものだという。

八田が元所有者と連絡をとり、話を聞いたところ、小刀《マキリ》は亡くなった祖父の遺品で、祖父はもともと上ノ国の石崎に住んでいたとのことだった。

「石崎？　って笹尾家のあるとこじゃないすか。縁者ですか」

『縁者ではないみたい。その方は家族が鉱山で働いていたとか』

「鉱山？」

上ノ国町の石崎地区は石崎川の河口にある。上流にはその昔、鉱山があった。

北海道の道南部には、日本有数のマンガン鉱床が存在していた。電池や特殊鋼などに使われるマンガンは、昭和の初め頃に最初の鉱山ができて、高度経済成長期に著しく需要が増えると一気に開発が進んで最盛期を迎えて、大小二十を超える鉱山が石崎川の上流で操業するようになり、働く人々とその家族が住み、今からは想像できないほど賑《にぎ》わっていたという。

現在ではすべて閉山してしまい、ほとんど無住の地域になっている。

『その小刀《マキリ》は、元所有者の祖父が子供の頃、近くに住んでいたアイヌの老人と子供からもらったそう』

「アイヌの老人……。コタンがあったってことですか」

『それが、山奥の一軒家で孫らしき子供とふたりだけで住んでいたみたい』

昭和の初め頃の話だという。その「孫らしき子供」と元所有者の祖父が友達になり、時々、遊びに行っていたようだ。地域の大人とはほとんど交流がなかったせいか、親からは「怪しい家だから遊びに行くな」と止められていたが、祖父はその老人から魚の捕り方を教わったり、木彫りを教わったりして、その家に通うのが子供たちだけの密《ひそ》かな楽しみだったという。

だが、老人は亡くなり、孫らしき子供もどこかに引き取られて、いなくなってしまった。

『その老人と子供からもらったのが、小刀だったんですって』

それ以上のことは伝わっていない。

昭和の初めの頃の話だから、老人が何者だったのか、いまとなっては確かめるのは難しい。祖印《イトクパ》の形は極めてシンプルだし、これだけを見て「古寒利蔵」の所有物だったと断定もできない。

だが、「利蔵のものではない」とも言い切れない。

『元所有者のお祖父《じい》さんの幼なじみが石崎に住んでいることがわかりました。もしかすると笹尾さんがご存じかも』

無量のそばでやりとりを聞いていたソンジュが「聞いてみてください」と横から言った。そして無量に、

「利蔵の出身は太平洋側の鷲ノ木。これだけ離れたところで祖印《イトクパ》が同じというのは、ただの偶然とは思えません」

「ああ、昭和初期の話なら幕末生まれの利蔵さんもまだ存命だったかも」

連絡がとれ、無量とソンジュは直接、話を聞くべく、急遽《きゅうきょ》予定を切り上げて石崎に向かった。

目的の人物の名は、斎藤友治《さいとうともはる》と言った。若い頃からマンガン鉱山で働いていたが、閉山とともにリタイアし、今は息子とともに釣客相手の船宿を営んでいる。この日の海は

時化《しけ》で船も出ておらず、無量たちは運良く会うことができた。

「ああ、川の上流さ住んでたアイヌの爺《じ》っさまの話か。スガオとよく遊びさ行っだなあ」

スガオとは小刀の元所有者の祖父・酒井菅雄《すがお》のことだ。当時はまだ鉱山もできる前で、斎藤たちは石崎川の中流域に住んでいた。

釣り具の手入れをしながら、斎藤は、

「いま振り返っと、なんであんなどこさアイヌの爺っさまが住んでたのか。しかも、孫とふたりっきりでよ」

その老人は長いひげをたくわえ、昔ながらのアイヌ装束を身につけていた。女房もおらず、他の家族も見当たらなかった。まるで世を忍ぶように山奥にひっそりと住んでいた。

「石崎川は鮭が来る川でよ、昔ながらの漁して暮らしでだっけなあ。ほとんど自給自足だったんでねえがな。年に一、二度、干鮭売りに早川《はやかわ》の集落さ出て来るごどもあったが、普段は山さこもって滅多にはおりて来ながったど思うよ」

石崎川の河口には中世の頃、和人の比石館があったが、それも元々はアイヌの砦《チャシ》だったと言われている。石崎川はかつて砂金がとれた川でもあり、その昔はアイヌも住んでいたようだが、和人の進出でその数を減らしていったようだった。

「爺っさまは無口だったが、日本語は流ちょうだった。子供にも優しかったっけな。確か、ここの生まれではねくて、若い頃は小樽《おたる》や留萌《るもい》のほうで鯡《にしん》漁のヤン衆に交ざって働いたとも言ってだっけ」

「小樽や留萌で？　では、なんでここに？」

その理由まではわからないという。

大人たちは「砂金目当てに流れてきて住み着いた」なんて噂をしていたが、その老人の家で金など見たことがない、と斎藤は言った。

住んでいる家も、決してアイヌの伝統家屋のような立派なものではなく、手作りの山小屋といったふうだった。自分のことを「アイヌ」だと名乗っていたから、そうなのだと思いこんでいたが、どこで生まれたかなどの話は聞いたことがない。

「海の生まれだとは言ってだよ」

斎藤は釣り具を並べながら、記憶を辿《たど》った。

「日本海側の？」

「いや……。子供の頃は海から太陽が昇った話ばしてだから、向こう側じゃねえがな」

無量とソンジュは互いを見た。

斎藤は一度思い出したら、次から次へと記憶が甦《よみがえ》ってきたのだろう。あんな遊びをしたこんな遊びをした、と話し続ける。歳を取ると存外、子供の頃のことのほうがよく覚えているものだから、芋づる式に記憶が記憶を呼んでくる。

話が家の中のことに及んだ時だった。

「ああ、そうだ。思い出した。家に金目のもんはながったが、妙なもんがあったよ」

「妙なものとは」

「十字架だ」

と斎藤は言った。

「木でできた十字架だった。それも普通の十字架でねくてよ、……上と下にもう一本ずつある」

そこまで聞いて、無量たちはピンと来た。

「八端十字架のことですか」

画像検索して見せると、斎藤は大きくうなずいた。

「これだこれだ。これが飾ってあったんだよ」

無量とソンジュは息を止めた。

ハリストス正教会の信者？

まさか、その老人は本当に……。

＊

昭和初期に石崎川の近くに住み着いていたアイヌの老人。

利蔵と似た祖印《イトクパ》を彫った小刀《マキリ》を持っていたその男は、ここの生まれではなく、小樽や留萌の漁場で働いていたという。斎藤は無量たちに幼い頃の話を語っているうちに、いろいろなことを思い出してきたとみえる。

手作りの口琴《こうきん》を与えてくれて、その鳴らし方を教わったこと。刀を持った踊りや耳慣れない不思議な節回しの歌、初めて見る道具、祭具……。初めは物珍しさからだったが、それらの使い方を知り、歌や踊りを教わって、見よう見まねで鍔《つば》を鳴らしながら大地を踏みならしていると、山や木々と一体になれる気がした。普段は気にとめないものに目をこらし、耳を澄ますようになった。

いま思えばそれは「アイヌを学ぶ学校」だったのだろう。先入観のない子供の無垢《むく》な好奇心でその文化に触れていた。

老人は村の大人たちとは交流を持たなかったが、たまによそから訪ねてくる書生とみえる若者がいたという。学生服を着たその若者は、来ると必ず数日滞在していく。老人と話しながら何かを書き留めて、帰る頃には分厚い雑記帳が文字でいっぱいになるほどだった。

――あれは何者だったんだろうなあ。

聞き取りを終えて、帰路につきながら、無量とソンジュは話した。

「やはり、利蔵さんでしょうか……」

消息不明になった後、自決したのでは、などと北島は言っていたが……。

太平洋に面した海のそばで生まれ、八端十字架を飾っていた。

持っていた小刀《マキリ》には利蔵のと似た祖印《イトクパ》が刻まれていた。

断言はできないが、その可能性はある。

「当局から追われて身元を隠し、季節稼ぎのヤン衆に紛れこんであちこちを転々としながら、昭和の初めまで生き延びてたってことか……」

その間の足取りが全くわからないから、なんとも言えないが。

だいぶ往復しなれた海沿いの国道からは、時化た海が望める。岩礁は白い泡に包まれ、海は不思議な乳青色になっていた。かもめが風に煽《あお》られて凧《たこ》のように翻弄《ほんろう》されている。

丘の上の巨大な風車も勢いよく回っている。

ハンドルを握りながら、ソンジュが言った。

「もし利蔵さんなら、何があったんでしょうね」

「……」

「誰よりも先にアイヌの暮らしを捨てて、率先して和人に溶け込み、和人風の名を名乗るようになってた人が……、どういう心境の変化だったんでしょうね」

当時のアイヌの生活は、同化政策と近代化というふたつの波に翻弄されて、大きく変容していた。アイヌ以外の人間がアイヌの人々に抱きがちだった「普段から昔ながらの民族装束を着て狩猟を行い、山中に住む」などというイメージは、実際の暮らしとはとうにかけ離れたものとなっていて、アイヌ自身も「伝統文化や宗教の継承」と「現今の文明への適応」という課題の狭間《はざま》に立って、自分たちのあり方や進むべき道を模索している。そんな時代だった。

だが利蔵は時代に背を向けるように、山中に引きこもった。単に身元を偽るためだったのか。それとも何らかの心境の変化が、利蔵に今までの生き方を捨てさせたのか。

「利蔵さんが生きていたとなると〝龕灯《がんどう》のカタ〟もその手元にあったってことでしょうか。息子が継いだ古寒商会には、それらしきものは何も残ってなかったそうですし」

「なんとも言えないな。大体、〝龕灯のカタ〟が何なのか。それがわからないうちは、推理のしようもない」

無量はシートにもたれて、腕を頭の後ろにまわした。

「地図と交換に受け取ったものか……。それが金銭とかでなく、物なんだとしたら、利蔵老人が亡くなった後、どこにいったか、だな」

それについては知るものはいない。

古寒家にもない。

唯一、老人と一緒に住んでいた孫らしき子供が何か知っているかもしれないが。

「その子も行方はわからず、か。さて、どうしたもんかな。なんの記録を見れば、その子の行方がわかるんだろう」

少し進んでは行き止まり、を繰り返す。進展しているのか、いないのか。

調査整備センターに戻ってきたふたりを待っていたのは、萌絵だった。萌絵は船箪笥《ふなだんす》と毛利研児の行方を捜していたはずだ。

「毛利さんの行方はまだわからないんだけど、北島社長から連絡が」

函館に住む小暮のもとで新たな発見があったという。

「ペトランケさんの壁掛けイコンから手紙が見つかった？」

そういえば、近々修復に出すと言っていた。修復業者のもとで壁掛けイコンを解体したところ、聖画と木彫額の間から古い手紙が見つかったという。当時の小暮の当主宛《あて》に投函《とうかん》されたその手紙には、驚くべき内容が記してあったのだ。

〝トシヤクィ様の御遺骸《いがい》は龕灯のカタとともに早川の聖堂に埋葬致しました〟

「トシヤクィ……って利蔵の本名じゃないか？」

誰かが利蔵の死に際し、その埋葬に携わったことを報告している。しかも「龕灯のカタとともに埋葬した」と書いてあるというではないか。問題はその場所だ。

「聖堂に埋葬したって書いてあるでしょ。聖堂って言ったら、ハリストス正教会の聖堂じゃない？　そのどこかに利蔵さんのお墓があるってこと？」

しかも、その亡骸《なきがら》と一緒に〝龕灯のカタ〟まで埋めたという。

「つまり〝龕灯のカタ〟を手に入れるにはお墓を掘らなきゃならないってこと？　確か正教会の墓地はちょっと離れた函館湾を見下ろす高台にあったけど、その中のどこかに利蔵さんが眠ってるっていうのかな」

函館に行ってお墓を探さないと！

先走る萌絵に「いや」と無量が首を振った。

「早川の聖堂って書いてある。ハリストス正教会の住所は？」

元町ですね、とソンジュが検索して、即答した。

「早川という地名は函館には見当たりません」

「他の場所にある聖堂ってこと？　どこよ、早川って」

函館でないならば、他に見当がつかない。頭を抱える萌絵の横で、無量がふと思いだし、

「例の鉱山ができた集落って、どこだっけ」

「石崎川の上流ですね」

「斎藤さんが住んでたってところは」

あっとソンジュも気がついた。

「早川の集落って言ってました」

「そこに聖堂があったってことか？」

話が見えなかった萌絵に、無量が説明した。

早川という地区にはその後、鉱山の労働者とその家族が住む町ができた。昔は学校や商店もある大きな町だったようだ。そのどこかに聖堂が建っていたのだろうか。

「でもなんで小暮さんのところに手紙が来てたのかな。しかもイコンに隠すなんて」

「わからないけど、古寒家には出せなかったのかもしれない」

「当局に気づかれるのを避けたってことですか？」

利蔵は追われる身だった。スパイ行為に及んだ人間を出した家への郵便物には検閲があったかもしれない。そこまではなかったとしても直接家族には伝えられない事情があったとも考えられる。

「でも、利蔵は近くの集落のひととは交流がなかったそうですよ。どうやって住所がわかったんでしょう。誰がこの手紙を？　例の孫ですか？」

「いや、もうひとりいる」

無量に指摘され、ソンジュはちょっと考えてから「そうか」と気づいた。

「書生だ。利蔵を時々訪ねてきたって言う」

「その書生が利蔵から身内の連絡先を聞いていて、訃報《ふほう》を知らせようとしたんだろう」

だが、何者なのだろう。

地元の住民とも付き合いを持たないような老人のもとに、学生が通ってくるというのも妙な話だ。

「萌絵さん、その手紙の差出人の名は？」

「便箋《びんせん》には〝トミアウシ〟って名前が書いてあったそう」

トミアウシ――。

アイヌの名前のようだが。

「血縁なのか何なのかはわからないけど、ある程度、事情を聞けるくらいには親しかったってことだよね。しかも〝龕灯のカタ〟のことまで書いてあるってことは、利蔵さんが彼には泰明丸のことも話してたってことじゃない？」

「……早川の聖堂、か」

無量は顎《あご》に手を当てて考えた。

そこにもし〝龕灯のカタ〟が本当に埋まっているのだとしたら……。

「それさえ見つけられれば、『胡射眞威弩』から船簞笥を取り返せるかもしれません。利蔵の墓、探してみる値打ちはあるんじゃないでしょうか」

そこにいけば、何か手がかりが得られるかもしれない。

墓暴きを望むわけではないが、無量の耳の奥ではイクパスイの中で鳴っていたあの不思議な音色がまた鳴り始めていた。

探すしかない。

「その聖堂があった場所を詳しく聞き出そう。斎藤さんにもう一度連絡を」

第七章　トシヤクイの祈り

だが、期待は外れた。

斎藤《さいとう》によると、早川地区にキリスト教の教会などはなかったという。寺はあったが、聖堂と呼べるものではなかった。調査は行き詰まったかに見えたが、斎藤のある一言が無量《むりょう》たちに手がかりをもたらした。

「そういえば、爺《じ》っさまは日に二回、十字架を拝んでるって言ってだっけ」

十字架はただの飾りではなかった。きちんと礼拝をしていたのだ。

礼拝をする場所……礼拝堂。ハリストス正教会でいうところの……、

聖堂？

翌日、無量たちは斎藤とともに廃鉱の村に向かうことになった。

石崎の集落から道道六〇七号線に入り、石崎川を遡《さかのぼ》るように走る。五キロほど走ると、中外《ちゅうがい》鉱山跡が見えてくる。昭和初期から操業を始めたマンガン鉱山で、コンクリート製の巨大な牛乳瓶を何本も並べたような独特の景観を持つ施設は、焙焼炉《ばいしょうろ》という。マン

ガン鉱を精製するための設備だ。ここでマンガン鉱石を焼いていた。

「このあたりが全部、町だったんだよ。鉱山関係者が六百人、その家族やら何やら合わせると千五百人くらい住んでたんだ」

他にも小さな鉱山がいくつかあり、あの音羽《おとわ》の鉱山もこの周辺にあったという。閉山とともに人は去り、今は無人の地域となった。生い茂った草に埋もれるようにして廃墟《はいきょ》となった建物がところどころに残る。鉄骨がむき出しになった事務所、壁が崩れ屋根が落ちた住宅、窓が割れ、中まで草が生えた集会所……。商店の看板に書かれた昭和の書体が懐かしく、かつてのにぎわいが想像できる。風雪の中で朽ちていく建物は、だが確かにここに人々の活気溢《あふ》れる暮らしがあったことを教えてくれる。

無量は枯れススキに埋もれた集合住宅跡の路地に、かつてそこに住んでいただろう家族の日常が、影法師のように浮かぶのを見た。

斎藤の指示に従って、山に入っていく小道の手前で車を止めた。

「この道だ」

斎藤は山のほうを指さして、

「この細道をまっすぐさ行ぐど沢さ出る。沢さ沿ってひたすら四十分くらいあがっていぐど赤松が生えた大きな岩がある。上が平らで〝畳岩〟ど呼んでだ。岩の上に石仏の入った祠《ほこら》があるがら目印になるはずだべな」

その岩の下の分かれ道を右に進んでいくと、屏風岩《びょうぶいわ》が見える尾根に出る。越えていくと少し開けた場所に出る。老人の家はそのあたりだった、と斎藤は説明した。

「ただもう人の行き来がねぐなって久しいがら、道は怪しくなってんべ。わがらねぐなったら無理して行がねえほうがいい」

熊が出るかも知れないから、と斎藤は熊よけの鈴を貸してくれた。

「ありがとうございます」

「気ぃつけて行けよ」

案内を終えた斎藤を萌絵《もえ》が車で送るのを見届けて、無量とソンジュは装備を確認すると山に分け入った。

山道は進むほどにどんどん細くなり、獣道の様相を呈してきた。足下は一面、葉に白い縁取りがある熊笹に覆われてきて、ソンジュには道との見分けがつかないが、無量には多少見えているのか、葉を払いながら、迷いなく進み続ける。ようやく熊笹地帯から抜けると、今度は崖《がけ》のような急斜面だ。

「また坑道に入ったりしないですよね」

「それはないけど、この時期は熊だな。冬眠前の」

「熊のご馳走《ちそう》になるのはごめんですよ」

「歌でも歌ってくか」

熊鈴をガランガラン鳴らしながら、無量は大声でアニメソングを歌いつつ山に分け入っていく。

ソンジュは自作の遺跡探査アプリを手に標高図と周辺の様子を照合している。廃鉱の町からはだいぶ外れたと見えて、もう建物の跡らしきものも見当たらない。山を流れる川には護岸もなく、熊笹が生い茂る原生林そのものだ。

『西原《さいばら》くん、道はどう？　迷ったりしてない？』

萌絵がリモートでアシストする。かろうじて電波が届くので助かる。無量たちのライブ動画を見ながら、斎藤が要所要所で指示をくれるが、画面では遠近感や高低差が掴《つか》みにくいのか、なかなか記憶とのすりあわせが難しいようだ。

それでもなんとか川を目印に歩き続けて、とうとう大きな岩が見えてきた。上部が舞台のように平らになっており、小さな祠が建っている。

『その岩だ。それが畳岩だ』

と斎藤も確認した。そこからはもうあと十分ほどでたどり着くという。

「分かれ道を右、か」

尾根のほうにあがっていく道がある。だが、その先で道が途切れ、完全に迷ってしまった。しかも運が悪いことにソンジュの遺跡探査アプリにも不具合が生じ、位置情報が得られなくなってしまった。

「まいったな、お手上げです」

無量はあたりを見回した。もうそう遠くはないはずだ。自分が住むとしたら、どういう場所を選ぶか。利蔵《としぞう》の気持ちになって考える。この時

間に日陰になるような場所は駄目だ。山中でも少しでも長く日が差し込む場所を選ぶだろう。だとすると、

「こっちか」

無量は歩き始めた。

「大丈夫ですか。引き返したほうがいいんじゃ」

「たぶん、そんなに遠くない。信じろ」

「信じろって」

人間は家を建てようとするとき、本能的に居心地のいい立地を選ぶ。それは城でも砦《とりで》でもそうだ。根拠はある。人が「良い」と思う場所からは、なぜか、過去の遺物がミルフィーユ状に出てくるからだ。今の人間が「良い場所」だと思うところは、大昔の人間も「良い場所」だと思う。どの時代の人間も「良い場所」だと思う。それは普遍の真理としか言い様がない。言語化もしようと思えばできるが、大体は後付けで、人間は直感的に「良い場所」を嗅《か》ぎ分ける。

自分が「ここなら住める」と直感する場所。

きっと利蔵もそこを選んだはず。

斜面を横移動して尾根を越えたところで蛇行した川のそばの平坦《へいたん》地に出た。

「ここは」

まるで天然の砦のような地形だ。直感的に「ここならいいかも」と思った。

適度な広さ、日当たり、樹木の配置、風の抜け具合……。深い山中だが陰湿な感じがなく、もし休憩をするならここがいい、と自然に思える場所だ。

だが、そこも熊笹に覆われている。根が強いので、廃屋などでは手入れしないとあっという間に根を張って、生い茂ってしまう曲者《くせもの》だ。だが地面が強くなるので崖崩れを防ぐ利点もある。冬期の積雪にも持ちこたえられる熊笹は、この地方の山では珍しくない。食用にもできるし解毒の漢方薬にもなる。防風効果もあって家の屋根にも使え、使い道はたくさんある。

斎藤に伝えると、老人の家でよく熊笹茶を飲んだことを思い出した。

『ちょっとカメラぐるっと回してけれ。……そうだ。うん、見覚えがある。その三本並んだミズナラ……。爺《じ》っさまがよく木を削ったイナウ（木幣）を立てかけてた』

他に何か痕跡《こんせき》はないか、と斎藤に聞かれ、見回した。

「あそこ、何か積んでありますね」

丸太らしきものが横倒しに積み重なっているのが見える。ただの倒木ではない。人の手で加工された痕跡がある。倒れた家の残骸《ざんがい》だと気づいた。

その奥の土から黒い物体が顔を覗《のぞ》かせている。土を除くと埋まっていたのは鉄鍋《てつなべ》だ。よく見ると焦げた痕《あと》もある。周辺の土を見ると囲炉裏を切った痕跡らしきものがある。

そのそばからは火箸《ひばし》も見つかった。

斎藤に見せると、古い記憶が鮮やかに甦《よみがえ》ったのか、興奮した口調で、

『爺っさまが囲炉裏で使ってた鉄鍋だ。まちがいない。そこが爺っさまの家だ』

ここが利蔵の家の跡……？

決して広くはない。おそらく家というより小屋、といったサイズだろう。川のそばの平坦地を切り拓《ひら》いて建てた。そんな感じだ。

『下の川で捕った鮭《しゃけ》をよぐ梁《はり》から吊《つる》しでだよ。干鮭《ほしじゃけ》は〝アタッ〟ていって、爺っさまのうちはいつも干鮭ど囲炉裏の薪の香ばしいにおいがしでだべさ』

無量たちは笹を払いながら、周辺をくまなく見てみる。コの字形をして先が尖《とが》った鉄製品を見つけた。

『それはマレプっていう自在銛《もり》だ。鮭《しゃけ》を捕る道具だ。爺っさまが使ってでだ』

「こっちの丸いのも？」

『そっちはマプだ。棒さ付げで川さ流しで魚引っかけんだ』

斎藤の脳裏には漁をする老人の姿が生き生きと甦っているのだろう。そこには間違いなく、かの人の暮らしの痕跡があった。

ここが利蔵の終《つい》の棲家《すみか》があった場所なのか。

無量は目の前に広がる景色をじっと見つめている。話すのをやめてしまうと、静寂に包まれているのに気づく。聞こえてくるのは自然の音だけだ。川が流れる。時折、風に木々がざわめく。山林から差し込む木漏れ日に熊笹の葉が光っている。

山の奥深く、ひとが近づかないこの場所で、ひっそりと生涯を閉じたのか。

アイヌの村を出て自分と同じ「としぞう」という名の男と出会い、銃弾の雨の中を生き延びて、文明開化の函館で大いに商才を開花させ、キリスト教を信仰し、スパイ疑惑で国に追われて、名を隠して漁場を渡り歩き、たどりついたのがこの山だったのか。

無量は錆《さ》びたマレプを掌《てのひら》に包んで、利蔵の人生に思いを馳《は》せた。

「墓らしきものはありませんね」

ソンジュが言った。

斎藤も、死んだ利蔵がどこに埋葬されたかは、知らない。

『それ知ってんなぁ、多分、爺っさまと一緒さ住んでた子供と、あの書生だけだ。子供の名は……そうそう、アラテバ』

斎藤が記憶を紐《ひも》解《と》きながら語った。

『忘れもしねえ。雪虫が飛んだ日だ。あの日、アラテバが俺の村さ現れでよ。ひとりで山から下りできだのなんて初めてでだったがら、どうすたぁ？　って訊《き》いたんだ。そすたら……』

アラテバは利蔵の死を伝えに来たのだ。そして「電報の打ち方を教えてくれ」と斎藤たちに頼んだ。手には電報の宛先《あてさき》が書かれた紙があった。村の子供たちの協力で無事に電報を打ち、例の書生が駆けつけたという。埋葬はその書生とアラテバがふたりで済ませた。

孤児となったアラテバは、江差の商家に丁稚《でっち》奉公のため引き取られることになった。

利蔵の形見の小刀《マキリ》は、刃物であることを理由に奉公先に持っていけなかったので、一番仲が良かったスガオに泣く泣く預けたという。

『スガオは小刀が爺っさまの形見だってわがってでだがら、自分の宝物だったベーゴマをカタだっつって渡したんだ。今度会う時、お互いさ返そうって約束しだんだわ』

酒井菅雄《さかいすがお》が持っていた小刀にはそういう経緯があったのだ。

彫られていた祖印《イトクパ》は、アラテバに与えられた祖印《イトクパ》だった。利蔵が息を引き取る前に、三本線に一本加えて四本線にしたのだと。

「亡骸《なきがら》はやっぱり、家の近くに埋葬してたのか……」

「墓石を探そう。なくても、何か目印があるかも」

無量とソンジュはその周辺をくまなく探し始めた。しかし、墓石らしきものはいっこうに見当たらない。あったとしても、これだけ熊笹に覆われてしまっていては、見つけるのは困難かもしれない。

ふと、無量が何かの音に反応して、後ろを振り返った。ソンジュが気づき、

「なに？　なんです？」

「いや。いま何か音が」

「クマですか。クマがいるんですか」

しっと無量が指を立てた。ソンジュが口を押さえて固まった。身じろぎせずに無量は耳を澄ましている。

聞こえたのは、あの音だった。イクパスイに触れた時に聞こえた何かを爪弾《つまび》くような音だ。

斜面の上のほうから聞こえてくる。

無量は斜面を登り始めた。熊笹の生えている場所よりも上だと直感したのは、笹の強い根の張った地面は穴を掘るには不向きだと思ったせいもある。あがっていったところで、無量はハッとした。

「ここは」

見覚えがある。細い涸れ沢の脇にある平坦地だ。

追いついたソンジュも気がついた。

「えっ。ここ、夷王山の現場とそっくりじゃないですか？」

「ああ、俺も同じとこに出たのかと思ったわ」

偶然だろうか。ただ、厳密には平坦とは言えない。少しだけマウンドのように盛り上がっているところがある。ふたりでその周辺を念入りに見る。墓石のようなものは見当たらないが……。

右手が訴えてくる。掘ろう、と。

耳を澄ますようにしながら、じっと地面を見つめている。

無量は意を決すると右手の革手袋を外した。

ソンジュはギョッとした。

手の甲に鬼の顔がある。口をつり上げて嗤《わら》っている。……ように見えた。

まともに見たのはこれが初めてだった。忍《しのぶ》から右手のヤケド痕のことは聞いていたけれど、公衆浴場では人目を気遣ってタオルを巻いて隠していたし、前回の発掘では一度も手袋を外さなかった。

これが西原無量の〈鬼の手〉……。

ソンジュは目が離せなくなってしまった。想像以上に痛々しい。異常に盛り上がった赤黒い皮膚は醜く、一部が引きつったり癒着したりして見るからに不自由そうだ。

ひとが日常、自分の体の中で一番目にするものは、手だ。顔なんて鏡を見なければ一生見なくても済むが、手はそうはいかない。何をするにしても見る。利き手なら尚更《なおさら》そうだろう。こんな醜く変わり果てた自分の手を日々、目にして生きてきたのか。その絶望感を思うと言葉が出てこなかった。これが無量のハンデであり、アドバンテージでもあるのだ、ということを、ソンジュはいくらもしないうちに理解してしまった。

「見たの初めてだっけ？　キモかったらあっち向いてていいよ」

「いや。そういうんじゃなく……」

無量の正体はこれなのだ。

こんなヤバイものを隠していたのか。これが西原無量の秘密だったのか。

これが祖父から手を焼かれた人間の「傷」なのだ。「奇跡の発掘《ミラクル・ディグ》」を生むという。

勝てないかもしれない……。

初めて思った。この「傷」にはかなわないと。

それは単に肉体の傷のことではない。その癒《い》やしがたさの前には屈する他ない。どんな地獄を見たらこんなむごい手になるのか、と。

「こいつは相棒みたいなもんでね」

「相棒？」

「今となってはね。俺の相棒なの」

焼かれた手が、相棒？

どうしてそんな戯《ざ》れ言が言えるんだ。道具を握れるようになるまでだって地獄だったはずだ。遺物を捏造《ねつぞう》した祖父のどんな怨念《おんねん》がこうさせた？「奇跡」を生んでいたのは無垢《むく》で純朴な好奇心なんかじゃなかった。この手が無量自身にもたらしたものは理不尽な悪意への恐怖と恨みと怒りだけじゃない。被害者になってしまったことへの後ろめたさや喪失感、そして拭《ぬぐ》いがたい絶望だったはずだ。だとしたら、なんて禍々《まがまが》しい「奇跡」だ。

ソンジュの戦慄《せんりつ》に無量は気づきもしない。身に備わった作法のように右手を地面にかざし、押し当てた。土の細かな粒子まで、味わうように、じっくりとゆっくりと土を触っている。ソンジュは気味が悪くなり、

「なにしてるんですか。鬼に食わせようとでも？」

無量は、ちら、と目を上げ、

「別に。こっちの手の方が土のしまりがよくわかるから」

面倒なのでそう説明したが、今、右手は耳なのだ。地面の下から聞こえる歌に「耳」を澄ましている。かすかすぎて、集中しないと聴きとれない。自分の耳で聴いている感じはしない。聴きとれるのは、右手の鬼の「耳」だけだ。

途切れ途切れの歌だ。

でも確かに聞こえる。

かすかに、この土の下から。

「掘ろう」

無量が言い出した。

「この下にイクパスイがある」

ソンジュはぞっとした。何を言っているんだ。

なんでそんなことがわかるんだ。

この男には死者の声が聞こえるのか？

「……その根拠はなんですか。なんで見えてもいないものがわかるんですか」

「見えてないけど、聞こえた」

「聞こえたって何が。遺物が地下で音を発してるとでもいうんですか」

危険だ、とソンジュは思った。この男はだめだ。発掘者として不適格だ。こんないかがわしいことを口にする人間が、公正で厳正な発掘になど携わっていいはずがない。

『西原くん、聞こえてる？』

　萌絵の声が割って入ってきた。

『掘るならちゃんと記録をとってからにしてね。万人がわかるようにね』

「わかってる。ソンジュ、位置情報は」

　我に返って画面を見ると、不具合を起こしていたアプリが息を吹き返している。位置情報も明確だ。

「……大丈夫です。いまなら撮れます」

「よし、おまえはそこで撮ってろ。見たこと全部実況してけ」

　動画撮影はお手の物だ。録画を開始し、無量は背負っていたリュックからスコップを抜いた。死者の許しを請うように一度手を合わせると作業を開始した。

　ソンジュは半信半疑だ。無量はもちろんのこと、萌絵の慣れた対応にも耳を疑った。いつもこうなのか。これが彼らの「当たり前」なのか。ぞっとする。

　積もった落ち葉を取り除き、表土を剝《は》ぐとまもなく土坑の跡が出てきた。

　幅五十センチほどを長方形に掘った痕跡《こんせき》だ。土葬だとすると、亡骸を埋葬するには小さい。これは墓穴ではない。火葬ならば骨壺《こつつぼ》の類《たぐ》いが出てくるはずだが。

　発掘屋の勘が働いたのか。

　途中から移植ごてに持ち替える。あとは一心不乱に掘り続ける。ソンジュが横から手を出せる空気ではなかった。土の中にあるものを匂いで嗅《か》ぎ取っているとしか思えない。

確信に満ちた掘り方は、まるで動物だ。獣が土に埋まった獲物を嗅ぎとり、掘り当てようとしている。そうにしか見えない。

ふいに無量の動きが止まった。

道具の先が硬いものにあたったためだ。

「板……？」

木製品だ。外寸は三十センチほどで、船簞笥《ふなだんす》のように四方を鉄で補強した箱だった。

表面に多少の劣化は見られるが、状態は良好だ。

「これか……」

記録して、土坑から取り上げる。

持ち上げると、重い。何か金属製品が入っている感触がする。

一度地面に置いた。

「開けるぞ」

蓋《ふた》を持ち上げると、中にはもうひとつ内箱が入っている。

その上に載せてあったふたつの木製品を見て、無量もソンジュも息をのんだ。

「これは」

八端十字架とイクパスイだった。

木製の十字架は、斎藤が「老人の家にあった」と証言していたものに違いない。

イクパスイのほうには、笹尾《ささお》家のものとそっくりな〈泪《ヌペ》〉の文様が彫り込まれている。

だが彫刻は稚拙だ。技量が違いすぎる。ひとつひとつの文様が大雑把で、彫り損じた痕《あと》もある。バランスも悪くてお世辞にも美しいとは言えない。見栄えが著しく劣るところを見ると、素人による模倣品のようにも見える。

でも無量にはその理由がわかっていた。

裏返すと祖印《イトクパ》がくっきりと刻んである。「×印」と「三本線」と「シャチ印」……。

「利蔵の祖印《イトクパ》だ」

漆も塗っていない。木地のままの素朴なイクパスイだ。

ペトランケ作とみられる〈胡射眞威弩之泪《コシャマインのなみだ》〉と比べると、技巧には雲泥の差があるけれど、きっと記憶を辿《たど》りながら自分で作ったのだろう。その手で。

会ったこともないその人の姿が、無量には見える気がした。自分の手で一から木を切り出し、小屋を作った利蔵。はじめは雨を凌《しの》ぐのがやっとだった。柱を立て、屋根をふき、ひとつひとつ増やしていってようやく家になった。その余り木でイクパスイを作った。自分の小刀を使い、不器用な手で、木を彫った。

見るからに不恰好《ぶかっこう》なイクパスイだが、唯一無二のイクパスイだ。利蔵が作り、利蔵の言葉をカムイに届けてきた道具だった。

だから聞こえたのだ。土の下から発する声が。

「ここだったんですね」

ソンジュも認めるしかない。無量が言ったとおり、土の中にはイクパスイがあった。

それがすべてだった。

「やはり、ここに住んでいたのは古寒利《こさむ》蔵だったんだ」

「なら、こっちの箱は？」

大きな外箱に入っていた、もうひとつの美しい箱。

色鮮やかで、見事な教会の景色と麗しい聖人画の装飾が施されている。絵には光沢があり、一見陶器のようにも見えたが、手に取ってみると軽い。木箱だった。漆塗りにも似ている。

「パレフ塗り？」

ソンジュが知っていた。

「ロシアの工芸品です。確かパレフって町のイコン職人が、ロシア革命でイコンが作れなくなった後、イコンの技法を使ってラッカー塗りの細密画を施した小箱を生産したと。日本の漆塗りにも似た風合いが特徴で、世俗画が多いはずだけど、これはどう見てもイコンだな。もしかしてロシア革命前に作られてたイコンの小箱？」

「ロシア革命前……？　なら、これは」

蓋を開けてみる。

無量たちは息をのんだ。

中に入っていたのは、銀製の脚付杯と銀製のスプーンだ。

杯の表面には十字架と植物モチーフの装飾が施され、どこか重厚で荘厳な空気をまとっている。スプーンのほうも同様のモチーフで、ふたつはセットのようだった。

「銀の食器？　ワイングラスとスプーンって……？」

「いや、これはただの食器じゃない」

ソンジュは神妙な顔つきになっている。

「聖爵《ポティール》と聖匙《ルジーツァ》です」

無量には耳慣れない言葉だった。

「なんだよ、それ」

「正教会で聖体礼儀に用いられるカップと匙《さじ》。聖体拝領の儀式で使われる道具です」

「聖体拝領って、キリスト教の礼拝の時の？　確か、パンと葡萄《ぶどう》酒をキリストの体と血に見立てて、神父さんから授かる儀式のことか？」

正教会では「神品《しんぴん》」と呼ばれる聖職者しか触れることを許されない神聖な祭具だ。信徒はイイスス・ハリストス（イエス・キリスト）の尊体と尊血を食べること（領食）によって身も心も一体となるという意味がある。領聖（聖体拝領）はその信仰において非常に重要な儀式で、どの聖堂にも必ず一組の「聖爵と聖匙」が存在する。

「聖堂の祭具」

無量の中でそれらの言葉が一気に繋《つな》がった。

もしかして、これが……。

「〈龕灯《がんどう》のカタ〉」

無量もソンジュも、それらがここに存在する意味を理解してしまった。

「そうか……。あれは契約だったのか」

聖堂を建てるための、契約。

利蔵が成そうとしていたことは、つまり、そういうことだったのだ。

「国防機密の地図とイコノスタスを引き渡す見返りに、利蔵は自分たちの聖堂を建てるための支援を、その約束を、ロシアの正教会に直接取り付けた。その約束のカタが」

「ここにある『聖爵と聖匙』ってことなんですね」

小暮《こぐれ》が言っていた。利蔵は故郷に自分たちの聖堂を建てることが夢だった、と。

その「夢の聖堂」に必要な「聖爵と聖匙」。

泰明丸が沈められて、当局に追われるようになった後も、利蔵はこれを手放すことをしなかった。雇われ漁夫に身をやつし、漁場を渡り歩く暮らしをしながらも手放さなかった。これだけ高価そうな銀製品だ。金に換えればそこそこの財産になったかもしれない。

だが、そうはしなかった。

利蔵には、いつか聖堂を建てるという夢があったからだ。

この山奥の家に八端十字架が飾られていたことが、その証拠だ。

「早川の聖堂か……」

聖堂には「聖爵と聖匙」がある。

裏を返せば「聖爵と聖匙」があるところは、聖堂なのだ。

無量たちは手紙に書かれた言葉の意味を理解した。

「でも、どういうことですかね。毛利《もうり》さんは〈龕灯のカタ〉の正体が、正教会の『聖爵と聖匙』だって初めからわかってて要求したってことですか？　なんで毛利さんがそれを知ってるんですか。毛利さんは何者なんです？」

無量には、うっすらとだが答えがわかった気がした。

だが確かめるまでは口にできない。

問題はここから出てきた遺物をどうするかだ。これが毛利の要求したものなら、持ち出さなければならない。

「取り上げますか」

「いや。埋め戻す」

「埋めるんですか？　せっかく見つけたのに」

「〈龕灯のカタ〉の正体がわかればそれで十分でしょ。場所は把握したし、一旦《いったん》、元の環境に戻して保存を優先しよう」

ソンジュは「もったいない」と言いたげだったが、今は状況が状況だし、下手に持ち出すことのほうが危うい。動画があれば証拠になるし、取り上げるのは所有権を話し合ってからでも遅くはない。

イスクパイのみ取り出して、「聖爵と聖匙」を収めたパレフ塗りの箱と八端十字架は元通りに埋め戻し、無量たちは引き返すことにした。

*

無量たちが山をおりてようやく登り口まで戻ってくると、すでに萌絵は斎藤のもとから戻ってきていた。ふたりを見ると、

「西原くん、待ってたんだよ！」

萌絵が駆け寄ってきた。必死の形相で、

「大変なことになってるの！　さくらちゃんが」

「さくらがどうした？」

事件が起きたのは、夷王山の発掘現場だった。さくらは今日もミゲルとふたりで作業に当たっていたのだが、出土遺物を運ぶため駐車場に向かったさくらが、突然、姿を消してしまったのだ。駐車場には遺物を入れたコンテナがひっくり返って置き去りにされていたという。

「さくらが拉致《らち》されたってのか！　誰に」

「それが……、ミゲルくんのところに犯人から電話があったって」

「それって、まさか毛利さんが？」

毛利が業を煮やして強引な手段に出たのかと思った。が、そうではなかった。

「水中発掘チームに伝えろって。船簞笥《ふなだんす》を引き渡せって要求してるみたい。さくらちゃ

ん の身柄と交換だって」

「はあ？ 船簞笥って、それどう考えても音羽の馬鹿息子じゃねーか」

船簞笥を手に入れるために潜ったのに、肝心の船簞笥はなくなっていたばかりか、潜水事故にまで遭ってしまって、逆恨みをしてきたとしか思えない。

なんて身勝手な、と怒り心頭に発した無量はいまにも殴り込みをかける勢いで、

「まだ金塊だと思い込んでんのかよ。おまえらが掘ってたのマンガンじゃねーか」

「ここの川、砂金もあったらしいですしね。噂に尾ひれがついたんでしょ」

「先祖が掘ってたもんくらい把握しとけ」

でも、と萌絵が言い、

「変だよね。司波《しば》さんも船簞笥の行方は知らないってこと、音羽の息子なら知ってるはずなのに」

「自分たちじゃ手に負えないから司波さんたちに捜させるつもりなんだろ。あー腹立つ」

道具をトランクに押し込んで、三人は車に乗り込んだ。向かった先はさくらが消えた勝山館のガイダンス施設だ。そこでは八田《はった》が待っていた。

「通報するなと言われてしまったのでまだ警察には知らせてません。ミゲルくんはソンジュさんのマネージャーとおっしゃる方と一緒に捜しに行きました」

萌絵とソンジュは即座に状況を把握したが、無量は怪訝《けげん》そうな顔をして、

「マネージャーってアサクラさん？　なんでアサクラさんに知らせたの？」

「ミゲルくんが伝えたみたいです。ふたりで『犯人に心当たりがあるから』ってすっとんでいきました」

　無量は事態がよく呑《の》み込めていないが、前回の事件でも陰で絶妙に助けてくれたため「アサクラは有能」というイメージがある。会ったこともないが、信頼は置いている。

江差に来ていることも聞いていた。

「さくらは無事なのか」

「さくらさんのスマホから、ミゲルくんのスマホにこれが」

　犯人から送られてきたらしき画像には、どこかの家の中でしょんぼりしているさくらが写っている。目の前のこたつにはショートケーキと紅茶があり、謎に飾り付けされたテーブルには山盛りのお菓子とみかんが積まれている。

「とりあえず縛られたりはしてないみたい」

「お誕生会みたいになってますけど」

「こんなの言い逃れするための偽装だろ。監禁は監禁だ。とにかく捜すぞ」

　無量たちは江差へと引き返した。

　先に動いたミゲルたちは「犯人は音羽泰陽《たいよう》とその一味」と目星をつけ、関係者をあたって捜索を始めたという。犯人からの連絡はすべて、さくらから取り上げたと思われるスマホから送られてくる。

そんな中、司波と合流できた。

「毛利さんとはまだ連絡はついてないんすか?」

さくらがさらわれて船簞笥との交換を要求された、と毛利のスマホにも知らせたが、毛利は電源を切っているのか、電話は留守電でメッセージも既読がつかず、沈黙が続いている。

「船簞笥のほうは見つかったんすか」

「まだだ。研《けん》さんめ、一体どこにもってったんだか」

と司波もやきもきしている。黒木《くろき》と松岡《まつおか》が強引にあちこち押しかけて捜しているが、船簞笥が見つからない以上、音羽泰陽の要求には応《こた》えたくても応えられない。

「どうすんです」

「研さんのことは黒木に任せてあるが、たとえ船簞笥が見つかっても、こんな卑怯《ひきよう》な手を使う奴におめおめ引き渡すわけにはいかん。とにかく、今はさくらくんの身柄を確保するのが先決だ。こちらも万一に備えて作戦の準備をする」

「作戦ですか」

ああ、と司波はメモを無量に差し出した。

「借りてきて欲しいものがある。北島《きたじま》さんにこれを用意してもらってくれ」

＊

さくらが連れ去られた！　との知らせは、萌絵から江差追分愛好会の磯山《いそやま》に伝わった。大騒ぎになった。

最愛の「推しのひ孫」が何者かにさらわれた、と聞いた磯山は激怒した。ただちに愛好会のメンバーに非常招集をかけた。あっという間に広まって会員総出の大捜索が始まった。さすが地元パワーだ。老若男女の情報網がここぞとばかりに強みを発揮して、音羽泰陽の取り巻きグループの家を割り出し、ご近所からの情報を集めた。

そして、とうとう「さくららしい若い女の子を乗せた黒いワンボックスカー」の目撃情報を摑《つか》むに至った。

「萌絵さん、陣屋町《じんやちょう》の一軒家で、さくらちゃんらしき女の子を見たって人が！」

知らせてくれたのは、居酒屋「かもめ」の娘・伊庭碧《いばみどり》だった。黒いワンボックスカーから降りてきた数人の男に囲まれて家に入っていくのを、碧の同級生の母親が見ていたという。

萌絵はただちに忍に連絡をした。陣屋町にある二階建ての一軒家だ。すぐさま駆けつけて、忍たちと合流した。道路向かいにある店の駐車場に車を止めて、忍と一緒に車内から様子をうかがった。

「裏の駐車場におるの、音羽の取り巻きが乗っとったワンボックスやった」

偵察に出ていたミゲルが戻ってきた。時折出入りしているいかつい男は、先日、忍たちに難癖をつけてきた「大輝《たいき》」と呼ばれていた男だ。

「家の前に見張りがいる。中には何人いるんだろう」

「これが中の様子です」

萌絵が忍にスマホを差し出した。ミゲルも覗《のぞ》き込んで、

「なんかケーキ増えとらんか？」

「窓の外に裏の家の松が写ってる。あの家で間違いないな」

犯人から送りつけられてきた写真と照合して、さくらのいる部屋を割り出す。

「窓の感じからすると一階の奥だな。でも北側は急斜面で隣はブロック塀か。やっぱり正面突破するしか」

「本気で突入するつもりっすか。そんな無茶な」

「毛利さんの居所が摑めない以上、司波さんは交渉もできない。交渉できなきゃ、さくらの安全も確保されない。先手必勝だ。だが、どうしたら」

忍が頭を悩ませている横で、萌絵は制圧する気満々だ。

「問題は中に何人いるか、ですよね。私とミゲルくんで突入するとしても、中の人間がどんな配置になってるかわからないことには」

忍とミゲルは大輝たちに面が割れている。忍は思案したあげく……。

「ピザの配達でーす」

萌絵が配達員を装って呼び鈴を鳴らした。居酒屋「かもめ」でテイクアウトしたピザを届けることにしたのだ。玄関先に出てきたのはいかつい男だ。大輝だった。

「ああん？　ピザなんて頼んでねぇぞ」

「え？　おかしいですねえ。確かにこちらの住所あてに注文いただいたんですけど」

「おい誰だあ？　ピザ頼んだの」

大輝たちがやりとりしている間に、萌絵は玄関にある靴を数える。男物が四足、女物が二足。さくらの作業用長靴も確認した。やはり、ここにいるのは間違いない。

「ピザなんて誰も頼んでねーよ」

「おかしいですね。住所は確かにこちらです。陣中見舞いとかって。代金はもう払ってもらってるし、困ったなあ」

「陣中見舞い？　泰陽さんかな」

「持ち帰りましょうか？」

やりとりをしている間も萌絵は帽子のつばの下から横目で家の様子をチェックしている。靴の数から、多くても男四人に女二人。あとはさくらがいる部屋までの動線を確認できるといいのだが……。

「ピザ食べるー！」

一階の部屋から女の声があがった。さくらだった。萌絵の声に気づいたに違いない。

「ピザ食べたい！　おなかすいた！　ピザピザ！」

さくらが機転を利かせ、自分が無事なことを教えてくれたようだ。大輝は人質のわがままに手を焼いているようで、

「わがったわがった。やっぱもらっとくわ」

萌絵は忍たちのもとに戻ってきて偵察結果を知らせた。

「多くても男四人女二人です。この人数なら制圧できます」

「だが向こうも警戒してるだろうし、玄関から堂々と突入ってわけには……。どうにかして中の連中の気を引けるといいんだが」

「催涙弾を投げ込むとか」

「特殊部隊じゃない」

気を引くもの……気を引くもの……。

萌絵が思いついた。頼もしい協力者たちがいることに気づいたのだ。

再び連絡を入れた相手は磯山だった。萌絵の依頼を受けた磯山は、ただちに江差追分愛好会の皆に集合の号令をかけた。

夜七時、近くの寺に集まったのは老若男女総勢四十七名。集結したメンバーが赤穂《あこう》浪士の討ち入りのごとく向かった場所は、吉良《きら》邸ならぬ、さくらが監禁されている家の前だ。

ぞろぞろと全員で家の前に勢揃いすると、陣太鼓ならぬ三味線をかきならし、

「かもめぇぇぇぇぇっのおぉぉぉぉ」

全員で江差追分を唄《うた》い始めた。四十七名の名手たちによる大合唱はすさまじいボリュームになった。突然、外から沸き起こった力強い江差追分斉唱に、中にいた男たちは飛び上がるほど驚いた。何事かと、大輝たちが窓から外を見、

「なんだこいつら!」

あまりの声量に窓ガラスがビリビリ唸《うな》っている。さくらもカーテンの隙間から外を見た。愛好会の人々だとわかった。自分を助けにきてくれたのだ。

「おい、その女ば隠せ! 押し入れさ閉じ込めろ!」

「かもめぇぇぇぇぇっのおぉぉぉぉおお!」

さくらまでいきなり唄い始めたから、たまらない。ほとばしるような声圧に、部屋にいた見張りも腰を抜かした。助けを求めたのでも悲鳴をあげたのでもなく、全力で唄い出したさくらにたまげて「おい黙れ黙れ」と口を押さえようとするが、さくらは「魂の江差追分」で跳ね返し、力強く唄い続ける。外では四十七人の大合唱に驚いた近所の人々が次々と窓を開け、通りかかった車も何事かとブレーキを踏み、通行人はびっくりしてあっけにとられている。

「やめれ、なにやってんだば、やめれって、この!」

大輝がついに窓を開けて怒鳴り始めた。磯山たちの江差追分大合唱は怒りの丈をぶつけてくるため、物凄《ものすご》い圧になった。まるで怒濤《どとう》の波が押し寄せてくるようで、一般人の

叫びなどかき消されてしまう。

「早《はえ》ぐやめれ！」

業を煮やした大輝が愛好会の熱唱を力尽《ちからず》くで止めようと玄関から飛び出してきた。いまだ！　とばかりに萌絵とミゲルが駆け出し、萌絵が真っ先に大輝を制圧した。ミゲルは土足のまま家にあがり、驚いて飛びかかってきた男に頭突きをかます。あとから萌絵も加勢して狭い家の中で乱闘になった。その間をすり抜けるように忍も部屋に飛び込んだ。

「さくら、どこだ！」

目の前に突然現れた忍にさくらは驚き、

「えっ、忍さん!?」

「話は後だ」

家の中で大暴れしている萌絵とミゲルの間をかいくぐり、忍とさくらは外へと脱出した。

「さくらちゃん！　無事だったかい！」

磯山が涙目になって駆け寄ってくる。

「ありがとう、磯山さん！　みんなも！」

萌絵とミゲルは大立ち回りの末、全員を組み伏せてしまった。

玄関先では後ろ手に縛り上げられた大輝が吠《ほ》え、

「おめだぢ、こんな真似してただで済まねっからな！」

「ただで済まないのはそっちでしょ。ちなみに警察には通報しました」

「はあ？　ふざけんなよ！　なぁこそ不法侵入だべ、この！」

黙れ、と忍が冷たく言った。雁首《がんくび》を並べている大輝と取り巻きの前に立ち、

「警察が来る前に全部聞かせてもらおうか。誰の指示だ。音羽泰陽か」

「あ……兄貴は関係ねえ。俺がやった」

「ひとりで勝手に？　理由は。金塊を手に入れるためか」

「船簞笥《ふなだんす》を隠した報復だ！　おかげでこっちは三人死ぬとこだった！」

「それは自業自得ってやつだろう。船簞笥に金塊なんて初めから入ってない。音羽泰陽に知らせろ。手を引けと」

と忍がスマホを差し出したが、大輝は顔を背けた。意固地になっているだけかと思ったが、様子がおかしい。

「………。どうした。早く知らせろ」

「命令したのは兄貴じゃねえよ。親父様だ」

「親父？　社長の音羽泰徳《やすのり》か？」

「ちがう。会長だ」

「え？」

大輝は顔をこわばらせてつぶやいた。

「兄貴の祖父だ。泰臣《やすおみ》会長だ」

*

ポツポツ、と雨が降り始めていた。

鷗島《かもめじま》の前に鎮座する黒い帆船の甲板にも、雨の染みができ始めた。

司波が「首謀者」と会う約束を取り付けたのは、開陽丸前の広場だった。

夜のマリーナには波音が響いている。陸に揚げられたモーターボートの向こうに江差の町の灯《あか》りがにじみ、国道を行き交う車のライトが横ぎっていく。

約束の時間を少し過ぎた頃、黒塗りの車が建物の前にすーっと入ってきて、玄関前で止まった。運転手が先に降りて、開いた傘を差し出しながら後部座席のドアを開ける。

降りてくるのは音羽泰陽のはずだった。

別人だった。降り立ったのはスーツ姿の老人だ。

司波も無量もソンジュも、意表を突かれた。初めて見る顔だ。

白髪を後ろになでつけた老人は、運転手がさしかけた傘の下、後ろ手を組みながら、こちらに近づいてきた。

「君たちかね。泰明丸の船簞笥を引き揚げたのは」

「あなたは？」

「マルオツ会長、音羽泰臣」

外見からすると齢《よわい》九十近いが、腰も立っていて矍鑠《かくしゃく》としている。声はしわがれているが弱々しくはない。時折、開陽丸の帆柱から張られたロープが風に揺れて、帆桁《ほげた》がミシミシと軋《きし》む音がする。

「船簞笥はどこかね。ここに持ってくるよう、言伝《ことづて》したはずだがね」

司波が無量に合図を送り、無量とソンジュが車のトランクから船簞笥を運んできた。

「こちらでよろしいですか」

泰臣会長は外灯の下に置かれた船簞笥をじっと見つめた。

垂れたまぶたの隙間で眼光鋭い目がギラリと光った。

「これは泰明丸のものではない」

司波も無量たちもぴくりと目をあげた。

「船問屋の目を甘くみるなよ、若造ども。泰明丸の船簞笥の金具には『丸に乙』の屋印が刻印されておる」

「船簞笥とは言われましたが、泰明丸のものとは聞いていませんでしたので」

「屁理屈《へりくつ》を言うな。泰明丸の船簞笥に決まっておる」

見抜かれても、司波は慇懃《いんぎん》無礼な態度を崩さず、

「自分のところの船簞笥の見分けもつかないぼんくら跡取りだったなら、適当にあしらってお引き取り願うつもりでしたが、会長のお出ましとあっては仕方ない。おっしゃるとおり、泰明丸の船簞笥はここにはございません。引き揚げたのも私どもではありません」

「ではどこだ。誰が引き揚げた」

「引き揚げたのは、毛利研児《けんじ》ですよ。会長」

振り返ると、開陽丸の船尾側から傘を差した女が近づいてくる。

コサム水産の北島素子《もとこ》だった。

ふたりは顔見知りだった。泰臣老人は納得したようで、

「毛利……、ああ、社長になりそこねたあの男か。どこに消えたかと思いきや」

「潜水士をしていたそうです」

「なるほど。毛利めが引き揚げたのか。それでやつはどこだ。どこに隠れた」

連絡はついていない。

ついてはいないが、と司波は言い、

「あなたがたに船簞笥を引き渡す必要があるとは思えません。どんな事情かは知りませんが、人質をとるなんて、まともな大人のすることとは思えない。警察にも通報しました。これ以上我々の調査の邪魔をしないでいただきたい」

毅然《きぜん》と言い放った司波を、泰臣は口角を深く下げたまま見つめている。

「君たちにとってはただの調査かもしれんが、我々にとっては沽券《こけん》に関わる問題だ。君たちこそ手を引きたまえ。泰明丸の積み荷に手を触れることは、まかりならん」

「我々にとって、百年も前に沈んだ沈没船は考古学研究の対象で、その調査は使命です」

「考古学だと？　片腹痛い。ほんの百年だぞ。そのへんから出てくる誰のものともしれ

ん土器と一緒にされては困る。泰明丸はマルオッの所有する船だ。沈んだ後もだ。許可無く触れることも調べることもまかりならん」

「そこまでして〈龕灯《がんどう》と蠟燭《ろうそく》〉を隠したいんですか」

無量が横から口を挟んだ。

「古寒利蔵の共犯だったことを隠したいんですか」

「君は誰だね」

「音羽屋は利蔵ひとりに罪をかぶせて、自分たちは政府から莫大《ばくだい》な賠償金を手に入れたんでしょ。それを元手に会社でかくして稼ぎまくったことがそんなに後ろめたいですか。泰明丸に触れる者には姥神大神宮の神様のバチが当たる、なんて噂を広めたのも、あなたがた自身だったんじゃないですか。真相を知られると色々まずいから」

泰臣老人は下垂したまぶたの奥にある灰色の瞳《ひとみ》を据わらせた。

雨が強くなってきた。

傘をさしていない無量は濡《ぬ》れた前髪が額に張り付いている。

「古寒の肩を持つのか。解せんな。そこの女社長から入れ知恵でもされたか」

「いいや。聞いたんすよ」

「なにを」

「イクパスイから、利蔵の声を」

泰臣が怪訝《けげん》な顔をし、北島がハッとしたように目を見開いた。その時だった。

司波のスマホが鳴った。電話をかけてきたのは黒木だった。

「なに？　研さんが！」

いくらもしないうちに駐車場のほうから物凄《ものすご》い勢いで軽トラが一台飛び込んできた。無量たちの手前で急ブレーキをかけて止まった。運転席から勢いよくドアを開けて降りてきた男を見て、居合わせた者たちがあっと息をのんだ。

「研さん！」

キャップを目深にかぶり、ひげをはやした五十代の潜水士は、司波に小さく一礼した。毛利研児だった。

後から別の車も追いかけてきた。黒木だった。毛利はやっと留守電を聞いたのだろう、連絡がつき、黒木から一部始終を伝えたところだった。怒りに駆られた毛利はいてもたってもいられず、約束の場所を聞き出して自ら駆けつけたというわけだ。

毛利の目はまっすぐに音羽泰臣に向けられている。

「ご無沙汰《ぶさた》しております。音羽会長」

表情には怒りがみなぎっている。泰臣は泰然として、

「二十年ぶりだな、毛利。このわしに挨拶《あいさつ》もなしに潜水士になどなりおって。一言、頭を下げれば我が社で拾ってやったものを」

毛利もマルオツの会長とは顔なじみだった。コサム水産で毛利たちが起こした社内クーデターを裏で支援したのも、この泰臣だったのだ。だが毛利は昔話をしにきたわけで

はなかった。挨拶もそこそこに詰め寄り、「船箪笥を取り返すために、無関係なよその調査員を人質にとったというのは本当ですか」

「人質？　これはまた大輝めも手荒なまねをしたものだ。手段を選ぶなとは言ったが、ひとをさらえなどとは言っとらん。わしのあずかり知らぬことだ」

その老獪《ろうかい》さが耐えがたいというように、毛利はにらみ返した。

「なんでこんな馬鹿なまねをしたんです。犯罪ですよ」

「犯罪者はおまえだろう。我々の船簞笥を盗んだ。泥棒はおまえだ。泥棒から盗品を取り返すのに手段なぞ選んでられるか」

「だからって、このひとたちは関係ない！」

「大丈夫っす、毛利さん」

無量がなだめるように言った。

「さくらは俺たちが助けました。もうこのひとに従う必要はないっす」

「あなたが『胡射眞威弩《コシャマイン》』だったのね、毛利」

北島が前に進み出てきて毛利と向き合った。毛利の表情が苦々しげに歪《ゆが》み、後ろめたそうにしていたが、腹をくくったのか、顔つきが緊張感を湛《たた》えた。

「北島社長……。このような形でまたお目にかかるとは思いませんでした」

「船簞笥を引き揚げたのは、なんのためです。なぜあなたが船簞笥を手に入れようなどと？」

「初めはこんな形で引き揚げるはずではありませんでした。音羽の息子たちが首を突っ込んできたからです。勝手に引き揚げられて、おもちゃにされてはたまったもんじゃない。私も発掘屋のはしくれだから」

毛利の言葉に司波と黒木は驚いた。

「なぜ言ってくれなかったんだ、研さん。俺たちに一言もなく独りで勝手に引き揚げるなんて」

「すみません、司波さん。あなたがたを巻き込んでチームに迷惑をかけたくなかったんです」

毛利は北島に向き直り『胡射眞威弩』を名乗ってメールを送ったのは、この自分です」と打ち明けた。

「私が潜水士として水中発掘をやりはじめたのも、元はと言えば泰明丸を調べるためでした。古寒利蔵の〈龕灯と蠟燭〉……そして〈龕灯のカタ〉をいつか手に入れるために」

「〈龕灯のカタ〉とは何のことなの？　毛利。私は何も聞いていないわ。古寒の元会長も私たちには話さなかったはずよ」

「ええ、古寒会長も話してはいない。私がそれを聞いたのは、古寒家の人間からではないので」

「もしかして、アラテバさんからですか」

無量が口を開いた。

その一言に毛利がハッとして振り返った。

「どこでその名を？」

「やっぱり、そうだったんすね」

無量もようやく腑《ふ》に落ちた。

「石崎川の上流の山奥で、利蔵と一緒に住んでいた子供。アラテバと名付けられた子供は、たぶん毛利さんと何か縁のある人なんだろうと思いました」

「アラテバは……私の祖父だ」

無量とソンジュは驚いた。

「それじゃ、毛利さんは利蔵の子孫だったんすか」

「いや。祖父と利蔵は、血は繋《つな》がっていない。アラテバと名付けられた祖父・毛利喜一《きいち》郎《ろう》は、幼い頃、流行病で両親を失い、孤児になったところを、当時、留萌の番屋で流れの漁師をしていた利蔵に拾われた。利蔵から〝アラテバ〟と呼ばれたが、アイヌの血筋ではない。和人の子だった」

「和人の子を、育てた……」

スパイ疑惑で当局に追われ、流れ者と化していた利蔵は、喜一郎を養うようになってどんな心境の変化があったのか。利蔵は喜一郎――アラテバを連れて留萌を離れ、上ノ国へとやってきた。山に入り、自分が一度は捨てたアイヌの暮らしをまるで取り戻そうとするかのように生活を始めた。

「祖父は利蔵を第二の父親のように慕っていた。山での話をたくさん聞いた。利蔵がキリスト教徒だったことも」

北島と泰臣も驚きをもって耳を傾けている。それは初めて聞く話だった。泰明丸が沈んだ後、利蔵は死んだものと思われていたからだ。

利蔵は山奥でアイヌとして暮らしながら、キリスト教徒としての信仰を貫いた。自然を崇拝するアイヌの信仰とキリスト教の信仰はまるで別物だったが、利蔵の中ではどちらも矛盾なく共存しているようだった。利蔵にならって喜一郎もキリスト教の礼拝を毎日行った。

「……その祖父も十年前に死にました」

毛利は天を仰ぐように開陽丸の帆柱を見上げた。

「私は祖父の遺志をつぐことにしたんです。祖父は生前から願っていました。利蔵の故郷に〈龕灯《がんどう》のカタ〉を届けることを」

無量は胸をつかれた。

「故郷に」

「利蔵が留萌にいた頃からずっと大切に隠し持ってきた〝秘密の宝物〟なのだそうです。それを〈龕灯のカタ〉と呼んでいた。いつかそれを故郷に持ち帰って夢にまで見た聖堂を建てるのだ、と。自分たちだけの、自分たちのための聖堂を。だが、叶《かな》うことなく利蔵は亡くなった。その墓がどこにあるのか、祖父にはわからないようでした。墓どころか、自分たちが住んでいたあの場所がどこだったのかすらも」

いまとなってはもう思い出せない。記憶の中だけの場所になってしまった。

「場所を知っているのは当時よく利蔵を訪ねてきた書生だけだと言っていた」

「そのひとの名前は」

「アイヌの青年だったそうだ。トミアウシという」

「トミアウシ」

それは小暮家に届いた手紙の差出人の名だった。

やはり、同じアイヌの若者だったのだ。

「祖父は〈竈灯のカタ〉はその人物が利蔵の家族に届けたのだろう、と言っていた。だが古寒一族の人間は、そんなものは存在しないの一点張りだった」

毛利は雨に濡《ぬ》れた髪をすくように指をさし入れ、

「……むろん、私が泰明丸の事件を知ったのは、コサムの社員になってからです。会長から利蔵がロシアと繋がっていたことを聞いて、やっと〈竈灯のカタ〉の意味がわかった。それは決して外に出してはならない証拠品だということも。だから、あなたがたが隠しているんだと思ったんです」

「それで私たちを脅すような真似をしたんですか」

「北島社長、私はそのせいで口封じされそうになったことがあるんですよ」

毛利は苦々しそうに唇を曲げた。

「会社をやめるなら、泰明丸のことを頭から消していけってね」

髪を掻《か》き上げて生え際を見せる。大きな傷跡がある。

北島も無量たちも息をのんだ。

「頭と顔を金属バットで殴打されて港に沈められました。たまたま通りかかったイカ釣り漁船に見つけてもらえて、九死に一生を得たわけです。指示した人間はわかっている。古寒前会長と――」

毛利は視線を返して、

「ここにいる音羽泰臣会長だ」

泰臣は動じなかった。

「なにを証拠に」

「あなたと古いつきあいの暴力団員がいるでしょう。吐かせたんですよ。これでも潜水士をやってるんでね。捜し出して簀巻《すま》きにして海に半分沈めて聞き出してやりました」

それくらいはしなければ気が済まなかった。泰明丸の秘密のために殺されるところだったのだ、毛利は。

「この件は、貸しにしてやろうと思いました。いつか、あなたがたが一番そうされたくない時に返してもらおうと」

それが今だったというわけだ。泰明丸の船簞笥《ふなだんす》をついに発見した。今だと思った。カードを切るなら今しかない。TV局に開陽丸の水中発掘をニュース番組で取り上げるよう働きかけた。提供した映像素材に船簞笥が映る場面も入れた。両社の弱みに付け入るまたとないチャンスだった。

「〈龕灯のカタ〉を返してください。利蔵が地図と交換した契約の証《あかし》を。あなたがたがひた隠しにしている泰明丸沈没の理由を、世間に明かされたくなければ」

「そんなものはないわ。どこにもない」

北島がきっぱりと言い切った。

「〈龕灯のカタ〉とはイクパスイのことよ。それだけしか聞いてないわ。本当に」

「では音羽だ。音羽は知っているはずだ。どこに隠した」

「知らん」

「知らないわけがない。どこに隠した」

「知らんと言っとる！」

「〈龕灯のカタ〉なら、見つけましたよ」

突然、割って入ってきた無量の言葉に、毛利だけでなく、他の者たちも不意をつかれた。

「なんだって？」と聞き返した。

「いま、見つけたと言ったのか。〈龕灯のカタ〉を、君たちが？　いつだ。どこにあったんだ。どうやって見つけたんだ」

「これです」

とソンジュがスマホを差し出した。画面には、土から掘り当てたばかりのパレフ塗りの木箱に収められた「聖爵《ポティール》と聖匙《ルジーツァ》」の画像がある。

「これは……」

「おそらくロシアの正教会から聖堂設立の約束の証として贈られたもの。利蔵さんのお墓とおぼしき場所に埋まってました。これと一緒に」

　無量が差し出したのは、濡れタオルに大事に包んだ遺物だ。埋まっていた外箱に一緒に入っていたイクパスイだった。それを北島に渡した。イクパスイの裏に彫られた祖印《イトクパ》を見て、北島はたちまち理解した。

「これは利蔵の祖印《イトクパ》です。〈胡射眞威弩之泪〉に刻まれていたのと同じ」

　毛利は思わず無量たちの肩を摑《つか》んで揺さぶった。

「どこにあったんだ。どうやってこれを見つけた！」

「利蔵さんたちが住んでた家の跡を見つけたんです。アラテバさんの友達だった地元のご老人の協力で」

「祖父の友達？　友達がいたのか。だが、どうやってそのひとを」

「アラテバさんと交換したという小刀《マキリ》が松前で見つかったんです。柄に刻まれていた祖《イト》印《クパ》が利蔵さんのイクパスイとそっくりだったから」

　毛利は驚きのあまり数瞬、絶句してしまった。

司波や黒木もあっけにとられている。

「そのイクパスイは利蔵さんが自分で彫ったものです、たぶん。聖爵と聖匙と八端十字架と一緒に埋まっていました」

北島も感無量になったのだろう。笹尾家の〈胡射眞威弩之泪〉と比べれば遙《はる》かに下手で稚拙な彫刻を見て、胸がいっぱいになった。それを彫ったのが利蔵自身だと気づいたら、なぜそれをもう一度、手にしようとしたのかも理解できてしまったのだ。

「利蔵は……アイヌとしての自分を取り戻そうとしていたのかもしれませんね」

はい、と無量も答えた。

「そのように見えました。あの家の跡は」

「捨てたわけではなかったのですね……」

北島は、まるでおくるみの赤子を抱くようにイクパスイを胸に抱いた。

そして、泰臣をキッとにらんだ。

「なんだ、その目は。その〈龕灯のカタ〉をどうするつもりだ、北島。公にするつもりじゃないだろうな」

北島から怒りの目を向けられて、泰臣は心外そうに言った。

「船簞笥の中身もその聖杯も、人様に知られようもんなら、我々音羽屋と古寒の恥がたちまち世間に広まるぞ。我々が日本国の軍事機密をよその国さ売ろうとしてたこと、わざわざよそもんに知らせるつもりか」

その事実は両社にとって隠蔽《いんぺい》すべき過去であって、どれもこれも海底や土の下で永遠に眠りについていなければならない秘密だった。

「我々はこの秘密ば共有して互いに便宜ば図り合って、今日までうまぐやってきたはずだ。北島、おめだちには合弁会社のごどもある。先人の過ちのせいで、今ある看板に泥ば塗る気か」

「あなたが毛利にしたことを許すわけにはいきません」

「わしの目が黒いうぢは表には出させねえど」

泰臣は「廃棄しろ」と言い放った。

「〝売国奴の会社〟と後ろ指さされてもいいんか！　船箪笥など跡形もなく燃やせ。そうでねぇなら、遠い海の底にでもなげてきてしまえ！」

できません、と毛利も言い切った。

「私はもうコサムの人間ではありませんし、捨てる理由もありませんから」

「毛利、きさま」

「私の中にあるのは祖父の想いだけです。祖父が慕った古寒利蔵の——トシヤクイの生きた証を掘り当てたい。利蔵は卑劣な売国奴なんかじゃありません。彼は自らの信仰によって自分たちを救おうとした。その証が〈龕灯《がんどう》と蠟燭《ろうそく》〉と〈龕灯のカタ〉なんです。船箪笥の中にあるものは、たとえ後ろ暗い過去の証拠品でも、それがなければ真実を歴史に残すことはできない」

「あほコノ！　過去だの歴史だの青臭ぇことしゃべって。そったらもんより現実だべよ。

会社が潰《つぶ》れれば社員と家族は食っていげなぐなっど！」

「百年も前の過去のせいで潰れるような会社など、早《はえ》ぐ潰れてまえ！」

　毛利が声を荒げた。

「過去も背負えねぇぐれぇ屋台骨の腐った会社は、早《はえ》ぐ潰して新しく建て換えたほうが、社員のためにも、えがべよ！」

　泰臣老人も言い返すことができなかった。

　開陽丸の帆桁《ほげた》が軋《きし》む音がどんどん大きくなっていく。

　岸壁に寄せる波音を数回聞いた後で、無量が口を開いた。

「……音羽さん。船箪笥ってのは浮かぶんす。浮かぶんですよ」

「なんだと」

「どんなに深い海の底に沈めようが、浮かんでくるんです。沈めても沈めても浮かんでくるんです」

　無量が言おうとしていることが伝わったのだろう。泰臣老人はいまいましそうに歯がみしていたが、何を思ったか、突然、北島に詰め寄るとその肩を突き飛ばし、胸に抱いていた利蔵のイクパスイを力ずくで奪い取った。

「こったらもん！」

　両手で摑み、イクパスイを折ろうとした。とっさに動いたのはソンジュだ。手にあったスマホを泰臣老人の顔に投げつけた。見事に当たってひるんだ隙に、無量が駆け寄って泰臣の腕を摑みあげる。取り上げようとしてもみ合いになった。驚いた運転手が無量を引き剝《は》がし、その弾みで落ちたイクパスイを拾い上げた。

「捨てれ！　海さ捨ててしまえ！」

泰臣が怒鳴った。

「そったらもん早《はえ》ぐ海さ捨ててまえ！」

投げ捨てようとする運転手に黒木がタックルを決め、もろとも倒れ込む。取っ組み合いになるところに駆けつけたのは音羽泰陽だった。

「じっさま！」

「泰陽、やつが持ってる棒《ぼ》っきれば早ぐ海さ捨てれ！」

同時にソンジュが走っている。泰陽もつられたように走り、運転手の手からこぼれたイクパスイを奪おうとした。ソンジュが手を伸ばしたが、一瞬早く泰陽の手がイクパスイを握り、海に投げてしまった。

弧を描いて黒い海に放られたイクパスイを追って、ソンジュが岸壁から飛んだ。

水しぶきがあがった。

「ソンジュ！」

海に落ちた途端、ソンジュの視界は大量の泡に包まれた。冷たい海水に身が沈むのを感じた瞬間、ソンジュの意識は幼い頃の記憶に吞《の》まれた。爆発的な恐怖に襲われてパニックになり激しく手足で水をかくが、もがけばもがくほど沈んでいく。

――兄さん！

大量の泡が視界を奪う。思わず水を飲み、息ができなくなり上も下もわからなくなる。何も見えず、苦しさのあまり激しくもがいていると、黒い影が体の上から覆い被《かぶ》さってきた。

――きちゃだめだ、兄さん！

――きたら死ぬ！

――僕を助けたりしないで！

力強い腕がソンジュの体を脇からすくい上げた。そのまま引っ張り上げられ、海面に顔が出る。息が吸えた。と同時に激しくせきこんでしまい、あえぎながらふと気づくと誰かが自分の体を抱えている。忍かと思ったが。

「平気か、ソンジュ」

無量だった。

ずぶ濡《ぬ》れで首まで浸《つ》かっている。ソンジュが落ちた瞬間、自分も迷わず飛び込んだのだろう。パニックになってもがくソンジュを引きあげたのは無量だったのだ。気がつくとすぐそばに司波もいて、ふたりでソンジュの体を支えて泳いでいる。岸壁に戻ってくると、黒木と毛利が膝《ひざ》をついて身を乗り出し、必死に声をかけてきた。

「おい大丈夫か！」

「ああ、大丈夫だ。ここは足がつくよ」

無量と司波、ふたりがかりでソンジュを肩に担ぎ上げ、岸壁にいる黒木と毛利で引っ張り上げた。その後、無量と司波が順番にあがって事なきを得た。海水でずぶ濡れになったソンジュの髪を、司波が勢いよくかきまぜた。

「よくやったぞ、ソンジュ」

我にかえると右手にはしっかりとイクパスイを握っている。パニックになって溺《おぼ》れかけていたのに、手放さなかったのだ。

泰臣老人と泰陽は呆然《ぼうぜん》と立ち尽くしている。

後ろから声をかけていったのは、北島だった。

「もういいでしょう、音羽会長。船簞笥《ふなだんす》のことは」

「なんだと」

「すでに百年以上前に片がついた、過ぎた話です。そんな大昔の出来事で世間様に疑われるような企業だとしたら、それは私たちの努力が足りないのです。顧客の信頼を得る、企業としての努力が」

泰臣は反駁《はんばく》しようにも言葉が出てこない。言い負かすこともできないもどかしさに皺《しわ》だらけの拳《こぶし》を震わせていたが、これ以上抗弁する気力はその老いた身には湧かなかったのか、罵倒《ばとう》を呑み込んで、やがて観念したように細い目をつぶってうなだれた。そんな泰臣を尻目《しりめ》に北島は毅然《きぜん》と歩き出し、ずぶ濡れの無量とソンジュに寄り添った。

「さあ、どうぞあちらへ。すぐ近くに友人の旅館がございます。そちらで体を乾かしましょう」

「いや、でもこんな恰好《かっこう》じゃ……」

「何を言ってるんです。……桐野《きりの》、先に行って女将《おかみ》に話を通してきなさい。お風呂《ふろ》を借りて着替えの用意も。可能ならば部屋も」

北島がてきぱきと仕切り、ずぶ濡れの無量たちを誘導した。

「毛利、話はあとでゆっくりと」

はい、と答えた毛利は上着を脱いで、冷たい風に当たらないよう、ソンジュにかぶせてやった。拾い上げたスマホもソンジュに差し出して、

「ありがとう。恩に着るよ」

無量には黒木が上着をかぶせ、司波には北島が傘をさしかけた。

歩き出した無量が、ふと誰かに呼ばれた気がして振り返った。泰陽たちかと思ったが、違った。

そこにいるのは大きな帆柱がそそり立つ開陽丸だ。

闇の中、雨に打たれている美しい復元船が、ふいに身を震わせたかと思うと、次の瞬間、帆桁いっぱいに帆を広げた。……ように見えた。

海の底に眠る本体の魂が乗り移ったかのようだった。

幻の汽笛が鳴る。

無量は小さく微笑み、冷たい雨の中を歩き出した。

終章

北島《きたじま》がすぐに手配してくれたおかげで、無量《むりょう》たちは近くの旅館で風呂を借りることができた。

ずぶ濡れの若者をつれてやってきた北島に女将《おかみ》は驚いたようだが、すぐに対応してくれたので、無量たちは濡れて凍えた体を温め、着替えが届くまで浴衣《ゆかた》を借り、女将の配慮で空いている部屋も貸してもらえた。

ようやく人心地ついたところで、毛利《もうり》が皆に土下座した。

「本当に申し訳なかった。結局、こんな目に遭わせてしまって」

「頭をあげてくれ、研《けん》さん。事情はわかったから」

浴衣姿で熱い茶を飲む司波《しば》がなだめるように言った。

「だが、お祖父《じい》さんが生きてるうちに、利蔵《としぞう》さんの墓を見つけてやりたかったなあ……」

アラテバこと毛利喜一郎《きいちろう》は、利蔵の死後、集落の大人に引き取られたという。

その後、江差の商家の丁稚《でっち》になり、やがて小樽に移ったため、トミアウシという名の書生とも二度と会うことはなかった。大人になった喜一郎は乙部で森林会社を興した。

戦後の住宅需要の高まりを受けて売り上げを伸ばし、一財産を成したが、老年になっても利蔵との暮らしを忘れられず、その墓と形見の〝龕灯《がんどう》のカタ〟を探していたという。

「俺がコサム水産に入社したのも、古寒《こさむ》利蔵の話を祖父から聞いていたからだ」

祖父は「自分が林業で身を立てられたのは、あの利蔵との山での暮らしがあったからだ」と事あるごとに語っていた。利蔵を慕う祖父喜一郎の言葉を聞かされていたから、愛着もあったのだろう。迷わず、入社を決めていた。

利蔵は喜一郎にとって誰よりも頼もしい、憧《あこが》れの大人だったのだ。読み書きはもちろん、アイヌの言葉も教えてくれて、故郷の話も聞かせてくれた。

利蔵が生まれたのは、太平洋をのぞむ漁村だった。

そこは「英雄の故郷」と言われてきた村で、古くから〈泪《ヌペ》〉と呼ばれる文様が代々伝わってきたという。

「利蔵に読み書きを教えた松前藩の役人から、乱の話を伝え聞いた利蔵は、自分の村の英雄こそコシャマインだと考えたそうだ。古寒という苗字《みょうじ》も、コシャマイン――コシャム・アイヌから自らつけたと」

だが、利蔵は史書にある「胡奢魔犬《コシャマイン》」という当て字が気に入らなかった。だから、自分で「ふさわしい」と思う表記を考えた。

喜一郎に「胡射眞威弩《コシャマイン》」という当て字を教えたのも、利蔵だ。子供には難しい字だったが、木の枝で何度も土に書いて覚えた。利蔵が寝床で語るコシャマインの英雄譚《たん》は、本もない山の中では最高の娯楽だった。興奮して胸を躍らせ、夢にまで出てきた。夢の中のコシャマインは、利蔵の姿をしていたという。

毛利にその五文字を教えたのも、喜一郎だったのだ。

「俺は泰明丸のことを二十年前から調べていたが、最初から船箪笥を探してたわけじゃなかった」

探していたのは、船に積んでいたイコノスタスのほうだったという。

あのペトランケが彫ったイコノスタスだ。

「まだ会社にいた頃、小暮《こぐれ》さんの家で写真を見た。あまりにも美しくて、実物が見たいと思った。そのイコノスタスは泰明丸と一緒に海に沈んでいると考えた。だから潜水士になったんですよ」

無量とソンジュも耳を傾けている。

泰明丸に積んであった〈龕灯と蠟燭《ろうそく》〉の〝蠟燭〟のほうだ。

「海に沈んでいるだろうペトランケ作のイコノスタスを見つけ、この手で引き揚げるのが、俺の夢だったんだ」

無量も思い出した。小暮の家で見た古い白黒写真のイコノスタス。

畢生《ひっせい》の大作と呼ぶにふさわしい見事な作品だった。

「……でも、なんでそんな素晴らしい作品をロシアの教会に引き渡したんすかね。確かにあれだけ見事な木彫ならロシアのひとも欲しがると思いますけど、自分の聖堂にこそ飾りたかったはずでしょ。むしろそのために作ったんでしょ？」

「泣く泣く引き渡した、ということでは？」

とソンジュが同情するように言った。

「断れなかったんじゃないでしょうか。〈龕灯と蠟燭〉――つまり〝地図とイコノスタス〟を引き渡すことが聖堂建設の条件だったなら」

それが、と毛利が窓を見つめて、

「実はあの聖障《イコノスタス》は元々、ロシア正教会の聖務会院直々の依頼でペトランケが手がけたものだったそうだ」

「聖務会院？……て確か」

「ロシア皇帝から指名された役員で構成する教会の運営組織だ」

信徒を監督する「総主教」の座を廃止して作られたその制度は、教会とは関係ない者が含まれていたりして、だいぶ世俗寄りだったようだ。それはすなわちロシアでは皇帝が事実上、正教会の頂に君臨していることを示していた。

東京の聖堂に設置されたペトランケ作のイコンの木彫額が聖務会院の目にとまり、制作を依頼されたのだという。その見返りとして利蔵は「アイヌ語による祈禱書《きとうしょ》の翻訳」と「アイヌの信徒のための聖堂建築」を求めたのだ。

ローマ・カトリックの礼拝は二十世紀半ばに至るまでラテン語のままだったと言われるが、正教会ではかねてより伝道した地の「言葉」に訳されてきた。その国の言葉で訳されて初めて、その国に根ざしたと言えるという考えだ。だが、日本語には訳されてもアイヌ語には訳されていなかった。利蔵が「アイヌ語での翻訳」を頑《かたく》なに目指したのは、それこそが独立した民族としての第一歩と感じたからだろう。

「聖務会院からの依頼は実質、皇帝への献上品とみなされたみたいだ」

無量とソンジュはギョッとした。

「皇帝への！　それ本当ですか」

どこまで本当かは定かではない。

これを受け、ペトランケは聖障を二基、作ろうとしていたという。

「構想では〈森〉と〈海〉の対になっていて、利蔵の聖堂とロシアの聖堂、双方に置かれるはずだった。だが、〈海〉を作る前にペトランケは亡くなってしまった。苦渋の選択を迫られた利蔵は、断腸の思いで、自分の故郷の聖堂に飾るつもりでいたペトランケの遺作〈森〉をロシアの正教会に贈ることにしたようだ」

函館の聖堂には〈海〉の構想図が遺されていたようだが、明治四十年の大火で焼けてしまった。東京の聖堂に贈られたイコンも関東大震災で焼けた。〈森〉が贈られるはずだったロシアの聖堂も、後のロシア革命によって焼かれたが、幸か不幸か、届けられずに海の底に沈んだおかげで、ペトランケ唯一の聖障は焼かれずに済んだというわけだ。

「火に焼かれるはずだったが、水の底で助かった、か……」

黒木《くろき》も感慨深そうにつぶやいた。

「だが、海の底にあるならうまくいけば引き揚げられる。心配といえばフナクイムシだが、シルトの堆積具合にもよるかな……」

「引き揚げるなら、早めにやったほうがいい。それより船簞笥《ふなだんす》のほうはどうなった」

司波に聞かれた毛利は「ご心配なく」と答えた。

乙部港に停泊してある漁船から錘《おもり》付きの網で吊り下げ、海中に浸してあるという。残念ながらすでに内部には海水が流れ込んでいたようで、引き揚げの際も船簞笥が浮くことはなかった。フナクイムシ対策の銅網もつけたので当面問題はないだろう。

「しかし、よくあの状況から引き揚げられたなあ。凄腕《すごうで》にもほどがある」

「簞笥の中身は確認したのですか？」

と北島が訊《たず》ねた。毛利は首を振り、

「海中に浸《つ》けてあるので、まだ」

「中には地図が入ってるはずなんすよね。なんの地図だったんすか。国防上の秘密っていうのは」

北島は毛利と視線を合わせて、静かに言った。

「函館要塞《ようさい》です」

「函館……要塞……？」

「函館山をご存じでしょう。あの夜景が見えることで有名な山です。あそこにはその昔、陸軍の要塞があったんです。一般人は立ち入りできない場所でした」

元々は島で、それが砂州で繋《つな》がってできたのが函館の街だ。

津軽海峡に突き出た函館山の独特の地形は、要塞にしたてるにはぴったりだった。明治三十年に工事が始まり、五年をかけて完成した。北の要港である函館港を守るために五カ所の砲台と堡塁《ほうるい》が作られた。軍事機密で一般人は入山もできず、写真撮影もスケッチも許されなかった。

「日清《にっしん》戦争後にロシアとの緊張が高まったのが、きっかけだったと。日露戦争を想定した要塞だったと聞いております。当時、当社は土木事業にも手を広げていて要塞工事にも関わっていたんです」

工事に携わる中で手に入れた地図や設計図、設置される砲台の大きさ、規模などがわかる資料を、古寒はロシア正教会を通じてロシアへと流出させようとしたのだ。

「当時は極秘だった資料です。計画では函館要塞を基点として津軽海峡防衛のための施設を各地に広げるはずでしたが、日露戦争の日本海海戦で勝利を収めたために、中止されたそうです」

ロシアの脅威に備えるための計画だった。日露戦争の時もロシアのウラジオ艦隊が津軽海峡に侵入し、日本の船が攻撃されているが、砲台からは射程外だったため、結局にらみをきかせていただけで一発の砲撃もなされなかった。

その後、昭和二年に青函一帯が「津軽要塞」と改称されて、函館要塞には弾薬庫や観測所が作られたが、太平洋戦争の終戦とともにその役割を終えた。

「確かに、スケッチもできない要塞の情報を仮想敵国に流そうとした、というのは……かなり危ないですね」

「利蔵もわかっていたでしょうが、単に聖堂を作るという理由だけではなく、ロシアの正教会から直接、アイヌの窮状に対する支援を引きだそうとしていたのかもしれません」

北島は窓の向こうに横たわる鷗島を眺めて、そう言った。

宗派こそ違うが、当時、「アイヌの父」と呼ばれた英国聖公会の宣教師ジョン・バチェラーをはじめとする外国人宣教師らが、伝道活動を通じてアイヌへの教育や医療福祉に尽力していた。その活動でアイヌのキリスト教信者も増えたという。

利蔵もまた、正教会の教えを崇敬し、同胞のために宗教の力で何ができるか、考えたひとりだったのだ。

「若い頃の利蔵は野心家で、むしろ、アイヌを捨て和人になりきり、和人社会で商売人として成り上がろうとした人でした。明治新政府側の間諜《かんちょう》を引き受けたのも、おそらくそのための布石だったのでしょう。でも土方歳三《ひじかたとしぞう》との出会いで、心境の変化があったと手記にはありました」

新政府の手で蝦夷地が徳川《とくがわ》幕府から解放されれば、自分たちも自由になる。

請負場所での苛酷《かこく》な労働からも解放される。

アイヌにとって輝かしい時代がやってくると、若い利蔵は当初、考えていたようだった。

だが、現実はどうだ。「開拓」だの「新天地」だのと言い、和人たちが押し寄せてきて、先祖代々守り続けてきた広大な土地を自分たちから奪い、財産を奪った。習俗を奪い、名前を奪い、あげくの果てには言葉も奪い、貧しい土地へと追いやった。

――俺たち同胞がこんなに苦しんでいるのに、おまえは何をしてるんだ。トシャクイ。ペトランケからそう責められて、利蔵は揺れたという。

――おまえは身も心も和人になってしまったのか。おまえの中のアイヌはどこへ行ってしまったんだ。

利蔵ことトシャクイは、太平洋に面した鷲ノ木近くの漁村で生まれた。子供の頃から言葉の覚えが早く、アイヌと和人が交錯する請負場所で育つうちに和人の言葉までペラペラと話すようになった。その才能に運上屋にいた松前藩の役人が気づき、日本語の読み書きを覚えさせたのがすべてのきっかけだった。

やがて旧幕府脱走軍が鷲ノ木に上陸すると、道案内に抜擢《ばってき》された。

そこで出会ったのが土方歳三だった。

自分の和名と同じ「としぞう」と行動を共にするうちに、いつしか歳三の一挙手一投足に影響を受けるようになり、魅了されたという。

――いいか、とし蔵《ぞう》。結局、頼めるもんは自分しかいねえ。殿様も上様もあてにゃならねえことが俺にはようくわかった。

――自分たちの国を作れ。自分自身を常に手入れしろ。

――俺ァ戦をすることしか能がねえが、手入れもできてねぇなまくら刀じゃ、いざってとき大事な仲間は守れねえからよ。

歳三は利蔵に語りながら、自分に語りかけているようでもあった。

その歳三は、箱館の一本木関門付近で銃撃されて馬上で死んだ。

弁天台場で孤立する仲間を救おうとして五稜郭から出撃していたという。

「生き残った利蔵は、その後、類《たぐ》い希《まれ》な言語能力を武器にして、ロシア語と英語を習得し、外国人との貿易もするまでになりました。だけど、頭の片隅には、ずっと土方の言葉があったのでしょう」

――自分たちの国を作れ。

碧血碑の前に立ち、その文字を仰ぎながら、自問自答した。

俺は何者なのか。

俺の仲間は誰なのか。

俺が戦うべき相手はなんなのか。

俺は戦えるのか。

あのひとのように。

「〝龕灯《がんどう》と蠟燭《ろうそく》〟……か」

雨に濡《ぬ》れる窓の向こう、開陽丸のシルエットを眺めて、黒木が呟《つぶや》いた。

「どちらも闇の中で先を照らすもの。地図も信仰も、前に進むために必要なものだな」

利蔵がその「符丁」にこめた想いが無量にも伝わってくる気がした。

利蔵の念頭には、笹尾家に預けたイクパスイのこともあったはずだ。「竈灯五臺と蠟燭三十把」を符丁に用いたのも、それが頭にあったからだろう。上ノ国に戻ってきた理由もそれではないか。ペトランケの遺作でもある自らのイクパスイ。手印の慣習に則《のっと》れば、間諜の役目を終えた利蔵は受け取れるはずだった。が、できなかった。敗れた戦友たちへの想いがあったからか、それとも単に竈灯が手元になかったためか。

当局に追われ、逃避行のあげく流れ者の漁夫に身をやつし、失意と孤独の中で、目的を失ってその日その日を虚《むな》しく生きて老いた利蔵の前に、現れたのは和人の孤児だった。

その子供が利蔵にとっての新たな〝竈灯〟になった。

――自分たちの国を作れ。

俺たちの国。俺たちだけの小さな小さな国を作ろう。

俺は俺自身を取り戻す。俺の言葉を、俺の名前を。

最後は「利蔵」を捨てて「トシヤクイ」として生きる。

聖堂を建てよう。仲間たちのための聖堂を。

いつか鐘を鳴らそう。

この子らとともに。

＊

無量たちが北島と毛利をトシャクィの家跡に連れていったのは、数日後のことだった。鉱山跡の廃墟《はいきょ》の先にある山中だ。落ち葉が積もる滑りやすい道をたっぷり一時間歩いて、ようやくたどりついた。

埋め戻した穴を掘り返し、外箱からパレフ塗りの箱を取り上げて、北島と毛利に渡したのは〈龕灯《ポティール》のカタ〉だ。

聖爵《ポティール》と聖匙《ルジーツァ》だった。

ロシア正教の八端十字架が彫り込まれた聖爵は、銀が酸化して黒ずんではいたが、重みがずしりと手に感じられる。磨けば細密な彫刻もくっきり浮かび上がるだろう。

発掘した場所の左側がうっすらと広く盛り上がっている。落ち葉に埋もれてわかりづらいが、おそらくそこが亡骸《なきがら》を埋めた場所と思われる。

北島と毛利が揃って手を合わせた。

今まで誰も墓参りに来なかったことを詫《わ》び、泰明丸のことも報告した。

「……それじゃ、古寒家の息子たちは墓の場所を書生から伝えられても、結局、お参りにも来ず、改葬もしなかったわけすか」

無量の疑問に「そのようです」と北島は答えた。

「当局の目が怖かったのでしょう。〈龕灯のカタ〉も自分たちのもとにあると具合が悪いから、引き取らなかったのかも知れません。それでトミアウシさんはやむなく持ち帰り、ここに埋めたのでしょうね」

「気の毒なことだな」

と毛利が言った。

「今となっては、函館要塞《ようさい》の地図をロシアが手にしたところで、そこまで戦局に影響したとは思えない。とはいえ、ロシアが南下政策を本気で進めていたら、北海道が戦場になる可能性も皆無ではなかった。日露戦争にロシアが勝って北海道侵攻にでも打って出てたなら、歴史が変わっていたかも知れないし、しゃれにならなかったな」

「信仰心を国の思惑に利用されたってことでしょうか。利蔵さんは」

ソンジュが八端十字架を見つめて言った。北島がそれを引き取って、

「利蔵のしたことが事実なら咎《とが》められても仕方ありません。日露戦争の時、日本正教会とその信徒たちはなんの罪もないにもかかわらず、ロシアのスパイ『露探』と呼ばれていじめられたり、聖職者が暴徒に襲われたりしたそうです。聖ニコライも母国への愛国心と日本への愛との間で板挟みになって苦しんだと」

利蔵はその責任も深く感じていたかもしれない。

北島も墓の前に手向けた百合《ゆり》の花を見つめ、

「……千島のアイヌにも正教会に入信した方々がいると聞きますが、中には国家から改

宗させられた人もいたかもしれません。ただ利蔵は自らの意志で入信しました。『神のもとでは、民族の種別に寄らず、皆、平等』との教えが心に響いたのでしょう。アイヌ語の祈禱《きとう》文を自分たちの聖堂で唱える日を夢見ていたそうですから――」

ガラス瓶の中で蠟燭《キャンドル》の炎が揺れている。

「きっとここではアイヌの言葉で祈禱していたのでしょうね」

用意してきた小さな墓石を置く。本来ならば、信徒の墓石には洗礼名が刻まれるのだが、伝わっていないため、八端十字架と利蔵の祖印《イトクパ》を刻んだ。

書生は利蔵の亡骸にアイヌの死装束を着せて埋葬したという。

木漏れ日の向こうから時折、鳥のさえずりが聞こえる。晩秋の森に陽が差し込んでいる。ここは利蔵が「聖堂」と呼んだ場所だ。その理由がわかる。静寂に満ちている。利蔵たちがここに移り住んだのは、鉱山開発が本格的に始まる前のことだった。近くに炭焼き小屋があって、はじめのうちはそこで雨露を凌《しの》ぎながら家を建てた、と喜一郎は語っていた。

「古寒トシヤクイ……。それが最後に選んだ名だったのですね」

北島は感慨深げに言い、墓前へとあの「帯留」を供えた。無量が由来を訊ねると、

「私の祖母の村にいた老人《エカシ》が作ってくれたものだそうです。和人の恰好《かっこう》をするようになっても〈泪《ヌペ》〉を忘れないようにと」

「もしかして、それはペトランケさんが……」

「今まで創業者がアイヌだということを口にせずにまいりましたが、今後は利蔵の名前にはアイヌ名を並記することにいたします」

毛利が意外そうに北島の横顔を見た。北島は真摯《しんし》なまなざしで、

「今までそうできなかったのは、私自身が若い頃、就職差別を受けてきた身だからです。アイヌであることを理由に、望んだ仕事にも就けなかった」

無量もソンジュも驚いて、

「どうしてそんな……」

「どうしてなのか、いちばん私が教えて欲しかった」

風に梢《こずえ》が揺れ、木漏れ日が色あせた枯葉の上でチラチラと踊っている。

「自分は何者なのかを、隠したり、躊躇《ちゅうちょ》したりせず、どんな時もどんな人の前でも、誰もが当たり前のように語れる世の中になってほしい、とずっと願っておりました。私にはまだ少しの勇気が必要ですが、八田《はった》さんたち若いひとのように、私自身が信じる時なのかもしれません。語る、ということの力を」

北島は目を伏せ、やがて微笑んだ。

「そう思えたのも、あなたがたがここを見つけてくれたおかげです。ありがとう」

「礼なんて」

「いいえ。トシヤクイに代わって言わせてください。見つけてくれて、ありがとうと」

おもむろに北島がバッグから小さな巾着《きんちゃく》袋を取りだした。

中に入っていたのは、竹製の薄い板だ。大きさは手の長さほどで細長く、中央が舌状に切り抜かれ、左右に糸がついている。

「それは？」

「アイヌの楽器です。ムックリといいます」

口琴と呼ばれるものだった。糸を手に片方を口端に当てて、もう片方の糸を引っ張ることで、舌状の部分を振動させ、音を出す。口腔《こうくう》で共鳴させて奏でるものだ。

「使っていたのはだいぶ昔なので、うまく奏でられるかどうかはわかりませんが」

利蔵のために、と思ったのだろう。

やおら北島がムックリを口元にあて、糸を指にかけて、それを鳴らし始めた。

それは不思議な音色だった。弾ませるように糸を引き、リズミカルに手首を動かし続けると、ビヨンビヨン、と板が鳴る。人間の口が楽器の一部になり、口の開閉や息の仕方で自在に音を引き出すことができる。

メロディーはない。どこか電子音のようにも聞こえるのは、倍音という独特の響きのせいだ。周波数を自在に変えていく感じが電気的に聞こえるのだろうが、音の揺らぎは自然界が持つ揺らぎ方そのもので、高音と低音が分かれて二重にも三重にもなっていき、聴覚が次第に酩酊していくような感覚がする。

「これは……」

無量は息をのんだ。

「イクパスイの歌だ……」

〈泪《ヌペ》〉を手にした時に聴いた音だ。

〈胡射眞威弩《コシャマイン》之泪《のなみだ》〉に触れた時にも聴いた。

風音のような、海鳴りのような。

あのとき聴いた音色だ。

あれはイクパスイが発する「言葉」だったのか。

無量はようやく解った気がした。

俺はあのとき「〈神の世界《カムイモシリ》〉の言葉」を聴いていたのだ、と。

ムックリの音は森気を弾ませ、波紋を起こして限りなく広がっていく。土に染み渡り、木々を揺らし、跳ね返った波紋が波紋と衝突して見たこともない文様を幾重にも描き出していく。それは生まれて初めて体験する感覚だった。

あらゆるものには美しい法則があり、その波動に身を委《ゆだ》ねたとき、ひとは神の世界を垣間《かいま》見ることができる。

北島が奏でるムックリの音色は、深い山間《やまあい》の森に響き続ける。

大地に響く歌のように。

*

利蔵の弔いを終えた後、掘り当てた「聖爵と聖匙」は一旦《いったん》、拾得物として警察に届け出ることにした。大方の出土遺物がそうであるように持ち主が現れることはないので、無量たちが所有権を得た暁には正式に北島たちのコサム水産に譲ることにした。

北島も、いずれは利蔵の遺志に適《かな》う何らかの形にしたい、と約束してくれた。

一方、毛利が移していた船簞笥《ふなだんす》のほうは、地元江差町の教育委員会もまじえて協議した結果、正式に海から引き揚げて保管することになった。

その後、X線分析をして中身を確認したところ、どうやら紙類が入っているらしいことが判明した。但し、内容物は海水に浸ってしまっていたため、脱塩と凍結乾燥などの処置をした上でなければ、内容は確認できないという。作業には数ヶ月かそれ以上かかるとのことで、それが本当に「函館要塞の地図」なのかどうか、ひいては泰明丸が実際に地図を積んでいたかどうかも、判明するのはまだだいぶ先の話になりそうだ。

そして、泰明丸のほうも早急に調査計画が立てられた。早ければ来年後半には一次調査に手をつけられそうだ、とのことだ。

今も海底に眠っているであろうペトランケのイコノスタスが、海上に引き揚げられ、再び日の目を見る日もそう遠くはないだろう。

時間は一旦、さくら拉致《らち》事件が起きた夜に戻る。

萌絵《もえ》たちが着替えを持って旅館に駆けつけた頃には、無量たちもだいぶ落ち着いていた。北島のはからいで鍋《なべ》を振る舞ってもらえたので、冷えた体も腹の中からすっかり温まっていた。

「無事だったか、さくら！」

「うん、忍《しのぶ》さんが助けにきてくれた！」

は？　と無量が目をむいた。慌てたのは萌絵とミゲルだ。

「どういうこと？　忍が江差に来てるのか？」

「ちがうちがう！　忍ちがい！　アサクラシノブさんのほう！」

ふたりが違和感丸出しで盛大にフォローしたので、さくらも口止めされていたことを思い出した。

「あ、うん。アサクラシノブさんのほう」

無量は引っかかるものを感じつつ、隣でタラ鍋の汁をすするソンジュを見た。

「おまえのマネージャーさん、マジ有能だな」

「ええまあ」

さくらたちは警察の事情聴取からようやく解放されたところだった。大輝たちは捕まって、今頃警察署だろう。毛利と北島は、皆を巻き込んでしまったことを謝罪し、江差追分愛好会にまで迷惑をかけたことを聞いて、改めてお詫《わ》びに伺うと約束した。

無量たちのほうも思ったより和やかで、一件落着の空気に萌絵も一安心したけれど、この場に忍の姿がないのだけが心残りだった。ソンジュが海に落ちた、と聞いた萌絵が

「一緒に行こう」と声をかけたのに、忍は応じなかった。

——大事に至らなかったなら、それでいい。君たちだけで行ってくれ。

現場には無量がいる。いまこんな形で顔を合わすのは抵抗があったのだろう。でもそんなことより今はソンジュのマネージャーなのだからすぐにでも駆けつけて彼をケアするべきだ、と萌絵は訴えた。だが、

——彼は大丈夫だ。むしろ、そんな姿を僕に見られたくないだろう。

萌絵には不思議で仕方ない。

タッグを組むパートナーのはずなのに、忍とソンジュの関係は、傍《はた》から見ていてわかるほど、奇妙な距離がある。突き放しているわけではないが、お互いに思い入れをしないよう、愛着など抱かないよう、シャッターをおろしているように見える。

ソンジュも同じならいいが、忍が考えるほど強い人間ではないように、萌絵には思えるのだ。目の前のソンジュは、いつもの澄ました顔で汁をすすっているが。

海に落ちて溺《おぼ》れそうになった、と聞いた。

少し心配だ。

——西原《さいばら》には知られたくない。

その無量に助けられたソンジュは、内心、混乱しているかもしれない。

泰明丸の船箪笥事件が一件落着し、無量たちはようやく本来の発掘作業に集中できるようになった。

＊

翌日、遅れた分を取り戻すべく早朝から夷王山の現場に入った無量とソンジュは、調査責任者の鵜飼《うかい》が目を疑うような勢いで掘りまくった。遅れていた数日分をたった一日で掘り上げてしまい、鵜飼も八田も呆気《あっけ》にとられている。

「もう掘り終えたのかい？」

萌絵が「ええ」とうなずき、

「あのふたり、カメケンのスピード王なんで」

「最強のタッグですね……」

負けず嫌い同士で競い合うように掘った結果、異次元の速さでノルマを完遂してしまった。怒濤《どとう》の追い上げを見せた無量とソンジュだが、さすがに疲労困憊《こんぱい》でグロッキー状態になっている。

「もうムリ。今日は打ち止めね……」

「僕はまだまだ行けますよ……。韓国軍の塹壕《ざんごう》掘りはこんなもんじゃ……」

「嘘ゆーな。立ち上がってから言え」

ようやく終業時間となり、無量たちはヨロヨロと駐車場に引き揚げてきた。八田が山盛りの丸筒羊羹《ようかん》を差し入れしてくれて、一足先に戻ったさくらとミゲルがうまそうにかじりついている。茶を飲みながら、船箪笥事件の顚末《てんまつ》を八田に語った。

「すごいですね。よくぞ、そんな山中にある家の跡を見つけましたね」

「毛利さんのおじいさんの幼なじみがご存命だったおかげっす。何より、利蔵さんの小刀《マキリ》がどっかの家の蔵とかじゃなく松前町に寄贈されてたのもよかった」

八田が地道に積み重ねてきた祖印《イトクパ》の研究が役に立った。八田のお手柄だ。

「……でもお墓の場所が伝わったのは、利蔵さんのもとに通ってたっていう書生さんのおかげですよね」

今に伝わったのは、彼が小暮家に手紙を送ってくれていたおかげだ。

「アイヌの男性だったそうですけど」

「はい、毛利さんによると、そのひとはアイヌの昔話を聴きに来てたみたいですよ」

ソンジュが羊羹を紐《ひも》で切りながら言った。

「確か、名前は……トミアウシ」

え？

と八田が目を丸くした。

「いま、トミアウシと言いましたか」

「はい。確かそんな名前だったと」

「それ、私の曾祖父《そうそふ》の名前です！」

無量たちは数瞬固まって、

「えええーっ」

「うそでしょ。じゃ、あの〈胡射眞威弩〉の当て字というのも」

そういうことだったんですね、と八田は放心して、

「私の曾祖父トミアウシこと八田富三郎《とみさぶろう》は……古寒利蔵からユカラを聴き取っていたんですね」

八田富三郎はその父・峰次郎《みねじろう》の志を継ぎ、各地にいるアイヌの古老を訪ね歩いてユカラを蒐集《しゅうしゅう》していた。おそらく石崎に来た時に住人から利蔵の噂を聞いたのだろう。

富三郎は利蔵のもとに足繁く通い、彼の故郷のユカラを記録していたのに違いない。

利蔵はきっと故郷の英雄「コシャム・アイヌ」ことコシャマインの話もしただろう。

そして、おそらく松前藩の歴史書に載るコシャマインの乱の話もしたときに〈胡射眞威弩〉という文字を書いて見せた。

これを富三郎が受け継いだのだ。

そして翻訳本に使った。

「イクパスイの銘と翻訳本の当て字が一致したのは、偶然なんかじゃない。曾祖父が利蔵本人から教えてもらったものだったからなんだ……」

腑《ふ》に落ちた八田は、感慨深そうに夷王山のてっぺんにある鳥居をぼんやりと眺めた。

その目は涙ぐんでいるようにも見える。

萌絵も胸がいっぱいになって、しみじみと言った。

「繋《つな》がってたんですね、全部」

八田は目元を拭《ぬぐ》って「はい」と答えた。

「先人たちが呼んでくれたんでしょう。私をこの町に」

すべては〈泪《スペ》〉が出土したことから始まった。

むかわの英雄ニサッチャウォッが結んでくれた縁だ。

遺跡発掘というのは、単に遺物や遺構を掘るだけではない。その地に埋もれている物語を掘り当てることでもあるのだろう。

無量は少し誇らしい気持ちになって、丸筒羊羹にかじりついた。

ススキが風に揺れている。夕日を受けて黄金色に輝いている。

穏やかに晴れた海がキラキラと光ってまぶしい。

赤く染まる水平線に沈む太陽が、龕灯《がんどう》の灯《あか》りのように滲《にじ》んでいる。

*

夷王山南遺跡のイクパスイが出土した場所からは、その後、人骨が見つかった。

やはり墓だったようだ。男女とおぼしき二体が埋葬されていた。イクパスイや他の遺物は副葬品だったとみなされた。

後にその人骨をもとに、歯冠計測による人類学的調査をしてみたところ、男性のほうには和人の特徴がみられず、混血が進んでいたとみられるこの周辺のアイヌではなく、遠方からやってきた人物である可能性が見えてきた。その男性はむかわから来たのか。それとも別の土地からやってきたのか。

その一帯も勝山館の一部だったのか、それとも別の施設だったのか。答えは翌年の本掘調査を待つことになり、作業はすべて終了した。

夷王山南遺跡より数日早く、司波たちの潜水調査も無事完了した。

週末には江差追分愛好会の発表会もあり、さくらが特別出演するというので皆で押しかけ、集中稽古《げいこ》で磨きがかかったさくらの江差追分を堪能《たんのう》した。なお「姫を救った江差追分四十七士」は、後々まで地元の語り草になったという。

その発表会には、「コサム水産」からは立派な花と海産物の差し入れが大量に届いた。迷惑をかけたお詫《わ》び料のつもりなのだろう。

その横には「マルオッ」からの花もある。

社長の泰徳《やすのり》は、父と息子が各方面に迷惑をかけたお詫びをするため、江差中を駆けずり回ることになってしまったらしい。江差追分愛好会には協賛金を出し、開陽丸の調査も寄付という形で費用を一部負担するという。

――悪い噂が広まって売り上げに影響するほうが、よっぽど恐ろしい。

コンプライアンス重視の現代では、泰徳社長の判断はもっともだった。

江差の教育委員会に最初に「調査中止」を求めた怪電話の主は結局、泰陽だったらしい。さくらの事件については、泰臣《やすおみ》会長が「手段は選ぶなとは言ったが、拉致《らち》しろとは言っていない」と大輝《たいき》たちに責任を押しつけて、居直ってしまった。だが、これには泰徳社長が激怒した。父親に頭があがらなかった息子も、父の暴走はもうこりごりだったのだろう。会長の座を剝奪《はくだつ》するには十分すぎる理由だったのだ。

マルオツとは百年来の秘密を共有してきたコサム水産は、これを機にマルオツと距離を置くという。時に牽制《けんせい》しあい、時にズブズブの関係を築いてきた両社だったが、北島社長もこれが潮時と思ったようだ。

毛利がしでかしたことは結局、北島も音羽《おとわ》も訴えなかった。それどころか毛利は口止めのために両者のトップから命を奪われかけたわけで、それをふまえて、話し合いの末、毛利に示談金が支払われることになった。

両者は、泰明丸の調査にも全面協力を約束したという。

過去がたとえそれぞれの社史に残る汚点になろうとも、事実を明らかにして、現代の企業にふさわしい姿勢を示そう、との結論で合意した。

一方、毛利研児《けんじ》は責任をとってチームを抜けるつもりだったが、司波が引き留めた。泰陽《たいよう》と大輝たちによる金塊を狙った横取り未遂があったことも事実なので「船簞笥《ふなだんす》の引き揚げは〝遺物の緊急避難〟だった」として処理した。

ただしペナルティーとして「船簞笥の引き揚げと保存に関する報告書」を年内に提出することになり、毛利は悲鳴をあげたという。

無量たちの江差滞在も残すところ、あと二日。

その日、初雪が降った。

＊

「あ……、忍ちゃん？　久しぶり。忙しいのに電話しちゃってごめんね。こっち無事終わったよ」

夜、温泉施設から帰ってきた無量は「道の駅」の駐車場にいた。とんち名人繁次郎《しげじろう》のオブジェの下に腰掛け、缶コーヒーを飲みながらスマホで話している。

防波壁の向こうからは波の音がする。ダウンジャケットを着込み、頭からフードをかぶった無量は、スマホ画面にある温泉マークのアイコンに話しかけていた。

「いやあ、マジ大変だったわ、今回も。ちょっと話聞いてくれる？」

久しぶりの長電話だった。

風呂《ふろ》上がりでほてっていた頬も、寒風を受けてだんだん冷めていったけれど、報告をしながらおどけたり笑ったり怒ったりしていると、体の内側からぽかぽかしてくる。駐車場の電灯がある他は真っ暗な海沿いの国道だったが、スマホの明かりに向かって話していると、闇に沈む海がすぐ背後に広がっていることも忘れそうだ。

「さくらの江差追分はやばいよ。あいつ、発掘屋やめて民謡歌手になったほうがいいよ」

『A級発掘師にそれを言うのはどうかと思うぞ』

「はは、たしかに。二足のわらじだな。俺みたいに」

スマホから返ってくる忍の笑い声に癒《い》やされる。無量は同居していたときの気分に戻っていた。

「やっぱ忍ちゃんと話してないと調子出ないわ」

『無量の周りにはいっぱい話せるやつがいるじゃないか』

「いるんだけど、忍ちゃんは特別。栄養なの、心の。補給しないとひからびる」

『栄養不足は問題だな。教えてやった出汁《だし》巻きはちゃんと作ってるか？』

「あれ難しいよ。グチャグチャになっちゃって忍みたいに全然巻けないわ」

『巻くのが早いんだよ』

「早くしないと焦げちゃうでしょ」

他愛もない会話に満たされる。チラチラと雪が舞っている。外灯に光ってきれいだ。

無量は頭上に覆い被《かぶ》さる雪雲を見上げた。星は見えないが厚い雪雲のせいか、灰色がかった空はどことなく明るい。

息が白い。

「なあ、忍。いつうちに帰ってくんの？」

『なに言ってんだ。まだ一ヶ月しか経ってないだろ』

「そうだけど」

いまは合宿生活で皆でワイワイやっているけれど、帰ったらまたあの広い部屋でひとりかと思うと、気分が塞《ふさ》ぐ。

『例のソンジュって子とはどうなんだ？』

「ソンジュ？　あいつもやべーよ。生意気だし無茶するし可愛い顔して腹筋バッキバキだし。自分で遺跡検知アプリ作っちゃうとか、やばくね？　二重人格かと思えば、めっちゃ煽《あお》ってくるし。結構口やかましいから、永倉《ながくら》がふたりになったカンジ」

『そりゃ大変だ』

でもね、と無量の口調が柔らかくなった。

「あいつとの仕事は面白いの。不思議と息が合うし、刺激的だし、今までで一番手応《てごた》え感じてるかも。……あ、海での一番は広大《こうだい》だけど」

と、広大にさりげなく気を遣って、

「ただ、ほっとけない感じがする。俺なんかよりずっと頭いいんだろうけど、たまに野良の子犬みたいな目ぇすんだよな。あいつ本当は俺より泣き虫なのかも」

電話の向こうで忍が黙り込んだ。無量は波の音を聞きながら、

「……一個しか離れてないけど、弟ってあんなカンジなのかな」

そう呟《つぶや》いたとき、ふと駐車場の一番奥にいる軽自動車に気づいた。無量が来る前から駐《と》まっていたようだが、休憩中なのか、運転席にはひとが乗っている。エンジンは切っているようだが、暗い車内でスマホを見ているのか、ぼんやりと明るい。

遠くて顔はよく見えないが、シルエットがどことなく忍に似ていると無量は感じた。

『どうした？　無量』

「あ、いや、そのソンジュのマネージャーさんが有能でさ。トラブッた時、裏から手を回して助けてくれるんだよね。そのひとの名前もシノブっつって。永倉たちに言わせると見た目もシュッとして、おまえに似てるんだと」

『そう……』

「ミゲルが見間違えたくらい……」

今度は無量が黙り込んだ。

忍が呼びかけると、無量が言った。

「……ねえ、忍。もしかして海の見えるとこにいる？」

『なんで』

「波の音がする」

忍が黙った。

『………。スピーカーにしてるから、たぶん、そっちの波音をマイクが拾って、遅れて聞こえてるんじゃないかな』

「あ、そっか……」

無量は納得し、後ろを振り返った。防波壁の切れ間から浜に降りる階段がある。たまに大きな波が来ると、潮騒《しおさい》で声がかき消されるくらいだ。

無量？　と呼びかけてくる忍の声が優しい。急にホームシックになってしまい、無量は塞ぎ込んだ。

「なあ、忍。おまえは自分のためにカメケンやめたんだよな」

『ああ、そうだよ』

「自分に嘘ついたり、誰かに嘘ついたりはしてないよな」

忍が再び黙り込む。

海から聞こえてくる波音を背に受けながら、無量は言った。

「おまえを信じていいんだよな」

『無量』

「味方だよな、忍」

雪の降り方が次第に本格的になってきた。

広い駐車場には軽自動車の他に、車はいない。

軽自動車の車内からも、防波壁のそばに座り込んでいる無量の姿はよく見えた。白いダウンジャケットのフードをかぶり、スマホの光がうつむいた顔を闇の中に浮かび上がらせている。

フロントガラスに落ちてきた雪が、結晶の形のまま溶けていく。
暗い車内でスマホを見ていた忍は、問いに答えなかった。
答える前に、伝えるべき言葉がある。
雪の粒は次第に大きくなっていく。
降りしきる雪に波音が重なる。
忍はそっとスマホを伏せると、運転席のドアハンドルに手をかけた。

主要参考文献

「道南のアイヌ文化について~上ノ国町における近年の発掘調査を手懸かりに~」上ノ国町教育委員会社会教育担当局長　塚田直哉　アイヌ民族文化祭2024(配付資料)
『史跡上之国勝山館跡XXII　平成12年度発掘調査環境整備事業概報』上ノ国町教育委員会
『つながるアイヌ考古学』関根達人　新泉社
『アイヌ文化と北海道の中世社会』氏家等　編　北海道出版企画センター
『アイヌ民族~歴史と文化~』公益財団法人アイヌ民族文化財団
『萱野茂のアイヌ語辞典［増補版］』萱野茂　三省堂
『北前船の近代史　―海の豪商たちが遺したもの―（3訂増補版）』中西聡　成山堂書店
『幕末・開陽丸』石橋藤雄　光工堂
『函館市史　通説編　第一巻・第二巻』函館市史編さん室　編　函館市/函館市地域史料アーカイブ

取材協力していただきました永島綾子様、方言監修していただきました斉藤幸伸丸様に心より感謝申し上げます。

作中の発掘方法や手順等につきましては実際の発掘調査と異なる場合がございます。考証等内容に関するすべての文責は著者にございます。

執筆に際し、数々のご示唆を賜った皆様に厚く御礼申し上げます。

本書は、文庫書き下ろしです。
この作品はフィクションです。実在の人物、
団体等とは一切関係ありません。

遺跡《いせき》発掘《はつくつ》師《し》は笑《わら》わない

イクパスイの涙《なみだ》

桑原《くわばら》水菜《みずな》

令和7年 3月25日 初版発行

発行者●山下直久

発行●株式会社KADOKAWA
〒102-8177 東京都千代田区富士見2-13-3
電話 0570-002-301(ナビダイヤル)

角川文庫 24539

印刷所●株式会社暁印刷
製本所●本間製本株式会社

表紙画●和田三造

●お問い合わせ
https://www.kadokawa.co.jp/（「お問い合わせ」へお進みください）
※内容によっては、お答えできない場合があります。
※サポートは日本国内のみとさせていただきます。
※Japanese text only

ISBN 978-4-04-115977-4 C0193

◇◇◇

角川文庫発刊に際して

角川源義

第二次世界大戦の敗北は、軍事力の敗北であった以上に、私たちの若い文化力の敗退であった。私たちの文化が戦争に対して如何に無力であり、単なるあだ花に過ぎなかったかを、私たちは身を以て体験し痛感した。西洋近代文化の摂取にとって、明治以後八十年の歳月は決して短かすぎたとは言えない。にもかかわらず、近代文化の伝統を確立し、自由な批判と柔軟な良識に富む文化層として自らを形成することに私たちは失敗して来た。そしてこれは、各層への文化の普及滲透を任務とする出版人の責任でもあった。

一九四五年以来、私たちは再び振出しに戻り、第一歩から踏み出すことを余儀なくされた。これは大きな不幸ではあるが、反面、これまでの混沌・未熟・歪曲の中にあった我が国の文化に秩序と確たる基礎を齎らすためには絶好の機会でもある。角川書店は、このような祖国の文化的危機にあたり、微力をも顧みず再建の礎石たるべき抱負と決意とをもって出発したが、ここに創立以来の念願を果すべく角川文庫を発刊する。これまで刊行されたあらゆる全集叢書文庫類の長所と短所とを検討し、古今東西の不朽の典籍を、良心的編集のもとに、廉価に、そして書架にふさわしい美本として、多くのひとびとに提供しようとする。しかし私たちは徒らに百科全書的な知識のジレッタントを作ることを目的とせず、あくまで祖国の文化に秩序と再建への道を示し、この文庫を角川書店の栄ある事業として、今後永久に継続発展せしめ、学芸と教養との殿堂として大成せんことを期したい。多くの読書子の愛情ある忠言と支持とによって、この希望と抱負とを完遂せしめられんことを願う。

一九四九年五月三日